# 你打算萌死我吗

极地王者 北极熊
ALEXANDER & OTIS

莫如归_著
MORUGUI_WORKS

北京联合出版公司
Beijing United Publishing Co.,Ltd.

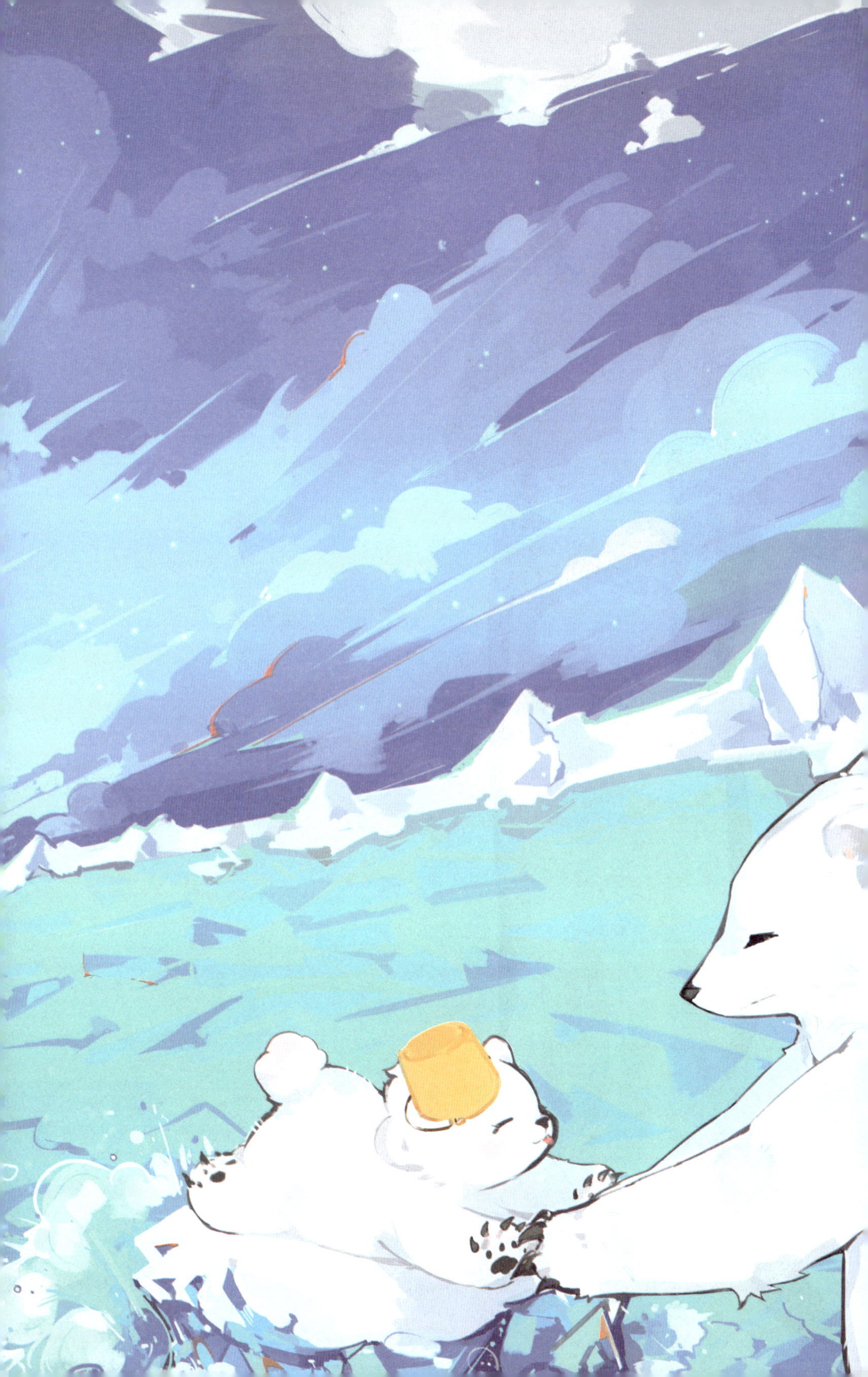

*Otis*

姓名：奥狄斯

年龄：永远25

身高：188cm

星座：魔羯座

爱好：抓海豹

口头禅：你饿了吗

喜欢的颜色：黑白灰

理想：给亚历山大一个家

## Alexander

**姓名**：乔七夕

**年龄**：永远20

**身高**：178cm

**星座**：水瓶座

**爱好**：吃海豹

**头禅**：呜呜噫噫

**喜欢的颜色**：黄色、粉色

**理想**：给天下毛茸茸一个家

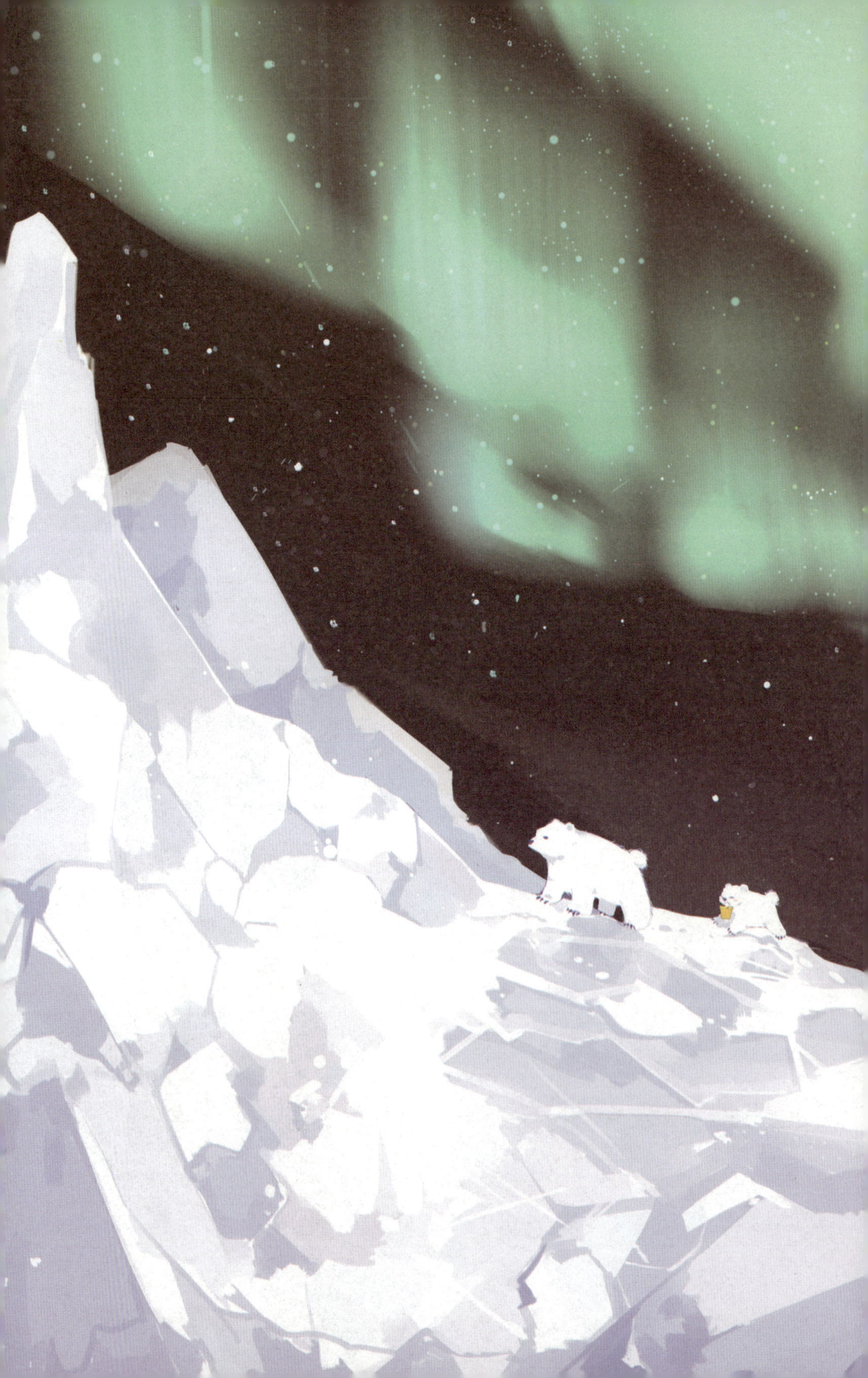

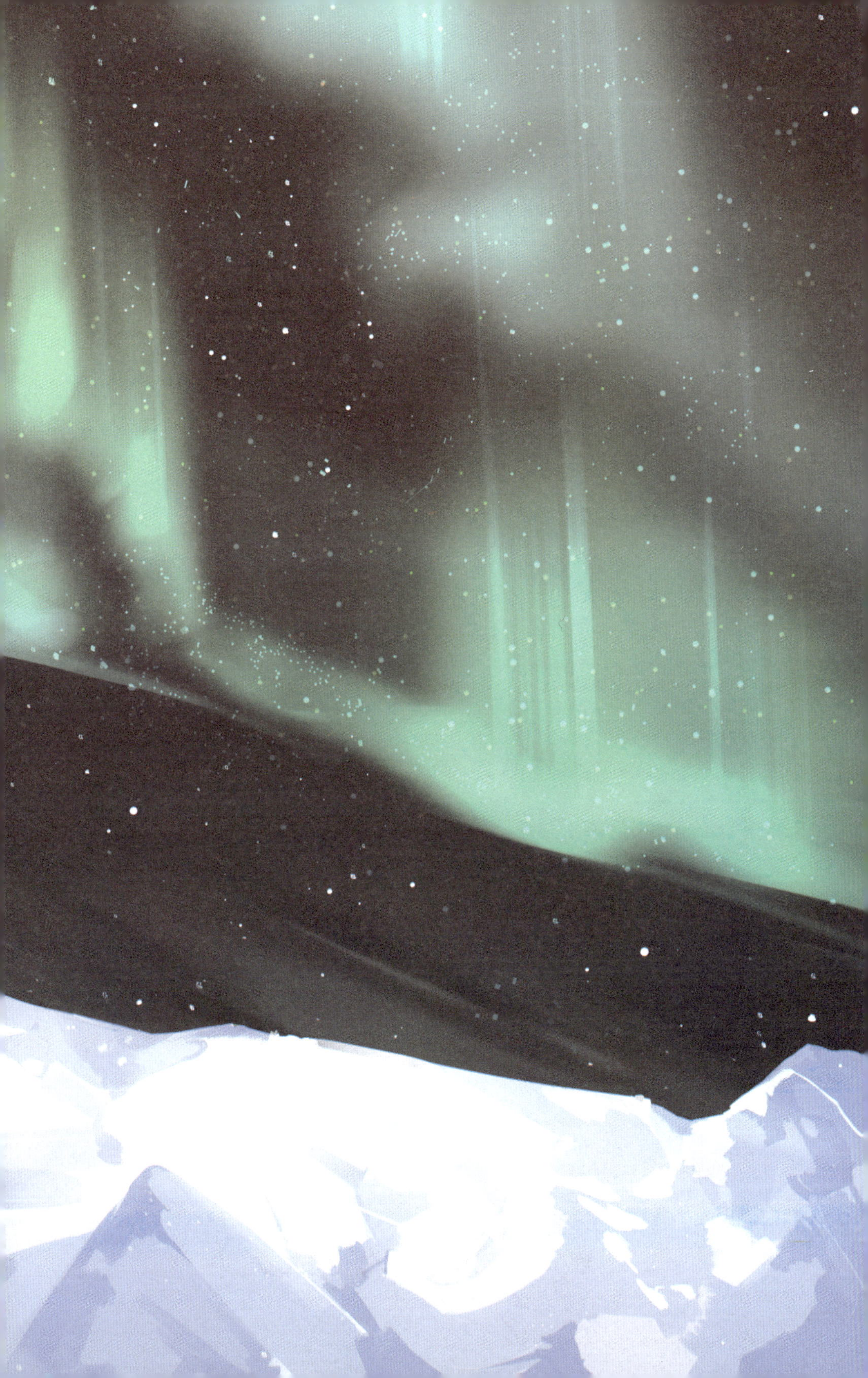

## 如果还可以再活三十年

即便生活艰辛

他们仍然想留在这一块极地大陆上

看潮起潮落

看云卷云舒

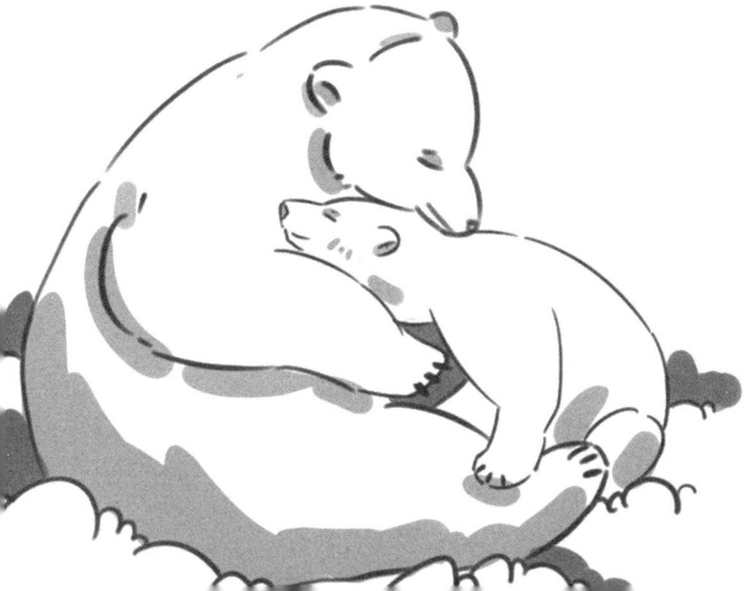

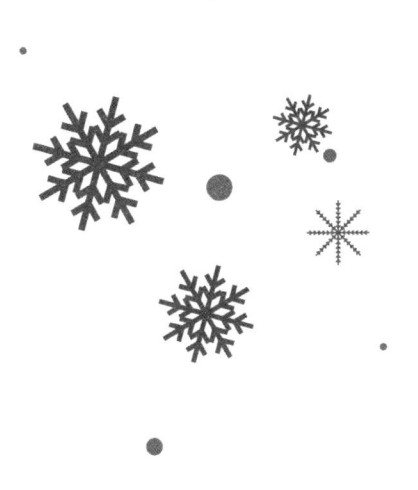

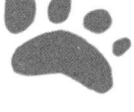

## 目　录

| | |
|---|---|
| 第一章 | 001 |
| 第二章 | 009 |
| 第三章 | 016 |
| 第四章 | 022 |
| 第五章 | 029 |
| 第六章 | 036 |
| 第七章 | 042 |
| 第八章 | 048 |
| 第九章 | 054 |
| 第十章 | 060 |
| 第十一章 | 066 |
| 第十二章 | 072 |
| 第十三章 | 078 |
| 第十四章 | 085 |
| 第十五章 | 092 |
| 第十六章 | 098 |
| 第十七章 | 105 |
| 第十八章 | 112 |
| 第十九章 | 118 |
| 第二十章 | 124 |
| 第二十一章 | 131 |
| 第二十二章 | 138 |
| 第二十三章 | 144 |

| | |
|---|---|
| 第二十四章 | 152 |
| 第二十五章 | 161 |
| 第二十六章 | 170 |
| 第二十七章 | 179 |
| 第二十八章 | 187 |
| 第二十九章 | 196 |
| 第三十章 | 204 |
| 第三十一章 | 213 |
| 第三十二章 | 222 |
| 第三十三章 | 231 |
| 第三十四章 | 240 |
| 第三十五章 | 246 |
| 第三十六章 | 253 |
| 第三十七章 | 259 |
| 第三十八章 | 267 |
| 第三十九章 | 273 |
| 第四十章 | 283 |
| 第四十一章 | 289 |
| 第四十二章 | 296 |
| 番外 | 307 |

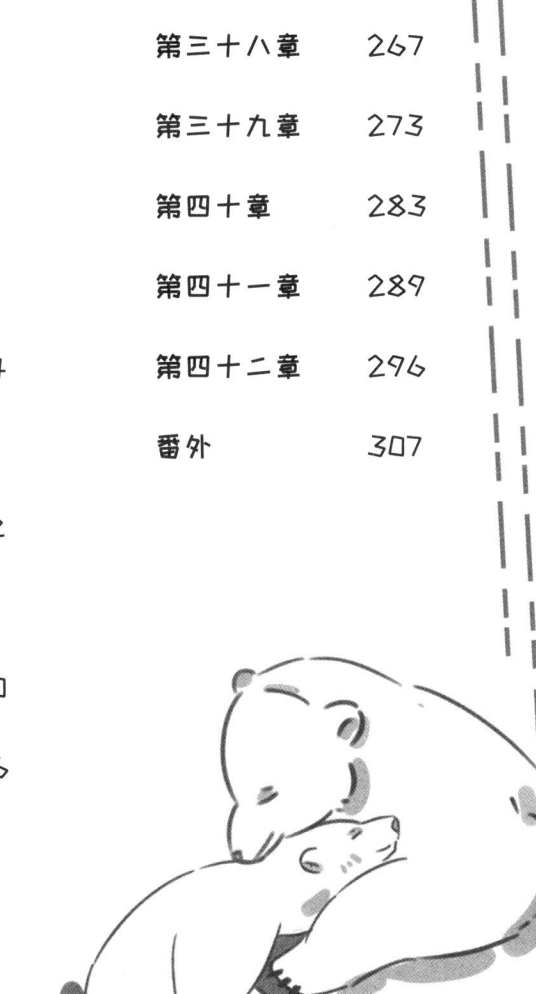

## 第一章

近年来,随着全球气温逐渐升高,两极动物的生存环境成了热门话题。而作为即将毕业的地质学研究生,乔七夕有幸跟着前辈前往北极做科研工作。

就在乔七夕努力适应在北极的科研生活时,一场突如其来的意外使他的科研生涯不得不中断。再醒来时,乔七夕发现自己待在一个野生动物救助站里,周围的工作人员都是欧洲面孔,说着英文,而自己则成了一只北极熊,是人们照顾和观察的对象。

乔七夕一脸蒙地觉得,命运的齿轮转动得真离谱。

好吧,即使是一只北极熊,也要有生活追求,不能失去积极向上的精气神儿。

乔七夕想通之后,开始打起精神关注自己和周围的情况。

通过仔细观察,他得知这里是北极格陵兰岛上的某个野生动物救助站,而自己是一只因受伤被救助的北极熊,今年不到两岁,严格来说,还是一只不能离开妈妈独自生活的北极熊。

人类发现他的时候,周围并没有其他北极熊的踪影。由此可以判断,这只年幼的雄性北极熊已经离开了妈妈。过早离开妈妈的北极熊在

野外的生存能力有限，特别是在极地环境越来越恶劣的情况下，年幼北极熊的成活率很低。

好在近年来极地动物保护机构发展得越来越完善，每年都在尽可能地保护新生的北极熊。虽说人类干涉野生动物的自然生态循环并不理智，可是现存的北极熊越来越少。据统计，目前世界上仅存两万多只北极熊，人们不可能眼睁睁地看着北极熊灭绝。

作为世界上最大的陆地食肉动物，这只有着一身雪白皮毛的北极熊在保护机构里出乎意料地受欢迎，人们甚至给他取名叫亚历山大。

乔七夕有点儿无语，不得不说这名字真是烂大街。

能够来到北极参加科研工作，说明乔七夕的英文水平不错，所以他可以从工作人员的闲聊中知道很多信息。比如，这两天救助站又救助了一只受伤的北极熊，正在ICU中抢救，情况似乎挺危急的。这就有些引人深思，难道北极熊的伤亡率这么高吗？

其实不用问，乔七夕自己再清楚不过，北极熊的生存环境的确不容乐观。

等伤好了之后，他就要回到白雪皑皑的极地上开始讨生活，想想就觉得冷。有那么一瞬间，没出息的乔七夕觉得，一辈子待在救助站里养老也挺好的。不过这是不可能的，等他伤好了之后，救助站一定会把他放生，最多就是在他身上装一个GPS定位器，方便观察他接下来的生活。

北极熊不怕冷，反倒是怕热，所以工作人员给亚历山大，也就是乔七夕安排的住所是半露天式的，还挺大，目前就乔七夕自己一只熊独居。如果是纯正的野生北极熊，每天肯定会在雪地里走两圈，凉快凉快。可乔七夕不是啊，他喜欢宅在室内，吃饱了打盹儿，睡醒了趴在石块上看外面的雪，总之就是不出去溜达。那雪多厚啊，看着就冷。谁爱出去溜达谁出去溜达，反正他不去。

正因为他这种懒到家的样子，工作人员总以为他还没痊愈，倒也乐意养着他。毕竟在他们眼里，心理疾病也是一种严重的疾病，需要

重视。

那么问题来了,亚历山大究竟受了什么心理创伤?工作人员纷纷猜测,有人猜测亚历山大之所以闷闷不乐,是因为小小年纪就缺失母爱,也就是想妈妈了;有人猜测,这只年幼的北极熊喜欢热闹,渴望同伴的陪伴。

乔七夕心里充满问号。不,他只是想在这里混吃等死,仅此而已。

有人说,这种单调的生活不会觉得无聊吗?

乔七夕笑而不语,他觉得,这样想的人肯定没有体验过当猪的快乐。

一转眼,无忧无虑的日子过去了半个月,到了乔七夕要接受体检的日子。

鉴于他性格温驯,对工作人员十分友好,这半个月下来,大家已经完全信任了这一只脾气超级好的年轻北极熊。工作人员过来安排他做体检的时候,直接把门打开,让他在外面自由行走。

乔七夕温驯地跟在一名工作人员身后,前往救助站的另一端检查身体。一路上,他偶尔会看见其他关在笼子里的动物,这些动物对他的出现都十分警惕。这是弱者对强者的本能反应,毕竟在极地,北极熊堪称霸主。为了不吓到其他动物,乔七夕只好收回自己好奇的目光,这个举动让工作人员松了一口气。

年幼的北极熊都是好奇宝宝,它们会对新鲜事物非常感兴趣,所幸这一只很听话。

乔七夕扭着毛茸茸的大屁股,慢吞吞地走进为自己预留的检查室,然后乖乖地接受检查。不出所料,他的伤口已经痊愈了,甚至胖了一圈,其实已经可以放归野外了。

听见工作人员认真地交流放归计划,乔七夕只觉得是一道晴天霹雳!

看人家这意思,他的养老计划要泡汤了吗?不要啊!乔七夕心里狂喊。说真的,这么大一个救助站,多养一只熊怎么啦?总之乔七夕不想

走，他没有野外生存的经验，出去就是死。

从检查室出来，乔七夕一直闷闷不乐，甚至连午饭都吃得很少，一副病恹恹的样子。

他无意中听见工作人员说，之所以要这么快把他放归，是因为那只住在ICU的北极熊已经挺过来了，需要把住所空出来给对方住。这就挺过分的了，这不是明摆着说他占着地方吗？而且住所这么宽敞，住两只熊也不是不可以。

好吧，乔七夕知道，北极熊的地盘意识很强，救助站的人疯了才会把他们放在一起。不过亚历山大精神状态不佳，贸然送回野外也不是很明智的选择。

经过慎重考虑，救助站决定把亚历山大的住所一分为二，在他们之间隔一堵墙。

装病成功的乔七夕高兴得冒泡，不过晚上那顿还是不敢敞开了肚皮吃。他怕自己表现得太过生龙活虎，救助站又要把他送走。总之，蹭个饭真考验演技。

从ICU出来的那只熊是在第二天上午被送过来的，动静闹得挺大。乔七夕在隔壁嗅到一股强大的侵略者的气味，脑海里很快就浮现出一只强壮的雄性北极熊。

北极熊的嗅觉非常发达，堪称动物之最。正是依靠这样敏锐的嗅觉，它们才能在冰面上找到食物。要说北极熊有什么天敌，那就是比它们自身更强大的北极熊。避开比自己强大的陌生北极熊是北极熊的本能，所以乔七夕挺害怕隔壁那只北极熊的，这是他变成北极熊之后自带的本能。不过他始终还是人类的灵魂，再强大的气味也挡不住他的好奇心，所以他靠近那堵昨天才建好的石头墙，趴在缝隙上偷窥那边的新邻居。

面对成年的雄性北极熊，即使是在对方受伤的情况下，工作人员也不敢大意。他们将笼子送进来，远程打开，然后才将笼子拉出去，关上门。

这只受伤的成年雄性北极熊约莫四岁，体形很庞大，只是因为受伤显得有些消瘦。尽管如此，它的眼神仍然流露出令人忌惮的凶猛和野性。乔七夕敢打赌，这只雄性北极熊在鼎盛时期至少有八百公斤。哇，体重八百公斤是什么概念？就是平时四脚着地的时候，身高也能达到一米六左右，直立起来可以高达两米八左右。乔七夕看了眼自己，突然对自己的"熊生"充满了期待。

住所比较小，北极熊很快就在自己的领地里转了一圈。从它缓慢的步伐中不难发现，它的身体还是很虚弱。经过那堵墙的时候，它停下来嗅探。乔七夕害怕地往后退了退，溜了溜了，赶紧退回室内睡大觉。

新来的北极熊早已嗅到了墙那边有另一只北极熊的存在，甚至可以通过气味分辨出对方的年龄和实力。假如比自己弱小很多，它们通常不会在意。

在野外，两种情况下雄性北极熊会杀死陌生的北极熊幼崽。一种情况是饥饿状态下，它们会猎杀同类，而北极熊幼崽就是最容易被杀死的目标。另一种是为了繁殖。雌性北极熊在带崽期间不会发情，而雄性北极熊想要交配，就只能杀死北极熊幼崽，诱发雌性北极熊再度进入发情状态。

所以，北极熊幼崽会躲着陌生的雄性北极熊，这是刻进基因里的本能。而乔七夕还敢趴在墙上偷窥，只是因为他不是纯粹的北极熊而已，否则早就吓得躲起来了。

成年北极熊在墙边逗留了片刻，也回到了室内卧着休息。听觉和嗅觉都很敏锐的乔七夕可以听到对方不正常的呼吸声，嗅到对方身上伤口的气味。

到了中午，工作人员来观察伤患北极熊的情况和送食物。他们发现，尽管他们非常小心翼翼，但它还是早早躲了起来。

一名工作人员说："奥狄斯虽然受伤了，但是嗅觉和听觉还是很敏锐。"

奥狄斯？乔七夕听到他们的交谈，顿时心里有些不平衡。怎么，隔

壁的名字是超级酷的奥狄斯,而自己就是烂大街的亚历山大。论敏锐度的话,他也不差。而奥狄斯就是敏锐者的意思,又飒又帅。

不久之后,乔七夕这边也分到了食物。食谱只能说非常符合北极熊的口味,是一些海鱼,活蹦乱跳的海鱼。

乔七夕以前从没杀过鱼,而且从来不吃没有煮熟的食物,包括生鱼片等。然而这大半个月下来,为了生存,他也渐渐地适应了这种食谱,对吃生鱼已经没有那么抗拒。北极熊的味蕾毕竟摆在那里,新鲜的活鱼对他来说是充满诱惑力的。

乔七夕唯一的不满就是,鱼的种类太单一,天天吃同一种也会腻的。

通过北极熊住所的监控器,救助站的工作人员观察着两只北极熊的一举一动。

亚历山大今天的胃口还不错,似乎没有受到隔壁新邻居入住的影响。这让工作人员放心了不少,他们原本打算将亚历山大送走,现在看来没必要那么急。生活经验少的年幼北极熊在野外实在是太难生存了,即使是奥狄斯这样的强者也有可能发生意外。

"奥狄斯似乎没有胃口。"一名工作人员看着监控,口吻有些担忧地说。

"它和年幼的北极熊不一样,警惕心比较强。"他的同事和他聊了起来。作为专业救助机构里的工作人员,他们一年要救助的北极熊数不胜数,对北极熊的习性是相当了解的。

"嗯,我知道被圈养的生活对它来说很难接受,但这也是没办法。"工作人员叹了口气,"看来要尽快把它放归野外。"

"可是它伤得比较严重,短时间内只能待在救助站了。"另一名工作人员担心地说。

奥狄斯的确对这个陌生而逼仄的环境非常抗拒,这里充满了复杂的气味,并不是它喜欢的地方,但身体虚弱的它只能待在这里。就这样抱着警惕的心情,一直到吃下一顿饭的时间,奥狄斯才缓缓地爬起来,走

到放食物的地方开始进食。

现在是四月份，北极圈刚刚经过漫长的极夜，迎来了长达五个多月的极昼。大半年都在下雪的北极圈在这个月份迎来大雪，实在是见怪不怪。

乔七夕早已经窝在室内呼呼大睡，因为现在只有白天没有夜晚，对于他来说，下雪时就是睡觉的最好时机。

风雪肆虐的时候，矗立在他们之间的那堵墙的角落处倒塌了。

乔七夕在梦里惊醒过来。不过他很茫然，并不知道发生了什么事，所以他换了个姿势，蜷缩起来继续睡觉。

并没有睡熟的奥狄斯抬头看了看发出动静的角落，然而外面的风雪太大了，视力不算好的北极熊并不能看见发生了什么事。

风雪过后，似乎已经是第二天早上，太阳拨开云层照射下来，皑皑白雪散发着淡淡的光芒。

懒到家的乔七夕吃过早饭之后决定出去增加运动量。作为一只才两岁不到的北极熊，他身上的毛发非常白，看起来足有九成新。

当他行走在厚厚的雪面上时，画面非常唯美，可惜他自己无法亲眼看到，即便变成了北极熊，也无法满足自己亲近北极熊的愿望。

然而当乔七夕看到那个倒塌的缺口，他整只熊都愣住了。啊，这……

虽然乔七夕自己就是北极熊，可是他还没有近距离地围观过北极熊啊。所以他看到这个缺口的第一反应不是害怕，而是兴奋地把自己的熊脑袋探过去，看看自己的新邻居。

奥狄斯正在打盹儿，嗅到年幼北极熊的气味，它掀开眼皮把头抬起来，然后看到了二十米外有一颗卡在墙上的熊头。

受伤的奥狄斯非常警惕，它将乔七夕视为入侵者，于是龇了龇牙，从喉咙里发出浑厚低沉的警告声。

北极熊发出的浑厚低沉的声音很容易让人感到恐惧。乔七夕有点儿害怕，顿时把脑袋缩了回去，只露出半边脸观察对方。

而他这样做似乎引起了这只成年雄性北极熊的极度不满，看起来脾气不太好的高大北极熊朝他这边走了过来。
　　乔七夕禁不住怕死，赶紧收回搁在墙上的两只熊爪子，转头蹦回自己的小屋里去了。

## 第二章

奥狄斯在倒塌的缺口面前安静地站了一会儿，然后低头嗅了嗅乔七夕在墙上留下的气味。

气味来自一只年幼的雄性北极熊，年纪还很小，对于已成年的雄性北极熊来说没有多少威胁力。

如果奥狄斯没有受伤，而是在饥饿的情况下遇到这只北极熊，它有极大的可能会杀了对方。而现在它受了伤，加上有足够的食物，所以对杀死这只年幼的北极熊并没有兴趣。

躲回室内的乔七夕十分担心奥狄斯会顺着缺口爬过来，找他的麻烦。但很庆幸，对方只是静静地站了一会儿，就没有多少兴趣地离开了。

那堵墙的缺口可能在监控的死角，一时间工作人员竟然没有发现。这就给乔七夕留下了会被隔壁邻居攻击的隐患，搞得他都睡不着觉了。

为了让自己可以睡个好觉，乔七夕觉得，自己有必要提醒工作人员注意到这个缺口。

于是，他吃饱了没事就去那里转悠，试图通过这样的方式引起工作人员的注意。

可是乔七夕这样做，无疑等于踩在死亡的边缘反复横跳，因为每一次他出现在缺口周围都会引来奥狄斯。

就是说，连奥狄斯都吸引来了，而工作人员仍然没有注意到缺口，这也太疏忽了不是？难道一定要奥狄斯爬到他这边晃悠，把他咬死在尖锐的獠牙下，工作人员才能注意到墙塌了吗？

"脑补"了一下自己的死状，乔七夕浑身的毛发都竖了起来，十分恐惧。

他万分相信，奥狄斯现在暂时不过来，只是因为身上的伤还没好，不宜翻墙。等过两天身子利索一点儿，绝对会过来攻击自己的。

俗话说先下手为强，吃太饱的乔七夕觉得自己应该趁着奥狄斯还没恢复元气，先过去晃悠，然后引起工作人员的注意……

这个计划怎么想都好像是去送死。

今天上午阳光暖暖的，乔七夕又趴在墙上偷窥奥狄斯。

那个大家伙半边身体露在室外，一边打盹儿一边晒太阳，好像睡得挺沉。相比毛发雪白的乔七夕，奥狄斯的毛发没有那么白，有一点点米黄色。

乔七夕想了想，还是没敢轻举妄动。算了算了，静观其变。

所幸过了几天，奥狄斯仍然对攻击乔七夕没有什么兴趣，甚至连乔七夕在墙上偷窥，它也不再过来驱赶。

这不科学！

久而久之，就连乔七夕这种门外汉也看出来奥狄斯的状态不容乐观，好像不仅仅是身体上的问题。

果然，他无意中听到工作人员说，奥狄斯好像不适应救助站的生活，情绪有点儿消极。

动物会有心理疾病不是什么不可思议的事情，别说野生的北极熊了，连家里的猫猫狗狗有时候都会陷入消极抵抗的情绪。

再这样下去，奥狄斯有可能真的会被提前送回野外，那很危险。

乔七夕叼着一条海鱼，趴在墙上偷窥邻居。而他的邻居并没有什么精气神儿，即使发现了他，也只是趴在雪地上撩了撩眼皮。

好家伙，这是战略吗？为了吸引他主动过去，然后一口咬死？

不排除这种可能。不过乔七夕觉得，北极熊应该没有这个智商吧？

就在他考虑要不要扔下鱼就走的时候，远处的奥狄斯动了，对方竟然爬了起来，然后慢吞吞地向这边靠近。

奥狄斯的身形像一座小型冰山，尽管它现在有些消瘦，却并不影响它的气场。

乔七夕有些害怕，不过他看得出来，奥狄斯看自己的眼神虽然警惕，但没有看到猎物时的光芒，说明奥狄斯并没有把他当成猎物。

表面淡定、内心其实惊慌不已的乔七夕趴在墙上看着站在自己面前的巨大北极熊，没有退缩。

感官敏锐的北极熊可以判断出对手的情绪和真实意图，因此，乔七夕努力收敛起自己的气势，虽然他本来就没什么气势可言。

奥狄斯的身高和趴在墙上的年幼北极熊一样高，它押长脖子，嗅了嗅每天出现在自己视野中的雄性小北极熊。

也许它心中正在困惑不已。毕竟以往遇到的北极熊幼崽绝不敢在它的眼皮底下晃悠，那是找死的行为。

乔七夕叼着鱼一动不动，任由对方深邃的目光在自己身上打量。话说北极熊的眼睛真的很漂亮，又大又圆。

对这只小熊嗅探了片刻，奥狄斯收回自己的好奇心，舔了舔嘴巴。

它缓慢的动作和没有多少光芒的眼睛明明白白地让乔七夕感受到了它的不开心。

乔七夕觉得有些心疼。才四岁的壮年北极熊，不应该露出这样的眼神才对。

他希望这只北极熊在救助站好好养伤，然后回归野外继续生活。

受伤的奥狄斯很少到室外走动，被乔七夕吸引出来走了一圈之后，它回到原来的地方趴下，继续晒着太阳打盹儿。

对方浑身都表现出了对目前生活的抗拒。

还活着的海鱼在乔七夕的嘴里摆了摆鱼尾巴。乔七夕就像决定了什么似的，他两只后腿发力，向上一蹬，突然轰隆一声，他身下的残垣断壁竟然应声而倒。

也是，毕竟他再怎么年幼也是一只北极熊，体重有小几百斤呢。

这边不小的动静引得奥狄斯再次抬起头，懒洋洋的它静静地看着事故发生地。

乔七夕抖了抖身上的丰厚皮毛，叼着海鱼朝奥狄斯前进。

这时候，监控画面里终于出现了亚历山大的身影。发现亚历山大的工作人员揉了揉眼睛，还以为自己看错了。

"我的天，哦，不是吧，亚历山大出现在了奥狄斯的住所里。"他赶紧通知自己的同事，"快想想办法，不能让它们打起来。"

"什么？它是怎么过去的？"过来看监控的同事很吃惊，"我们的亚历山大小天使在干什么？天哪，它嘴里叼着一条鱼？"

没错。

身边的人都觉得不可思议："难道它在向奥狄斯示好？"这种事情发生在北极熊身上非常让人意外，不过似乎也不是完全没有可能。

"等等，我们先观察一下奥狄斯的反应，如果它不攻击亚历山大，这或许对它的情绪稳定有好处。"一名工作人员表情严肃地说出自己的想法。

可是他们也知道，这样十分危险。万一奥狄斯对亚历山大发起攻击，那么结局会很糟糕。

随着乔七夕离奥狄斯越来越近，守在屏幕前的工作人员呼吸都屏住了，很是紧张。

"再等等，也许有不一样的结果。"

乔七夕也挺紧张的，不过人类用肉眼并不能看出他的紧张。丰厚的毛发让他只能做出憨态可掬的表情，人们只看到他慢悠悠地走向奥狄斯，友好地把海鱼放在它面前。

一只小北极熊做出这样的举动，真是让人难以置信，难道亚历山大把奥狄斯当成了自己的母亲？

这似乎是唯一的解释。

没有什么精神的奥狄斯也许跟人类一样困惑，很显然它是第一次受到一只年幼北极熊的投喂。

在它们的记忆里，只有母亲会投喂孩子，以及交配期间，有些雄性北极熊会把食物让给雌性。

如果是平时，奥狄斯当然对食物非常热衷，因为在野外生存的它需要随时随地地摄入食物来保证自己的生命延续。但是在这里，它的情绪陷入低谷，同时多多少少对食物失去了一些热情。

不过，一只小熊的出现唤醒了它对生存的本能渴望。毕竟除了满地的雪，这是奥狄斯唯一熟悉的记忆——一只同类。

工作人员从监控里看到，奥狄斯低头将那条海鱼叼起来，放在自己的两只爪子之间，然后歪头咬了起来。

监控室里响起一片掌声，大家都松了口气。

乔七夕很高兴，这只萎靡不振的北极熊最好多吃点儿，毕竟摄入足够的食物才能让伤快点儿好起来。

一条海鱼对于成年北极熊来说还不够塞牙缝，仅仅花了一分钟，奥狄斯就吞下了乔七夕带来的海鱼。它意犹未尽地舔了舔自己爪子上的血水，同时关注着乔七夕的眼睛里似乎也有了些许光芒。

发现它似乎要起来，乔七夕非常怂地退后数步。

喂，兄弟想干吗？他心想。

后来他干脆向坍塌的缺口跑去，身手灵活得不像一只熊。

奥狄斯望着小北极熊离去的背影，没有追赶上去。过了一会儿，它扭头走向放食物的角落，将食槽里的所有鱼吃完了。

这个转变让工作人员高兴之余，开始商量要不要把倒塌的缺口重新筑上。

经过反复商讨，他们觉得这个缺口留着，也许对奥狄斯和亚历山大都有好处，两只北极熊或许可以成为互相慰藉的玩伴。

至此，乔七夕的计划宣告失败。

他原本的打算是过去晃一圈引起工作人员的注意，然后让工作人员把缺口给他堵上。结果一顿操作下来，缺口不仅更大了，自己还被物尽其用，成了"工具熊"。

成为奥狄斯的玩伴，人类是认真的吗？

北极熊的历史上可没有这样的记录，两只非血缘关系的雄性北极熊怎么可能成为玩伴？

然而，不管乔七夕怎么排斥，他的住所和奥狄斯的住所仍然是互通的，这是不可改变的事实。

他窝在自己的小屋里待了两天，发现隔壁的熊哥似乎并没有理自己，这才渐渐地放下心来。

担心和好奇心最终战胜了恐惧，两天过后，乔七夕再次叼着鱼去缺口转悠，然后和在附近溜达的奥狄斯不期而遇。

双方视线对上的那一刻，气氛有几许凝固，以及尴尬。

和北极熊对视不是明智的选择，会让对方认为这是在挑衅，如果对方突然冲过来就完蛋了。

还好奥狄斯并没有突然冲过来，它非常缓慢地靠近这只年幼的北极熊，态度还算友好。

也是，通过几次短暂的交锋，他们对彼此的气味已经非常熟悉。像乔七夕这样的年纪和战斗力，奥狄斯或许根本没有把他放在眼里。

瞥了一眼小熊送来的海鱼，这只巨大的北极熊漫不经心地用爪子扒拉了一下，一时间似乎并没有吃的打算。

早上的口粮刚刚送过来不久，也许对方刚刚吃饱，乔七夕心想。

他送完鱼打算离开，可是一转头发现，奥狄斯竟然尾随自己，同时嘴里还叼着自己送去的那条海鱼。

一时间，乔七夕的情绪纷乱如麻，各种血腥场面在他的脑海里闪过。

不过很快他就知道自己想多了，奥狄斯似乎只是对他的住所感兴趣。

很可惜,这边也是逼仄的空间,和外面辽阔的世界没法儿比。

奥狄斯可能有些失望,不过它已经不像之前那样整天萎靡不振,而是找了一个有太阳照射的地方开始吃鱼。

这样的状态已经比之前好太多了。

乔七夕不敢相信,自己的地盘就这样被对方大摇大摆地占领了。

话说那个地方也是他非常喜欢打盹儿的位置之一。

瞥见一团白色的身影慢慢地靠近自己,并且在旁边小心翼翼地趴了下来,奥狄斯只是漫不经心地舔了舔嘴而已,它显然没有把这只年幼的北极熊放在眼里。

工作人员通过监控看到两只北极熊不远不近的身影,只觉得这是一个奇迹,非常不可思议。

奥狄斯造访了亚历山大的住所,它似乎接受了亚历山大的存在。而亚历山大似乎把它当成了母亲,不断地示好。

人们因为这一幕而感到有些激动,不由得考虑不久之后放生时,是不是要将两只北极熊一起放生。

这是个值得考虑的问题。

如果乔七夕知道他们的想法,肯定会昏死过去。

都说了一百遍了,北极熊是独居动物,更何况是两只雄性北极熊。即使彗星撞地球,他们也不可能结伴。

## 第三章

自从那天奥狄斯光临乔七夕的住所打盹儿,他们之间就形成了一种偶尔互相串个门,不算太熟悉也不算太陌生的友好关系。

不过在工作人员看来,他们两个已经非常要好,这种互相接受对方存在的情谊只有在环境极其恶劣的情况下才会产生。

工作人员坚信,亚历山大可以缓解奥狄斯对救助站的消极抵抗情绪,应该让他们多待在一起。

乔七夕心想:你们是认真的吗?

显然是的,在工作人员有意的撮合下,不仅不给他们把墙砌上,还用同一个食槽给他们喂食!

到了吃饭时间,工作人员发现亚历山大在奥狄斯的住所逗留。他们不忍心让两只北极熊分开,于是就把两只北极熊的食物都倒在了一个食槽里。

最先发现工作人员此番操作的是乔七夕,他眼睁睁地看着属于自己的食物被倒进了奥狄斯的食槽里。

为了确认这一点,乔七夕专门跑回自己的住所查看。结果他发现自己的猜测是对的,工作人员只在奥狄斯那边放了食物。

啊，这……

得亏这些天相处下来，乔七夕对奥狄斯的恐惧已经减轻了很多，倒也可以试试从对方的食槽里获取食物。

乔七夕气势汹汹地原路返回，然而当他看到小山一样的奥狄斯在食槽面前进食时却不太敢走过去。

大家都知道，猛兽进食的时候会对周围的一切更加警惕。

其实乔七夕不过去索取也行，只要他回到自己的住所，工作人员最终会给他送食物过去。只不过，他强烈的好奇心想知道，奥狄斯会不会抗拒他在进食的时候靠近。

凭奥狄斯的敏锐，这会儿它应该早就察觉到了乔七夕去而复返，但它没有什么反应，这个信号让乔七夕安心不少。

看来这些天的相处并没有白费，尽管北极熊是独居动物，但也不是那么冷血无情。

最终，乔七夕慢慢地挪到了对方的食槽边缘试探！

奥狄斯的视线只在乔七夕身上停留了一会儿，就继续进食了。

这是一种默认的态度，也许是。

通过监控，工作人员看到小北极熊探头从食槽里叼了一条海鱼出来，而且没有受到任何为难。

成年北极熊的饭量巨大，在野外猎食困难的情况下，它们一般都是有多少吃多少，绝不会浪费一点儿食物。

这食槽里的所有食物，奥狄斯都可以一口气吃完。相较于乔七夕斯文的吃法，奥狄斯吃得非常迅速，如果它想，这些食物都是它自己的。

但奥狄斯吃掉了大部分后就停止了进食，在工作人员吃惊的目光下，它退到一边待着，清理自己的爪子和嘴巴。

乔七夕也注意到了对方的体贴，而他也正是从这一刻开始，觉得自己和奥狄斯真正成了朋友。

变成北极熊之后和另一只北极熊建立了互相信任的关系，可以说是他目前第一件由衷感到开心的事情。

乔七夕欢快地吃完了所有鱼。

接下来，他们隔三岔五就会一起吃饭。这样的日子大概过了十天，到了奥狄斯检查身体的日子。

鉴于奥狄斯对人类的态度并没有乔七夕那么好，救助站想要给奥狄斯检查身体的话，只能先给它打麻醉药。

早上被带出去的奥狄斯，中午才被送回来，而且还处于麻醉状态。两名工作人员一边等它苏醒，一边闲聊着工作上的事情。乔七夕守在奥狄斯身边，竖起耳朵偷听。

他从工作人员的聊天中得知了奥狄斯受伤的原因后非常生气，是偷猎者干的好事。也就是说，奥狄斯受的是枪伤，怪不得当时要住进ICU。

好在奥狄斯身体强壮，挺了过来，现在康复的情况很喜人。救助站打算到时候把它送到一处偷猎者进不去的区域。随后乔七夕还听到了自己的蠢名字，他们说要把亚历山大也送到附近。

看来回归自然这件事迟早是要来的，相较于一开始的不情愿，乔七夕现在想到以后要生活在野外似乎也没有那么抗拒了，甚至有一丝丝憧憬。

奥狄斯身上的麻醉药效果逐渐消失，它慢慢地睁开了眼睛，第一眼看到的就是眼神担忧的乔七夕。

平时不太敢贴近奥狄斯的乔七夕趁着这会儿奥狄斯还迷糊，用吻部拱了一下奥狄斯的脸。

全身麻醉的感觉很难受吧？

是的，浑身无力的感觉让奥狄斯很难受。它甩了甩脑袋，试图保持清醒。可是瘫软的四肢依旧让它无法爬起来，只能趴在地上，就像一条隆起的大毛毯。庆幸的是，它的身体已经不再瘦得厉害。

食槽里已经换上了新的食物。

乔七夕蹦到食槽旁，叼来一条鱼给奥狄斯。话说在动物之间，没有什么比投喂更能够表达感情了。

慢慢地，奥狄斯恢复了力气，起来和乔七夕一起吃了午饭。

四月份的格陵兰岛，气温在零下三十摄氏度左右。这个气温对于北极熊来说只是有点儿小冷，大部分北极熊都可以承受。而乔七夕作为养生青年，已经开始追逐太阳，有太阳光照射的地方就有他。奥狄斯则喜欢趴在有遮挡物的地方睡觉，它并不喜欢把自己完全暴露，这是出于野生动物的自保本能。

如果是在野外的自然环境中，乔七夕当然也会警惕一点儿，但现在不是被人类养着嘛，有危险的可能性小之又小。

上午检查完奥狄斯的身体情况，下午就轮到亚历山大了。虽然这只小家伙的身体状况已经恢复得非常好，但谁叫他脾气好呢？

工作人员非常喜欢给性格温驯的亚历山大检查身体，为了和亚历山大多待一会儿，甚至把他留在检查室玩耍。

极昼时不分白天黑夜，但时间显示已经到了夜晚。乔七夕终于离开检查室，回到了自己的住处。

乔七夕的回归很快就引来了奥狄斯。这只表面看起来不好接近，甚至有点儿冷酷淡漠的巨大北极熊在乔七夕的住所转了一圈，然后远远地看着乔七夕。

工作人员之前在检查室里对自己的同事说："奥狄斯今天下午总在亚历山大的住所晃悠，或许它在担心小家伙。"

乔七夕想了想，向奥狄斯欢快地跑了过去，这是他第一次在奥狄斯面前展现出小熊的精力旺盛和不知死活。没办法，他太高兴了，奥狄斯真的会担心自己吗？就像自己上午担心它一样。

没有掌握好刹车技术的年幼北极熊一时间跑得太快了，他毫无悬念地撞上比自己庞大两圈的巨大北极熊，同时啃了一嘴的雪。

奥狄斯的体重足够重，即使被撞到了也是纹丝不动，因为它的四肢很粗壮，站在雪地上稳如一座小山。不仅身体没有动，奥狄斯连脸上都是面无表情，顶多只是赏了乔七夕一个眼神。或许是看到乔七夕活蹦乱跳，奥狄斯很快就离开他的住所，回到自己的住所睡觉了。

乔七夕在检查室已经吃过食物了,他担心奥狄斯还没有吃晚饭,于是尾随对方而去。

奥狄斯对他的尾随倒是没有什么特别的反应。

乔七夕得寸进尺,他觉得今天一整天奥狄斯的心情肯定像过山车一样跌宕起伏吧。

那么这种情况是不是需要安慰一下?

自封为北极熊界小太阳的乔七夕走到奥狄斯身边,大胆地拱了一下对方的身体。

话说,奥狄斯会撵他走吗?

没有,奥狄斯只是抬了一下眼皮。

那个眼神表达的大概就是未婚年轻人对熊孩子的不满,然而并没有真的生气。

出乎意料地没有遭到驱赶,乔七夕壮着熊胆,在对方身边小心翼翼地趴了下来。

冷冷的天气里,寒风呼呼地吹着,睡觉不盖点儿被子总觉得缺少了点儿什么。之前都是自己一只熊睡觉的乔七夕,这回挨着奥狄斯厚厚的毛发,感受着奥狄斯身上传来的热量,终于找回了一点儿睡觉的仪式感。

晚安,奥狄斯。

他犯困地打着哈欠,然后很快就合上眼皮睡着了。

第二天早上,乔七夕在一阵翻滚中醒了过来。原来是奥狄斯起身,把他掀翻在地了。可能也不是掀翻,只是不想再当他的免费靠垫。

乔七夕用爪子洗了把脸,走到外面眯起眼睛看着外面的天空,开启了新的一天。

他不知道的是,纯正的北极熊单次陷入深眠的时间不会太长,很多时候可能只是闭目养神或陷入浅眠。

所以,奥狄斯可以维持一个姿势给乔七夕当了几个小时的靠垫,已经是一件很不可思议的事情。

三月份至五月份是北极熊比较活跃的时期，因为这段时间里的食物资源会比较丰富。大部分北极熊会抓紧时间觅食，争取储存足够厚的脂肪用来度夏。

夏天的北极熊很难找到食物，这已经不是什么鲜为人知的事情，网络上看到的瘦骨嶙峋的北极熊大多是夏季的北极熊。所以在夏天来临之前，北极熊们会拼命地摄入大量食物。

随着高频率的捕食行动的进行，它们也会遇到一些危险。

四月中旬，救助站一次性救助了两只受伤的北极熊，这下子奥狄斯和亚历山大的放归事宜不得不提上日程。

工作人员似乎害怕亚历山大和奥狄斯出去挨饿，最近投喂的食物总是多一些。

乔七夕似乎感觉到了什么，以往吃相斯文、奉行八分饱的他，最近几天一改常态地努力吃东西。

和他相比，奥狄斯的食量则在后期明显增加，体重也是噌噌地上升。

乔七夕心想，也许救助站要把他们放归的原因不只是占地方，吃得多也是其中一个原因吧。

吃完在救助站的最后一顿饭后，奥狄斯不知道自己马上就要离开这里，它表现得和平常无异。可是乔七夕知道，他马上就要和自己的北极熊朋友分开，分别被投放到不同的区域生活，说实话有点儿伤感。

乔七夕蹭过去，拱了两下奥狄斯毛茸茸的粗手臂。而对方只是漠然地赏了他一眼，没有立刻对他绕道走已经是最大的敬意。

互相对视着僵持了片刻，奥狄斯原地坐下来，靠着身后的石头准备休息。

乔七夕知道，这是他们留在救助站最后的时光。很快工作人员就会过来给奥狄斯打麻醉药，然后用直升机将奥狄斯运走。

他心想，这个无情又冷漠的极地大家伙，会不会两天不见就把他忘得一干二净？

啊，渣熊。

## 第四章

饭后是动物们心情最放松的时刻,工作人员会选择这个时候下手一点儿也不奇怪。

奥狄斯在闭目休息的时候中了麻醉枪,但药效一时还没有发作。它伏在地上用泛红的眼睛看着乔七夕。也许它想做点儿什么,但是身体渐渐失去力气,它只能努力地半睁着眼睛。

乔七夕用吻部拱着奥狄斯的脸,嘴里发出低低的声音,有点儿像幼崽时期的叫声。没有别的意思,他只是想表达自己的离别之情。

一向对乔七夕挺冷淡的奥狄斯这时候可能也意识到了什么,它一反常态地想要抬起脖子去碰乔七夕,不过没能成功。

工作人员进来打算带走奥狄斯的时候,发现亚历山大蜷缩在奥狄斯身边,这一幕让他们觉得很不忍心。也许这段时间的相伴已经让这两只北极熊建立了深厚的友谊,把他们分开安置确实挺残忍的。不过救助站也有救助站的考虑,他们不会把两只北极熊投放得太远,如果他们有心寻找彼此,再遇到也不会那么艰难。

乔七夕跟着装奥狄斯的笼子一直走到门口,在心里跟它说再见。

不过他也知道,整个北极这么大,跟奥狄斯再次遇到的可能性很小

很小。

　　放生北极熊是一项艰难的工程。救助站想要跟踪这只被救助过的北极熊,所以工作人员会事先在北极熊身上植入GPS定位器,然后把北极熊空运到足够远的地方,光是这个过程可能就需要两三个小时。

　　奥狄斯在运送过程中有清醒的时候,毕竟麻醉药的药效很短,因为怕它有生命危险。

　　陌生的环境会让它很不安,甚至出现狂躁的状态,这都是有可能的。所以笼子必须足够结实,才能经得起八百公斤的北极熊折腾。好在奥狄斯在路上很安静,并没有为工作人员增加负担。

　　救助站为奥狄斯选定的放生区域是北冰洋周围的一座冰雪覆盖的小岛。虽然这座小岛有名字,但是周围的群岛实在是太多了,人们无法一一记住。总之这片区域没有太多北极熊,如果奥狄斯和亚历山大不走得太远的话,基本上不会相遇。

　　近距离的放生会使用结实的网将麻醉状态的北极熊网起来,然后启用直升机直接吊过去即可。而这次放生的距离比较远,所以奥狄斯一直待在机舱内,直到抵达八百多公里以外的放生地点。

　　人们将直升机停在平整的海岸上,工作人员开始干活,他们给奥狄斯补了一枪。

　　"这个大家伙可真重,如果没有直升机,我们根本搬不动它。"

　　带有轮子的笼子被推下地,笼子从上面打开。人们将结实的网系在直升机上,然后用直升机将北极熊吊起来,脱离笼子,放到地上。

　　"赶紧把网打开,它可能就要醒过来了!"

　　工作人员在岸上奔跑忙碌着。

　　在奥狄斯恢复攻击性之前,他们要离开这里。

　　直升机仍然盘旋在上空,上面的人观察着地面上那只北极熊的情况。

　　"它醒了吗?"工作人员用无线电联系。

　　"看起来还不错。"地面上的人说。

　　"哈,真是身强体壮的大家伙!"看见奥狄斯醒来了,正在摇摇晃

晃地前进，大家都很高兴，"哈哈，祝它好运！"

"再见奥狄斯，希望你不会再遇到偷猎者！"

确定这只北极熊状态良好，观察了它一段时间后，直升机就离开了小岛的上空。

时隔一个多月，奥狄斯回到了自己熟悉的野外，但这里对它来说也是一个陌生的地方。

新环境里没有其他北极熊的气味，奥狄斯仔细地确认过了。至少在方圆六十公里以内，它没有嗅到陌生的北极熊气味，说明这里是个无主的地方。

如果这个范围内有充足的食物，它一般不会离开这个范围，再去寻找新的领域。

当然，这只是一般而言。

三月份至四月份是北极熊的繁殖期，五岁以上不带崽的北极熊都会进入发情期。它们会去外面寻找适合的交配对象，因此会长途跋涉。它们每天都在移动，短则几公里，长则二十多公里。

现在仍然处于繁殖期的后半段，不过奥狄斯今年不到五岁，还要再过一年，等到明年春天它才会发情。

身体足够强壮的北极熊会在第一次发情的时候就找到适合的交配对象，而不顺利的话可能会推迟一两年，或者一直都找不到。

打光棍儿在动物界也不是那么新鲜，甚至可以说是非常普遍的现象。

北极熊的五六岁相当于人类的十七八岁，所以严格来说，奥狄斯也是一只未成年熊。

在春季的后半段回归野外，它所要做的就是保证自己的食物充足，仅此而已。

这时候，待在救助站的乔七夕享受着独居的生活，然而他知道，距离自己被放生也不会太远了。

"夏季马上就要来了，亚历山大真的能够在野外生存下去吗？"

很显然，一岁多的北极熊没有独自度夏的经历，如果把它放生的话，这个夏天对它来说会格外难熬。

"我觉得我们应该理智一点儿，想想，在应该学习生存技巧的年纪，把它圈养在救助站，对它没有太多的好处。长时间的圈养可能会导致亚历山大忘记所有野外生存的记忆，这样会更糟糕。如果不能养它一辈子，那最好早点儿把它放生。"

"真舍不得这只可爱的小家伙，它那么单纯友善。"

"是的。"

亚历山大温驯的脾气深入人心，没有人会舍得把它送走。只不过迫于现实，他们不得不这样做。

自由的世界才是北极熊的归宿，哪怕它们最终会遇到危险和困难，人们也不能打着爱和保护的旗号将它们圈养起来，这不符合保护动物的真正意旨。

乔七夕算着时间，约莫过了三顿饭，也就是一天的样子，他终于也踏上了回归大自然的路程。

救助站为他选定的放生地点距离奥狄斯一百多公里，这是北极熊之间的安全距离。这么遥远的距离，他们已经闻不到彼此的气味。

乔七夕醒来之后，整只熊都挺茫然的。因为作为一只半路出家的北极熊，他一天的野外生存经验都没有，周围的一切都陌生得让他毫无头绪。

所以，回归大自然之后的第一天应该做什么呢？

北极圈嘛，周围都是白茫茫的，冰山都长一个样。虽然勉强能分清东南西北，但是也毫无用处。

乔七夕趴在冰面上发了一会儿呆，觉得有一件事刻不容缓，那就是捕猎。他是个生手，这东西必须得练习，否则会有饿死的风险。

据说北极熊平均捕猎二十次才会有一次成功，这个概率听起来就怪累的。

乔七夕低头看了一眼自己在救助站养出来的肥膘，不知道这身肥膘

可以支撑他多久不进食。二十次才成功一次吗？乔七夕觉得够呛。

野外比救助站要冷，走在冰面上也挺耗费体力。

鉴于刚才有直升机造访，周围的动物应该都躲了起来，所以有种很安静的感觉。但这只是心理上的感觉，实际上冰面上风很大，远处还传来海浪的声音。

也许这些都是动物习惯了的声音，然而乔七夕还是会不由自主地对这个环境感到孤独无助。除了冰雪还是冰雪，这太让人感到寂寞了，无法想象别的北极熊都是怎么生活的。

哦，不，别的北极熊才不会有这么多胡思乱想的念头，只有人类才会想这么多有的没的。这也是没办法的事。

乔七夕独自缓慢地向岸边走去，顺便祈祷能在路上遇到一只晒太阳的小海豹。显然，这需要非常好的运气才行。

乔七夕一路上也没有碰上晒太阳的海豹，或许是因为他不懂得隐藏自己。海豹早早就嗅到了北极熊的气味，已经躲了起来。

退一万步说，就算碰到了海豹又怎么样？海豹那么可爱，作为拥有人类思想的假北极熊，乔七夕觉得自己完全没办法第一时间扑上去咬杀对方，那太残忍了。

充分分析过利弊之后，乔七夕觉得自己靠近岸边也不是一个明智的选择。即使岸边躺着一地的海豹，追不上就是追不上。直面惨淡的"熊生"，才能破而后立。

乔七夕利用自己敏锐的嗅觉，在冰面上寻找着极地动物的呼吸口。

内陆冰面上，隔不远就会有一个呼吸洞口。这是冰下的海洋动物用来呼吸的地方，它们会时不时地游上来呼吸。

如果乔七夕有足够的耐心在这里守株待兔，倒也不会缺少捕猎的机会。只不过海洋动物都非常警惕，它们会选择一个相对安全的洞口浮上来呼吸。

乔七夕趴在洞口边等了十来分钟，终于有动物浮了上来，是一条白鲸。

乔七夕都蒙了，圆头圆脑的白鲸看得他一愣一愣的，别说捕猎了，根本就是一脸茫然。

白鲸的外表非常可爱呆萌，相信大家都不陌生。

这东西就跟海豹一样，乔七夕根本起不了杀心，哦，他也杀不了就是了。

乔七夕眼睁睁看着白鲸上来游了一圈又下去了，尾巴在水面上漾起一片水花，然后消失得无影无踪。

乔七夕不知道的是，白鲸也是北极熊的猎物之一。北极熊才不管对方是不是鲸鱼，只要饿了就努力吃东西。

不知道在这个洞口蹲了多久，等到乔七夕昏昏欲睡时，他终于等到了一群上来呼吸的海鱼，而且种类跟他平时吃的差不多。

乔七夕准备扑下去之前还犹豫了一下，要是自己爬不上来了怎么办？会不会淹死在海里？虽然说北极熊是游泳健将，能够一口气游九十公里远，可那是人家北极熊。

机会不等人，虽然乔七夕心里诸多顾忌，但他还是扑了下去。张嘴咬住猎物的瞬间眼睛是睁不开的，完全依靠敏锐的直觉和速度。

感觉自己咬到了猎物，乔七夕松了一口气。第一次下水的他七手八脚地往上浮，费劲地爬到冰面上，享受自己猎到的海鱼。

然而一条海鱼顶多三四斤，对于北极熊的胃口来说只是杯水车薪。这个呼吸洞有了血腥味，短时间内不会再有动物浮上来了。

乔七夕舔了舔嘴巴和爪子，有点儿失落地向内陆走去，去寻找别的呼吸洞口蹲点儿。

夏季快要来了，岸边的冰雪开始融化。渐渐地，大部分海洋动物不再需要靠呼吸洞获取氧气，它们会到岸边去。不过岸边很危险，很多动物还是喜欢待在冰面下。乔七夕目前并不是不能靠呼吸洞填饱肚子，但如果他一直克服不了自己的思想局限去狩猎海豹和白鲸等，完全只靠海鱼生活其实不切实际。

辗转了几个呼吸洞之后，他的肚子填了个半饱。之后乔七夕开始犯

困，他开始体会到了野外生活的艰苦。

　　找到适合睡觉的地方趴下后，他想到了奥狄斯，不知道奥狄斯现在怎么样，它适应回归大自然后的生活吗？应该是适应的，因为它本来就是一只在野外土生土长的野生北极熊，羡慕。

## 第五章

　　被乔七夕念叨的奥狄斯的确没有对周围的环境感到不适。相较于乔七夕窝囊的捕猎方式，它只会将目光瞄准海豹，甚至是长着一对獠牙的海象。因为它们肉多，成功捕猎一次就能够吃一顿饱饭的。

　　北极熊不习惯将吃剩的猎物藏起来，它们通常饱餐一顿之后就会扬长而去。

　　血腥的味道太容易吸引来其他北极熊，如果被盯上就是一场恶战。打架的性价比并不高，所以吃饱的北极熊都会选择丢下猎物离开。

　　爱干净的它们会将身上的食物碎屑清理干净，以免留下浓重的气味暴露行踪。

　　一只北极熊过得好不好，通常从它的外表就能够判断出来。如果外表非常整洁，线条也圆润，说明过得很不错。如果身上脏兮兮的，看起来邋里邋遢，那就是过得不太如意。

　　奥狄斯的毛发虽然比不上乔七夕的九成新，但也有八成新，还是相当洁白的。

　　性格沉稳冷静的奥狄斯复出后的第一次狩猎就成功了。它的猎物是一只百来斤重的环斑海豹，一顿根本吃不完。

守着还剩下小半截的食物，奥狄斯舔着嘴巴抬起头来。它的表情看起来是北极熊特有的茫然，而眼神则是在冰面上搜寻。或许它在警惕周围，以防有陌生的北极熊靠近，又或许它在寻找什么。

将近两个月的救助站生活还是给这只北极熊留下了一些印象，但是随着时间流逝，它会忘记那短暂的两个月。

单就智力水平来说，北极熊的智力并不低，否则也不可能成为冰面上的王者。但北极熊的智力只体现在生存技巧上，除了与生存有关的信息，它们对其他方面的信息并不敏感。

它们已经停止进化，只有有限的智力。

科学家们相信，北极熊除了本能反应以外，很少会再出现一些创新的举动。

乔七夕对北极熊了解得并不深刻，也不知道救助站密切关注着他回到大自然后的行动轨迹。

相较于其他北极熊，乔七夕的行动轨迹有些诡异。毕竟不会有北极熊生活得这么规律，每天在几个呼吸洞口间来回转悠，而且喜欢在同一个地方睡觉。

因为乔七夕需要安全感，待在自己熟悉的地方是他获取安全感的方式之一。他把这块区域当成了自己的地盘。

可是在这里待久了会留下浓郁的气味，久而久之就不会再有海洋动物光临乔七夕守株待兔的呼吸洞口了。因此，混吃等死的计划宣告失败，乔七夕还是要向外拓展自己的狩猎区域。

野外的食物没有救助站供应的那么集中，自从回到大自然之后，乔七夕就没有吃过一顿饱饭，总是处于半饥不饱的状态，稍微不努力就会体验到饿是什么滋味，还挺有危机感的。

如果有渔网就好了，乔七夕偶尔会这样想，可是有渔网也没有双手来打渔呀，所以只是天马行空地想一想。

偶尔乔七夕还真会遇到在冰面上晒太阳的海豹，比如现在。然后他的第一反应是，海豹好萌啊。紧接着才想，不知道吃起来是什么味道？

乔七夕一惊，然后又心中一喜。很好，这个转变非常好，他觉得过不了多久，自己就可以成为没有感情的海豹杀手。

附近的那只海豹也发现了乔七夕的存在，然后那只海豹翻了个身，换一面继续晒，这是它对小北极熊最大的敬意。

这只海豹还行，够嚣张。

被鄙视的乔七夕龇了龇牙，心想：哥迟早会吃了你。而他发下这个誓后，很快又过去了一周。

每天半饥不饱的状态消耗了乔七夕的不少脂肪，不过他看起来还是白白净净的，没有一只前途渺茫的北极熊该有的样子。也许是因为拥有成年人的灵魂，他总觉得生与死不必执着，但一定要优雅。

进入五月份，北冰洋沿海地区的冰面上，风变得温柔起来，也就是老话说的转了风头。

春季的北风过去了，北极圈吹起了东风，往后的整个夏季也是东风偏多。

当奥狄斯马上就要忘记自己生命中曾经出现过一只叫作亚历山大的小北极熊时，转了风向的一阵东风，给它带来了一丝似曾相识的气味。

当时奥狄斯正在进食，如果说奥狄斯在什么时候会对乔七夕的记忆最清晰，那就是进食的时候。

回归大自然已经半个月了，它越来越少想起救助站的生活，记忆里只剩下一只小北极熊。而现在就连小北极熊也越来越少想起，毕竟这就是北极熊，它们的记忆不会储藏这些无关紧要的东西。

也许在很多年后偶遇，闻到那种熟悉的气味时它会立刻想起对方，但是在漫长的分开的岁月里是不会想起的。

进食中的奥狄斯嗅到风中带来的一丝气味，疑惑的它抬起头来，用鼻子在空气中嗅探。可惜经过一百多公里的疏散，那气味只有很少很少的一点点。即便是嗅觉惊人的北极熊，也无法通过这一点点气味得到什么有效的信息。

奥狄斯发了一会儿呆，当然，也可能是在认真地思考，只能说它的

表情实在是太容易让人误会了。

人类的网络上曾经有网民发出过这样一个疑问："极地霸主北极熊知道自己这么萌吗？"

那必须不知道。外表呆萌的北极熊是地地道道的超级猛兽，它们甚至会主动攻击人类、无人机、移动摄像头等，总之无差别破坏力十分惊人。

话说奥狄斯在风中捕捉到了一丝小北极熊的气味，然后若无其事地继续吃东西。

"奥狄斯离开了自己盘踞了半个月的领地。"

"快看，它的方向是亚历山大的栖息地。"

通过GPS定位器看到奥狄斯的移动轨迹，工作人员都很吃惊。这是巧合还是有意为之？因为实在太不可思议了，人们不得不猜测。亚历山大一直没有进行远距离迁徙，这样下去的话，奥狄斯不到一周就能找到对方。怎么说呢？这样的会合让人有点儿期待，可是两只野生的雄性北极熊真的可以结伴同行吗？期待的同时，人们不得不担心。

在路上的奥狄斯除了停下来猎食，其余时间都在冰面上移动。按照这个速度，它一天可以走二十五公里左右，浮动不会超过五公里。

它常常停下来嗅探，确认方向，但也常常迷茫，因为不是每一阵风都有小北极熊的气味，只要位置稍微偏离了一点儿，它最终仍然会和小北极熊失之交臂。

有生活经验的北极熊总是对风向十分敏感，它们结合周围的一切数据来确认自己前进的方向。

奥狄斯不到五岁，独自生活的时间也不过两年。它的生活经验也许谈不上丰富，不过它很聪明，也很谨慎。

按理说，辛苦的夏季来临时，它应该抓紧时间为自己储藏足够的脂肪，而不是将时间浪费在寻找一只小北极熊上。

它真的在寻找亚历山大吗？

两天过后，当奥狄斯越来越靠近亚历山大活动的区域时，人们终于确定，奥狄斯的确是在寻找亚历山大。

当双方的距离缩减到六十公里以内时，一切都会变得更加简单。

而这时出现了新的状况，一只成年雄性北极熊闯入了乔七夕的活动领域。六十公里以内是非安全距离，雄性北极熊闻到小北极熊的气味，可能会刻意追踪并猎杀。

在自己的地盘里讨生活的乔七夕并不知道，自己面临着不容乐观的生存危机，他还在计划什么时候鼓起勇气，对可爱的小海豹下手。

当然，乔七夕拥有北极熊的感官系统，当陌生的北极熊气味在十公里内出现时，他终于感觉到了危险在靠近。

很好，食物危机还没有解决，又迎来了新的挑战。

乔七夕当然不会用自己的小熊之躯去挑战气味闻起来十分凶残的成年北极熊。

是非之地不宜久留，他毫不犹豫地丢下自己打下的江山，撒丫子跑路。

北极熊全速前进的话，一小时倒也可以奔跑六十公里。当然这仅指成年北极熊，像乔七夕这样的菜熊，连续跑个五公里他就累趴下了，更何况现在还饿着肚子，简直就是开启了死亡模式。

奥狄斯在冰面上不停地前进了五天，周遭弥漫着越来越浓的小北极熊的气味，这说明它没有找错方向。可是在对方活动的范围内出现了另一只成年北极熊的气味，这让它陷入犹豫。

北极熊没有天敌，北极熊的天敌就是另一只强大的北极熊。趋利避害是本能，奥狄斯的本能让它离开这里，这跟它是否强壮没有关系，它只是不想和另一只成年的北极熊碰面。

只见它在冰上犹豫了片刻，似乎有点儿难以抉择。最终，小北极熊

的诱惑还是占了上风，因为对方的气味已经越来越浓郁。

一阵风给奥狄斯带来了唾手可得的好消息。

奥狄斯朝着一个方向奔跑了起来。

全速奔跑很耗费体力，只有捕猎的时候奥狄斯才会拼尽全力。像这样的长途跋涉它已经很久没有尝试过了，只有年幼的记忆里跟着母亲迁徙的时候曾这样翻山越岭。

乔七夕只关注风带来的陌生雄性北极熊的气味，因为对方站在风口上方，他在下方。风告诉他，那只北极熊的确在追踪他的行踪。

趴下来休息了没多久的乔七夕哭丧着脸起来继续跑路。苟延残喘地又跑了五公里，前面出现了一片冰山，似乎可以制造视觉死角。

作为有人类思想的名校高才生，被一只熊追得上气不接下气，而且还束手无策，这就很离谱。乔七夕决定展示一下自己的智商，然而当他绕到冰山后面之后就傻眼了。不是，怎么前面也有一只北极熊！

完犊子了，刚才还希望满满的乔七夕瞬间尝到了绝望的滋味。也不是他放弃了逃命的打算，而是四肢在颤抖，真的跑不动了。

搞不过搞不过，前后夹攻，他认输。短暂的"熊生"似乎只能交待到这里，还有下集的话，大家下集再见。

奥狄斯看到了熟悉的小北极熊，它放慢了奔跑的步伐，嘴里呼出团团白气，然而气势看起来还是格外凶。

乔七夕心想，天妒英才啊。但是打死他也不跑了，刚才的十公里已经是极限了。

小北极熊往冰面上一坐，浑身透着爱咋咋的的大气与无畏。还是那句话，不必执着生与死，但是一定要优雅！

"吼——"奥狄斯一边走过来，一边低声咆哮了一声，带着浓浓的警告意味。但这并不是针对小北极熊，而是针对那只陌生的成年雄性北极熊。

乔七夕的北极熊感官系统觉得这声音频率好熟悉，似乎在哪里听过。但是人类的思想又干扰着他分析结果，毕竟他觉得奥狄斯不可能熊自己。

咦，奥狄斯？

## 第六章

抬起脑袋使劲地嗅了嗅空气中的气味，风向的缘故，乔七夕更多嗅到的仍然是那只陌生雄性北极熊的味道。不过其中也有一丝熟悉的味道，是来自记忆中的奥狄斯。

真的是奥狄斯吗？乔七夕想相信自己的判断，又不太敢相信。主要是奥狄斯怎么会出现在这里？还是说他们本来就被投放得很近？

短短的两分钟内，乔七夕经历了绝望和起死回生。如果真的是奥狄斯就好了，他松了一口气。

不久之后，奥狄斯来到了小北极熊面前。因为之前一直奔跑，它疲惫地喘息着。即便如此，它仍然目不转睛地盯着乔七夕，眼神深邃，而且强势锐利，似乎对乔七夕有着浓厚的兴趣。

乔七夕却不怕，确认是奥狄斯来找自己的，他高兴得无法言语，哪怕四肢还是无力的，也控制不住地向它扑了过去。

"想死你了，奥狄斯！"乔七夕在心中激动地呐喊。对了，自从变成北极熊之后，他发现自己皮糙肉厚，平常撞个障碍物，翻个跟斗，根本不觉得疼。更何况奥狄斯身上毛茸茸的，撞上去只会觉得舒服，只有鼻子落地的时候有点儿疼痛的感觉。

瞅了眼脸着地的小北极熊，奥狄斯低头将对方拱了过来。

乔七夕正想说"谢谢你帮我翻身"，然而下一秒，奥狄斯又拱了他一下，这次还带用力的，导致圆滚滚的他在冰面上滚出去老远。

不是吧！奥狄斯？

滚得头昏眼花的乔七夕祈祷，亲爱的老天爷，求求您，别告诉他这是奥狄斯表达高兴的方式。虽然奥狄斯难得这么活泼，但是说真的，没有人喜欢这样的庆祝仪式！

在冰面上分不清东南西北地趴了一会儿后，乔七夕自己爬了起来。尽管很抗拒奥狄斯的庆祝方式，却还是欢快地小跑回它身边。

哟嘿！奥狄斯！哈嘿！奥狄斯！

乔七夕太高兴了，他在奥狄斯身上蹭个没完。在这种激动人心的重逢时刻，其实他想来一个拥抱！

鉴于没有条件，而且奥狄斯大概率也不会配合，所以他退而求其次，用自己的爪子抱住奥狄斯的一只爪子。

奥狄斯的前爪足够粗壮，乔七夕抱得十分开心。

低头瞅着挂在自己前臂上的毛球，奥狄斯目光幽深，或许还有点儿无奈。谁知道呢？也许没有驱赶就是它对乔七夕的态度。

经过短暂的感情联络，奥狄斯恢复一副警惕的样子，抬头在风口上方嗅探。

它的举动引起了乔七夕的注意，是在担心那只入侵的北极熊吗？

的确，风中的气味越来越浓郁。也许那只北极熊就像刚才的乔七夕一样，自己处在风口上方，并不能嗅到有一只陌生的北极熊在附近。

重逢的喜悦差点儿让乔七夕忘了，自己现在还处于被追杀的状态。可他的确是跑不动了，再看看奥狄斯，似乎也没有要带着他跑路的意思。既然如此，乔七夕也没有乱动，野外生活经验丰富的奥狄斯比他更清楚接下来应该如何应对。

在太阳光下长时间奔跑会使北极熊体温飙升，奥狄斯需要趴在雪地上降温。于是乔七夕看到了冰川上北极熊的名场面，奥狄斯把脑袋搁在

雪坡上，警惕地观察四周，而它的身体则陷进雪堆里，只露出一个圆圆的大屁股。

被风吹得眯着眼的乔七夕在旁边打了个哈欠，然后他发现自己不仅又累又困，还饿。

年纪小到还需要母亲喂养的小北极熊叫了一声，一岁多的他仍然是幼崽的声线，声音嫩嫩的。

奥狄斯耳朵抖了抖，仍然专注于恢复体力。

这时，一直追踪乔七夕的陌生北极熊的身影出现在了奥狄斯的视野里。

雪坡挡住了乔七夕的身影，陌生的北极熊只看到了奥狄斯——一只成年的雄性北极熊。这让它停下了脚步，眼神有点儿迷茫。

毕竟它追踪的是一只小北极熊，就算是有成年熊带崽，那也应该是母熊带崽才对！

这只陌生的北极熊"思维"可能正处于凌乱中，它站在风中观望了片刻，不出意外地选择转头离开。

捕猎一只落单的小北极熊毫不费劲，大部分北极熊都会这么干。可是有成年熊保护幼崽的情况下，有这工夫它们还不如去捕猎海豹。

所以说，北极熊在生存技能上智力很高，懂得权衡利弊，似乎所有的智力都发挥在这上面了。

奥狄斯似乎恢复了体力，它起身甩了甩身上的雪花，然后带着乔七夕离开了原地。

乔七夕甚至不知道有一只熊来过，他饿着肚子，小跑着追上奥狄斯，传递需求的叫声引起了奥狄斯的注意。

然而，一时半会儿想要在冰面上找到食物是不切实际的事情，所以他们的下一顿饭最快什么时候可以吃到仍然是个未知数。

奥狄斯使用自己敏锐的嗅觉努力地寻找食物，其间路过让乔七夕兴奋的呼吸洞口，它却没有停留。

乔七夕有些可惜地看着那个呼吸洞口，一时间不知道该不该跟着对

方继续走，他真的饿了。

走出去老远，奥狄斯才发现乔七夕跟丢了。它停下来转头张望，等待。

乔七夕见状，心里五味杂陈，再不管什么呼吸洞口，连忙小跑着跟上去。

也许奥狄斯心里有打算呢？

看了看跟上来的小北极熊，奥狄斯继续前行，步伐时快时慢，偶尔还改变方向。

很快乔七夕就知道它在干什么了，它在包抄一只海豹，非常精准地判断出对方会在哪一个洞口出现，然后冲下去狩猎。

看起来笨拙的北极熊，其实爆发力并不比狮子和老虎差，它们是非常灵活的胖子。最重要的是力气很大，一熊掌拍下去可以把对手拍晕。

乔七夕第一次目睹北极熊狩猎，不过他只看到奥狄斯追着海豹一头扎进水里，并不能看见水底下发生了什么。只知道大约过了十秒钟，水面就掀起一阵水花，奥狄斯强势地叼着海豹拖上岸。

身形巨大的家伙在岸上甩了甩身上的海水，然后手口并用地撕开海豹的肚子。这个动作它做起来分外潇洒，轻而易举，一年不吃一百来只海豹都练不出这份熟练。

这时，奥狄斯嘴边的透明毛发已经染上了鲜红的血液，整张脸看起来十分狰狞。撕开海豹之后，它转过头对着乔七夕，静静地召唤。

乔七夕对上那双眼睛，再一次感叹对方的眼睛真漂亮，黑黑亮亮的，既纯粹纯真又充满野性。纯真是因为动物没有太多复杂的念头，它们的世界很简单。而野性是天生的，只有强者才能在自然界生存下去。两者结合在一起，让人觉得挺震撼。

乔七夕的肚子饿得咕咕叫，他慢慢上前。而奥狄斯用锋利的牙齿撕下一块肉给他，见他望着雪地上的肉发呆，不知道在想什么。

被科学家认为智力有限的北极熊将那块肉再次撕咬，一分为二。场面血淋淋的，可是乔七夕出乎意料地并不害怕。

谢谢你，奥狄斯。他不会说话，北极熊的声线也很单一，表达好感的话只能是小北极熊对母熊撒娇的那种叫声，就很尴尬。

奥狄斯也是有过幼年期的，对这种声音并不陌生。但它不是母熊，也许它不明白乔七夕为什么要对自己发出这种声音。

这是乔七夕第一次吃海豹肉，他趴下来用爪子按住撕咬了一口。海豹肉的口感非常好，而且脂肪含量很丰富，比海鱼好吃一百倍。

所以说有条件的情况下，北极熊只会选择海豹一类的哺乳动物作为自己的猎物，海鱼是在迫不得已的情况下才会选择的果腹食物。

奥狄斯目睹乔七夕开始进食，接下来又撕了好几块肉给乔七夕，确认这些食物足够填饱小北极熊的肚子后，它才开始进食。

和它凶猛的捕猎方式一样，它吃东西的速度也非常快，干净利落地先吃掉了脂肪最丰富的部分。海豹的脂肪会转化为它自己的脂肪，储存到一定的量，就可以帮助它度过清苦的夏季。有时候北极熊甚至可以在整个夏季不进食。

乔七夕第一次接触到脂肪含量这么丰富的肉类，说实话有点儿腻。不过他尽量多吃点儿，这没什么好犹豫的。尽管如此，他们还是剩下了一些。

已经在清理爪子的奥狄斯低头叼起小北极熊剩下的食物，毫无压力地吃进了肚子里。

疲劳奔波后饱餐了一顿，舒适安全及饱腹感让乔七夕昏昏欲睡。但他还没有清理嘴巴和爪子，于是打起精神来洗了个脸。

早已收拾好自己的巨大北极熊起身回头看着马上要在雪地上睡着的毛球，踌躇了片刻之后，它低沉地叫了一声。

在这里入睡不是明智的选择，海豹的血腥味可能会引来其他北极熊。

乔七夕终于清醒过来，他用熊爪子揉了揉眼睛，虽然仍然很困，但还是跟上了前面的奥狄斯。

救助站工作人员的电脑上，两个被监测的目标一起在缓缓地移动着。所以说，亚历山大和奥狄斯最终还是会合了，并且没有意外的话，在未来的很长一段时间里都会待在一起。

人们猜测这两只北极熊分开的时间点将会在明年的春季，因为那时候，奥狄斯迈入成年期后会迎来第一次发情。

按照本能和习性，它会抛下小北极熊，独自去寻找单身的母熊。不过等到那个时候，小北极熊也已经成长起来。

人们由衷地希望在这一年里，亚历山大可以从年长的前辈身上学到足够多的生存技能。也非常感谢善良稳重的奥狄斯，愿意担当起母熊的责任，出乎意料地去照顾一只失去母熊庇护的小北极熊。

## 第七章

迎着风前进的路上,乔七夕有好几次都差点儿伏在雪地上睡着,特别是被雪绊倒在地上的时候,他多么想干脆在地上睡一觉。可是看见奥狄斯每次都停下来等待自己,甚至一本正经地往回走,守在自己身边待着,乔七夕无论多困也不忍心继续耍赖。

也许是在野外的缘故,再次见到奥狄斯,乔七夕发现待在救助站的奥狄斯远没有野外自由自在的奥狄斯那么热情友好,至少在救助站的奥狄斯从来不会对他这么温柔耐心。

极昼的天空总是挂着明晃晃的太阳,让人分不清现在是什么时候。而乔七夕的生物钟告诉他,现在应该是晚上,总之是该睡觉的时间,否则他不可能这么困!

不知道走了多久,奥狄斯终于找到了适合入睡的地方,它停了下来。

跟在后面的乔七夕一个劲儿地埋头向前走,最后直直地撞到了奥狄斯身上,摔了一个屁股蹲儿,然后他就再也没有爬起来的力气,直接原地睡了。

奥狄斯找的这个地方背风,易守难攻,是个不错的睡觉位置。以往都是奥狄斯独自躲在这种视觉死角的地方睡觉,单身熊的生活非常自

在。现在多了一只需要喂养的小北极熊，还是它主动捡的一只拖油瓶。

估计整片极地上的动物里都没有谁能理解这只特立独行的北极熊究竟在干什么，为夏季准备粮食吗？

也许连奥狄斯自己也解释不清楚，它处理信息的能力有限，不过它对乔七夕的照顾的确处处都透露着不寻常。

乔七夕蜷缩在地上的一部分身体仍然能吹到风，奥狄斯十分体贴地在他后面侧卧着，用小山一样高大的背部挡住从后面吹来的风。

睡觉的乔七夕既能享受到暖洋洋的阳光，也能避免被风吹到。不管怎么说，冰面上的风都很干冷，带着不可忽视的杀伤力。

当然了，北极熊丰厚的毛发是透明的，皮肤是黑色的，它们天生就有一套精密的保暖系统，所以不惧严寒，不过怕热。

比如，现在的太阳晒得乔七夕很热，于是他四脚朝天地翻了个身，把自己翻进了阴凉处，也就是奥狄斯的怀里，脑袋枕着奥狄斯的手臂。非典型小熊喜欢晒太阳又怕热，和奥狄斯的肚皮贴在一起刚刚好。

这一觉睡到了第二天。别的北极熊一觉醒来都在担心自己的下一顿饭该怎么办。乔七夕就厉害了，一觉醒来打了一个大大的哈欠，仍然觉得很困的他选择待在奥狄斯的怀里继续赖床。

乔七夕最近的睡眠质量很差，几乎没有睡过好觉。这会儿有条件了，他就想睡个够。不过在这里，奥狄斯才是老大，它似乎有自己的主意，所以乔七夕只能睡眼惺忪地起身跟着它走。

咦，这个方向？乔七夕嗅到了空气中海的味道，这说明他们正在向岸边移动，难道奥狄斯看上了岸边的那些小可爱？

这一趟海岸之行其实早就应该提上日程，只不过奥狄斯为了找乔七夕耽搁了自己的计划。

吃了一顿饱饭又睡了一觉之后，奥狄斯的身体显然恢复到了巅峰期。

这些天里，不仅乔七夕没有休息好，一直在搜寻他的奥狄斯也没有休息好。所以刚才那长长的一觉，奥狄斯睡得很舒适。

现在它肚子饿了，带着乔七夕前往海岸的途中顺便寻找食物。可是这需要运气，显然今天的运气不太好，并没有食物撞到嘴里来。奥狄斯放弃了沿途打野食，直奔岸边。

乔七夕远远地就听到了海鸟的叫声，以及海水拍打海岸的声音。

五月份冰面还没有完全融化，露出来的火山岩上，一群海象正在晒太阳。

乔七夕远远地看着那些肥肥的家伙，心里有一个大胆的想法，不知道该不该跟奥狄斯表达。

唔，海象有锋利的獠牙，虽然不知道是不是中看不中用，但还是算了，乔七夕心想。

他不知道的是，奥狄斯的确看上了岸边的海象。只不过海象的确比较难抓，需要等待机会。

驻足观察了一下海象，他们慢慢地来到了下游的一个浅水滩，上面布满了礁石。礁石上站着一些海鸟，被他们惊动之后展翅飞走。

乔七夕看到礁石上都是鸟屎，这不是重点，重点是他们来这里干吗？日子过不下去了吗？摸生蚝和贝壳？话说回来，北极熊饿了的确也会吃这些东西，甚至会利用石头砸开贝壳。

跟着奥狄斯往浅水里走的乔七夕终于没能忍住诱惑，从水里抱了一只大大的生蚝。

奥狄斯听见动静回头，看见了乔七夕怀里的东西。它当然认识，但是这个东西很难吃，各种意义上的难吃。

它带乔七夕来水里不是为了找贝壳，而是为了找礁石边生长的海藻。北极熊隔三岔五就会摄入一些海藻，这对它们的身体有好处。幼崽时期，母熊会带着它们来吃，此后慢慢地形成习惯。

奥狄斯已经好久不来了，因为海藻的味道并不好。不过基因记忆告诉它，吃这个有好处。

乔七夕正在思考怎么样把生蚝打开，下一秒，奥狄斯将他怀里的生蚝叼走，轻飘飘地扔进水里。然后它叼给乔七夕一把海藻，送到他嘴边。

乔七夕心想：熊哥，不至于，咱们虽然吃不起海象，这不是还有生蚝吗？也不至于吃海藻！

小北极熊撇开脑袋，看来也并不喜欢海藻的味道。奥狄斯对自己捡回来的小熊格外有耐心，三番五次地喂食。

几次一过，乔七夕就不得不思考，奥狄斯逼迫自己吃海藻的动机是什么。总不能是北极熊的怪癖。然后认真一想，他突然就明白了，为了保持营养均衡，连北极熊都知道要定期摄入藻类植物，而自己却一时想不起来，真是令人汗颜。

想通了之后，乔七夕张嘴接受了奥狄斯送来的海藻。口感滑溜溜的，还算爽脆，如果醋熘放点儿剁椒和蒜蓉，应该会很好吃。

刚才吃的翠绿色的应该是裙带菜，然后这个紫色的应该是紫菜没跑了，吃起来口感更细腻一些，只不过比较不好收集。奥狄斯粗枝大叶，喜欢给他叼大片的，最后一次甚至直接拽了一大捆海带过来，乔七夕被它吓了一跳：不是，咱不能这样养孩子。

乔七夕很快就摇头拒绝了，他还惦记着被奥狄斯扔掉的生蚝。

奥狄斯看见乔七夕又抱起了生蚝，不过这一次它没有阻止，只是在水里寻找适合的开蚝工具。然而这并不需要它的帮忙，北极熊的熊爪子就是非常好的工具，找到缝隙用力掰开就好了，小小生蚝根本抵挡不住北极熊的大力气。

当奥狄斯找到一块大小称手的石头，站起来准备砸的时候，它看见乔七夕已经打开了。

五月份的生蚝很肥美，也是适合吃生蚝的最后一个月份。北极天气严寒，生蚝为了适应这里的气候环境长得特别大个，总之生长在北极的动物好像个头都比较大。

乔七夕打开的这个生蚝，大小跟温带气候条件下生长的生蚝完全是两个级别，几乎跟他的熊掌一样大。

乔七夕对着这坨白白胖胖的生蚝肉流口水，已经想象到了入口的味

道，肯定是鲜美嫩滑的。然而他忍住口水，将这份美味送到了奥狄斯的嘴边。

就跟小北极熊不喜欢吃海藻一样，奥狄斯也不喜欢吃生蚝，这东西只有夏季没有食物的时候它才会偶尔吃一下。

奥狄斯撇开头，试图拒绝小北极熊的投喂，不过又有些迟疑。

不喜欢吃吗？还是想要让给自己先吃？乔七夕想了想，这里有一地的生蚝，倒也不在乎谁吃第一个，那他就不客气了。

乔七夕两只后脚站在水里，这是北极熊特有的技能，他们可以直立行走，甚至打架。

两只熊爪子捧着生蚝送到嘴边，乔七夕仰头吃掉那坨肥美的蚝肉。

味道和他想象中的一样鲜甜美味，和以前吃的养殖生蚝显然不是一个级别，北极的生蚝太好吃了。

小北极熊吧嗒着嘴，用锋利的爪子把残留在生蚝壳上的柱体硬生生地抠下来吃掉。

奥狄斯自己也吃了些海藻，然后往上游那边走。它时不时停下来眺望一下上游的海象，似乎在思考着抓海象的计划。当然，它也会回头看看乔七夕，而乔七夕在礁石群里搞生蚝搞得专心致志，不会跟上来打扰。

一只北极熊捕捉海象需要天时地利熊和，如果有幼崽在旁边捣乱，那肯定会饿肚子。不得不说奥狄斯很聪明，它给小北极熊找到了好玩的东西，为自己争取了安心捕猎的时间。

一开始，乔七夕看见是蚝就抠。后来他仔细对比，专门找体量大的抠。这些鲜美的小点心，他可以在这里搞一天。

咦，奥狄斯呢？搞着搞着，乔七夕发现自己的小伙伴不见了。他立刻丢下生蚝壳，四脚着地朝岸边跑去，远远看上去就像一只白色的毛球在奔跑，身上的肉浪一颠一颠的。没有足够的脂肪储藏量，还真跑不出这种视觉冲击感。

跑成这样只是因为乔七夕太懊恼了，自己竟然只顾着搞吃的，连小伙伴什么时候跑了都不知道。乔七夕心急如焚，同时又有一丝丝受伤。

嗨，奥狄斯这么无情的吗？才带了自己一天就跑路了。他寻思着自己饭量也不大，长得也还挺可爱的不是？

小北极熊正沮丧着，忽然前面奥狄斯叼着一只海象的庞大身形出现在视野里。他愣了愣，不好的情绪很快就一扫而空。很好，原来奥狄斯没有跑路，只是去捕猎罢了。想想也是，捕猎这种事情带着他这个菜熊肯定事倍功半，所以奥狄斯就把他安置在附近，给他搞点儿好玩的东西转移注意力。

啧啧，之前乔七夕还觉得人家雄性北极熊不会带孩子，现在看来好像还挺不错。

他们向着对方移动，很快就在岸边会合。奥狄斯松开嘴巴，舔了舔嘴上的血水。它用爪子摁住海象的身体，低头撕开肚子，将肚子上脂肪含量最丰富的部分撕咬下来。

这些动作它做起来一点儿也不费劲，仿佛撕开海象韧劲十足的皮肤只是一甩头的小事情。

那块肥美的肚子肉放在乔七夕面前，奥狄斯的双眼注视着他。即使没有语言沟通，那种催孩子吃饭的压力无形之中也铺天盖地向他而来。

身为那个充满压力的孩儿，乔七夕低头乖乖地吃肉。可是咬了一嘴巴吞下去后他脸色就变了，这哪里是肉，明明就是脂肪，口感很油腻，乔七夕吃了一口就不想再吃了。他的眼睛盯着海象的背脊肉，他不想吃肚子肉，他想吃里脊肉。

奥狄斯看见他不吃了，脸上有些茫然，还有些担心。

不过下一秒，小北极熊走到海象背后，趴在那里努力地咬海象的背。

诚然，北极熊也会挑猎物的口感，但它们会对脂肪丰富的部位情有独钟。所有北极熊都是这样，毫无例外。

奥狄斯叼起那块肚子肉，再次投喂给小北极熊。在它的本能意识里，摄入足够多的脂肪才能生存。

乔七夕当然是拒绝了，他觉得里脊肉更好吃。

## 第八章

　　三番五次地被小北极熊拒绝吃海象的脂肪，奥狄斯似乎终于确定，乔七夕真的不想吃。虽然它可能很费解，怎么会有熊不喜欢吃海象的脂肪。在它看来这是最好的食物，但小北极熊似乎更喜欢吃别的部位。它尊重他的想法，自己将脂肪吃了。

　　乔七夕回归野外的这段时间里的确瘦了一些，不过他有先见之明，在救助站的时候把自己吃得像个球。这些天虽然消耗了一些脂肪，但总量还是很可观。不到迫不得已的情况下，他才不会勉强自己去迎合奥狄斯的口味。

　　总体来说，海象肉的口感没有海豹好吃。乔七夕想了想，抓脸挠腮，不知道怎么向奥狄斯表达"要不下次咱们还是抓海豹吧？"。

　　至于同情心，十分对不起，他现在只是个没有感情的吃饭机器。

　　幸福地吃着饭，一只身体庞大的海鸟从乔七夕头上掠过，差点儿抓走他爪子上的食物。

　　乔七夕吓了一跳，那是什么？

　　一群海鸟在天空中盘旋，它们显然是被岸边的血腥味吸引过来的。这个季节的海鸟大多数已经下完了蛋，和所有动物一样，它们对食物的

需求十分迫切，哪怕是从北极熊的嘴里夺食也要试一试。

奥狄斯自己进食的时候也会遇到这些令它烦躁的海鸟，但起码海鸟不敢从它嘴里夺食，因为它站起来有两三米高，爆发攻击可以直接把海鸟咬死作为加餐。

"吼——"奥狄斯发出震慑的声音赶走海鸟，以免它们打扰小北极熊吃饭。

饥饿的海鸟想要靠近，却忌惮北极熊的攻击力，于是它们只能在附近伺机而动。等这两只吃饱的北极熊扬长而去，它们就会迅速地飞下来夺取残骸。

奥狄斯一边驱赶海鸟，一边慢吞吞地撕咬食物。直到乔七夕吃得打嗝儿，坐在一旁开始喘气舔爪子了，它才火力全开，将剩下的海象肉基本吃完。

海象比海豹重，这一只海象，奥狄斯和小北极熊大约吃了百分之八十。他们双双离开后，虎视眈眈的海鸟们一拥而下，争相抢夺海象的残骸。

小北极熊刚吃饱，走路都带喘气，兼之后面激烈的声音吸引了他的注意力，导致他边走边回头围观。数不清的海鸟正在抢夺海象的残骸，场面尤为壮观激烈。

乔七夕一时间有点儿熊头发麻。自然界真的好残忍，既直接又血淋淋。只要稍微不努力，或者运气差一点儿，一顿饭吃不上就有可能与世长辞。

相较于每天辛苦觅食的其他野生动物，乔七夕越发觉得自己是个瓷实的幸运儿，至少他有奥狄斯。

不过，自己也要尽快成长起来才行！所以现在去搞生蚝吧。

长得又高又壮还凶的秘诀是什么？吃！

可是奥狄斯显然不想带他去礁石群那边溜达。现在刚吃饱，奥狄斯带着小北极熊沿着海岸线一直往下游走去。

极地王者们饭后的步伐慵懒闲适，没有寻找食物时的警惕和迫切，只有肉眼可见的懒洋洋。特别是乔七夕，两只圆溜溜的眼睛已经眯成了椭圆形，有种马上就要眯成一条线的趋势。

倒不是因为他有多困，只是因为太阳晒得很舒服，而且他又不用看路，只要留一道缝隙看得见奥狄斯的大屁股，他就没有走丢的可能。

五月的海边多多少少有一些陷阱。比如，看起来是厚厚的冰面，但踩上去可能很脆弱。北极熊会游泳，当然不怕掉进水里，掉下去再爬起来就是了。可是乔七夕不一样，他踩破了冰面，掉进水里的第一反应是想喊救命。

奥狄斯听见冰破碎的声音，回头一看，小北极熊呢？

对方不见了，只剩下一个冰窟窿，以及几朵水花。

聪明的北极熊立刻焦急地跑了回来，没有任何犹豫地砸进了水里，潜到下面，从下面往上将乔七夕推回岸边。

乔七夕一时克服不了踩破冰面掉进海水里的恐惧，但等他回过神来之后，觉得这窟窿其实就是个纸老虎。他又不怕冷，他毛发丰厚不进水，他又会游泳，他还会潜水，他还有奥狄斯。

冰窟窿根本不足为惧。

话又说回来，为什么奥狄斯踩过的冰面，轮到他过去的时候才碎掉呢？

奥狄斯想害他？不可能，动物世界才没有那么多尔虞我诈，看起来似乎纯粹是他倒霉。

上了岸，小风一吹，乔七夕往水面上看了一眼湿答答的自己，认识到一个事实——哥不是虚胖。

奥狄斯随后爬起来，低头嗅了嗅还坐在地上似乎有些受惊的小北极熊。它轻轻地拱了拱乔七夕，算得上温柔的动作中带着安抚的意味。

乔七夕感受到对方的歉意和担心，瞬间觉得自己好阴暗。于是他马上站起来，甩了甩身上的海水，然后帮奥狄斯舔干净眉毛上的海水。

哎呀，要是能说话就好了，那样他肯定会告诉奥狄斯："不是你的错，谁带孩子都会有疏忽的时候，虽然的确是因为你先把冰踩裂了……

但是我没有带眼睛走路,也有责任。"乔七夕心想。

估计奥狄斯也意识到,在岸边的冰面上行走不太安全。于是它带着乔七夕往前走,来到一片相对结实的冰面上晒太阳。依旧是奥狄斯喜欢的位置,有一些作为遮挡物的冰山。

乔七夕也不喜欢身上湿答答的感觉,还是毛发干爽蓬松的时候舒服些。

当奥狄斯卧在旁边静静睡觉的时候,乔七夕一下午都在忙着翻身,试图让太阳三百六十度无死角地晒干自己身上的毛发。翻身可太累人了,来到晒肚皮的环节,乔七夕终究没挺住,呼呼大睡起来。

奥狄斯醒得早,它醒来时,小北极熊在它身旁睡得四仰八叉,其中一条腿还搭在它脖子上。把肚皮露出来很危险,野外的动物是很少这样睡觉的。沉稳警惕的奥狄斯也许觉得这样太危险,只见它用"暴力"帮小北极熊换了个睡姿。它以为这样小北极熊会醒来,然而并没有,小北极熊还是睡得很香。

奥狄斯靠近乔七夕的脸庞,细心地嗅了嗅,从呼吸可以判断出对方还在深眠,一时半会儿不会醒来。

这附近三十公里的范围内没有陌生的北极熊出没,也没有狐狸和狼之类的陆地食肉动物。奥狄斯暂时离开乔七夕,去到别的地方觅食。这个过程可能需要一个小时,也有可能是两个小时,甚至更长。能不能早点儿把食物带回来,取决于狩猎者的本事和运气。奥狄斯本事不错,只要运气够好,就能尽快把食物带回来和小北极熊分享。

不过生活中总会发生一些意外。

奥狄斯离开大概一个小时后,乔七夕睡觉的那一片浮冰和陆地断开,漂向了大海。

他俩加起来得有两千斤左右,不是太结实的冰面,还真承受不起这个重量,断开也是情理之中的事情。

可怜乔七夕一觉醒来,毛茸茸的脸上写满了大大小小的问号:我是谁?我在哪里?为什么我感觉我在移动?奥狄斯呢?灵魂四连问,问出了惊悚，问出了颤抖。

回头眺望陆地，还好，也不是太远，牺牲刚晒干的毛游回去不是问题，问题是奥狄斯在哪里？次次都这样搞，乔七夕觉得自己迟早会产生PTSD①，天天生活在"奥狄斯是不是打算丢下自己不管"这种不停的猜测中。

好在准备跳海的时候，乔七夕远远地看到了对面的岸边，奥狄斯正急匆匆地叼着食物赶回来。

哦，原来是去搞吃的了。被遗弃危机解除，小北极熊在浮冰上激动地跳了两下。幸好这块浮冰够大，倒也不至于经受不起他的激动。经不起的是奥狄斯，它丢下食物，沿着岸边一路往下游追。

乔七夕看好了下游一块突出的浮冰。他找好位置，扑通一声跳进海里，希望以最短的路线游上岸。

在海面上肉眼根本无法计算准确距离，肉眼看起来很短的距离，真正游起来可能会比想象的远得多。假如有人类看到这一幕，一定会为这只在深海里挣扎的小北极熊捏一把冷汗。

生活在陆地上的人类对深海有一种天生的畏惧，因为人们难以征服深海、冰雪及飓风等各种自然力量。

奥狄斯跳进海里，向小北极熊游去。身为地地道道的野生北极熊，它的游泳速度足足是乔七夕的三倍。

讲真，自己一只熊在海里挣扎确实挺害怕的。不过奥狄斯来到身边，陪着自己一起往回游，乔七夕瞬间就不害怕了。也不是说奥狄斯帮了他，实际上奥狄斯这次没有顶着他游，只是在旁边陪伴，看着他不要溺水。说白了就和家长看孩子一样，遇到困难希望孩子自己努力。

殊不知，孩子并不想努力。乔七夕胖，胖的话游泳就会累，一累脾气就暴躁，脾气暴躁就喜欢生气。

上次掉冰窟窿，好，可以说是自己走路不带眼睛，乔七夕自己的

---

① "Post-Traumatic Stress Disorder"的缩写，指创伤后应激障碍，个体在经历或目睹严重的创伤性事件后产生的一种心理障碍。

锅,这个可以忽略不计。可是这一次明明是奥狄斯太大意了,明知道冰面上很危险,还尽往些奇奇怪怪的地方带,这样的家长真的不太负责任。

乔七夕努力地划动着四肢,吭哧吭哧地向岸边游着,不时睁开眼睛看一看,还有多远。

要说北极熊全身上下最脆弱的地方,可能就是这双眼睛,在风雪中容易受伤,在海水里也容易受伤。乔七夕一天之内两度落水,没有经验的他让海水进了自己的眼睛,时间长了当然会稍微有点儿不舒服。视线受阻,往前游的速度也就渐渐减缓。

奥狄斯接收到了小北极熊乏力的信号。只见它换了个位置,潜到乔七夕肚皮下面,浮上来驮着乔七夕,快速地往前游。

乔七夕刚才还在想这样的家长不太行,下一秒就趴在奥狄斯的背上,他又感动得稀里哗啦,奥狄斯真好。同时他又担心自己太胖了,奥狄斯驮起来吃力。幸好,以他现在的体重,奥狄斯还是能驮得动他的,表现得并不是那么吃力。实际上作为游泳健将,奥狄斯驮乔七夕游刃有余,这才哪儿到哪儿。

乔七夕七手八脚地上了岸,像一只受尽折磨的破布娃娃一样趴在岸上喘息。刚才在水里泡了那么久,他多多少少有一点儿打哆嗦。

要是这个时候有一堆火就好了,披着北极熊皮的高才生心中生出这种奇怪的想法。

身上滴着水的奥狄斯上岸之后,似乎想要来一个快速脱水。

趴在对方脚边的乔七夕感到有一丝丝不妙。他心里呐喊:"住手,熊哥不要!"

事已至此,本来他想爬起来躲过这场灾难,但是噩梦降临得太快。奥狄斯旁若无"熊"地甩水。这"降雨量"对于乔七夕来说,不亚于一场瓢泼大雨。

可恶,头上的毛一撮一撮的。新仇旧恨加在一起,充分地激起了无辜"熊士"内心的仇恨。

乔七夕抬头咬了奥狄斯的手臂一口。

## 第九章

粗壮的手臂上隐隐传来一种感觉，甚至称不上是痛，只能感觉被对方的嘴巴咬住，仅此而已。

奥狄斯低头，不解地看向啃咬自己手臂的小北极熊。饿了吗？或者是在磨牙？这是奥狄斯仅能想到的两种可能。

幼崽的牙齿有一个漫长的生长过程，一岁多时并不修长尖利，五岁才能达到巅峰状态。在长牙的过程中，北极熊幼崽喜欢撕咬东西，包括食物在内，它们会撕咬一切它们所见到的能够撕咬的东西。

奥狄斯淡定地把手臂抽出来，静静地等着小北极熊模仿自己甩水的动作。可是乔七夕一直不动，它以为对方不会，打算再示范一次来着。

这一次，乔七夕才不会让它得逞。与其被伤害，不如自己先下手为强，让对方试试被甩一脸的滋味。可惜乔七夕太矮了，根本不可能甩奥狄斯一脸，他的"攻击"范围只能到对方的下盘。

奥狄斯抖了抖四肢，心思简单而纯粹的它根本不可能知道这只小北极熊是故意使坏的。身为雄性北极熊，它罕见地低头用吻部拱着小北极熊，让他向前走，似乎是害怕小熊会在自己身后再次落水。

这正合乔七夕的意，他也觉得走在奥狄斯身后不是明智的选择。

空气中有血腥的味道，乔七夕沿着气味找到奥狄斯丢下的猎物。太好了，游泳游了这么久，他早就饿了。

趴下来咬了一口猎物，乔七夕觉得自己还是太大意了，这块硬邦邦的冰坨子差点儿崩掉他的乳牙。

原来奥狄斯带回来的猎物早就冻成了冰沙状。也是，猎物本来就是从挺远的地方带回来的，回来之后又耽误了一段时间，可不就给冻上了吗？

乔七夕龇牙咧嘴地看着奥狄斯。哎呀，这就是不能说话的弊端，想吐个槽都没办法精准表达。

看见小北极熊的异样，奥狄斯只是在好奇他为什么不吃。是咬不动吗？奥狄斯二话不说，任劳任怨地撕开猎物。里面有一些肉还是没有冻上的，只不过肯定没有刚猎到的时候口感那么好。奥狄斯把没有冻上的肉撕下来给乔七夕吃，经过它嘴巴的过渡，食物解冻了不少。剩下冻住的食物，奥狄斯没有什么压力地全吃完了。北极熊是铁胃，别说只是这种程度，食物稀缺的时候，冻成钢铁的肉也照样吃。

留下一堆残骸在原地，他们又离开了。如无意外的话，他们重新回到这里的可能性很小。整个北极圈实在是太大了，每天都在新鲜的环境里晃悠，简直不要太刺激。

在奥狄斯的带领下，乔七夕除了海鸟和"食物"，很少看见其他食肉动物，如北极熊、北极狐和北极狼等。那是因为奥狄斯特意带他避开了这些食肉动物，同时这些食肉动物也会避开奥狄斯。

这样的野外生活不免给乔七夕造成了一种自己在北极圈横着走的假象。只要能保证食物充足，其实生活真的还不错。

这天吃饱之后，奥狄斯带着乔七夕在一片冰融化得差不多的海边散步。被海水冲刷得很圆润的石头，零零星星地点缀在沙子中间。一晃眼，现在已经是六月天。这个季节的海滩上，一些贝类小动物在忙碌地爬行，给人一种繁荣热闹的错觉。

乔七夕兴趣盎然地过去观察它们。如果他头上有一面内心话显示屏，那上面就都是：这个不好吃，这个太小了，这个好可爱……

忽然，一阵海浪缓缓袭来。

哗啦啦的潮水声吸引了乔七夕的注意力，他抬头看去，只见一个东西浮在水面上，好像是一个黄色的塑料小桶。

乔七夕飞快地跑了过去，追逐着那个黄色的小塑料桶，在潮水将它带走之前叼在了嘴里。

哦，是一个渔民用的小桶，矮小阔口还挺结实的款式。乔七夕开心地把它叼回奥狄斯身边。

奥狄斯看了眼这个桶，没有什么反应，不过它也替乔七夕高兴，他找到了一件喜欢的玩具。

这怎么就是玩具了？乔七夕心想，这个桶的用处可大了。不装东西的时候可以当帽子戴，遇到好吃的可以装在里面。对了，北极不下雨，但是会下冰雹，乔七夕觉得这个桶留着会有大用处。

叼着小桶走了一段路，乔七夕尝试把桶戴在头上。总的来说，还算适合。不过像奥狄斯这个年纪肯定不行，奥狄斯的头围太大了，不配拥有可爱的小桶。

随着气温升高，奥狄斯带着小北极熊往北行走，追逐盛夏来临前的最后一丝凉爽。

到了夏季，只有岸边才有食物，内陆是山石和灌木丛，偶尔饿狠了的北极熊也会吃一些植物的根茎和浆果。

以往奥狄斯自己度夏的时候倒没有觉得夏季有多么难过，毕竟一两天不吃东西对它来说十分正常。可是现在有了乔七夕，一只还在成长期的小北极熊，奥狄斯不得不改变自己的生活习惯，即使做不到顿顿有肉，起码也得有鱼。

今天是在岸边抓不到肉的一天。奥狄斯来到一片浅海，它跳进了水里，身姿矫健地游到了海中一处礁石上，等待着一个捕猎的时机。

白鲸会三五成群地在浅海游荡换气，也许它们并不是不知道有北极熊在狩猎，但是表现得并不警惕。

耐心极佳的北极熊静静地蹲在礁石上，扭头注视着周围并不平静的海面。

幽蓝的海水时时刻刻波涛汹涌，让乔七夕感觉到一种会被吞没的危险，这让他犹豫着要不要跟过去学习。可是跟过去的话，他又害怕打扰奥狄斯捕猎。

目前奥狄斯已经蹲守了有一会儿了，它身边结伴嬉戏的白鲸不时浮出水面呼吸，头顶上喷出水柱。

乔七夕顶着小桶，坐在岸边凝视着奥狄斯，心里五味杂陈。过去观看北极熊的纪录片，他会觉得蹲在水里等鱼的北极熊憨态可掬，现在只觉得心疼。

不想拖后腿的乔七夕迈步往下游走去。

要说世界上食谱最复杂的动物是什么？那肯定是人类啊。海边这么多东西可以吃，而且很好吃，为什么不吃？没有奥狄斯在身边盯着，乔七夕一撒腿又去了礁石群里。

在人类的印象中，礁石群非常危险，人们只有在退潮的时候才敢过来寻找美味。北极熊则没有这样的顾虑，它们会潜水，数百上千斤的体重也不会那么容易被海水带走。

乔七夕对海边的礁石群爱得深沉，他可以在这里找到个头喜人的扇贝。

其实北冰洋的扇贝很出名，其中产自挪威水域的扇贝享誉全球。只不过很多水域都不允许打捞，每年从北冰洋出去的美味有限，能有幸品尝的只是少部分人。

对此没有什么概念的乔七夕摸出一些扇贝、海参、海胆，偶尔还能看见几只大虾，这可以说是意外之喜了。

奥狄斯不喜欢生蚝的味道，但是不反感吃扇贝。只不过对于北极熊来说，扇贝的体积太过微不足道，肉只有那么一点点，只能够成为塞牙缝的小点心，奥狄斯也只是心血来潮的时候才会搞点儿吃。

乔七夕收集了一些扇贝放在小桶里，自己则吃了一些奥狄斯不喜欢

的种类，比如海胆。北极的海胆也很大，浑身长满了刺。这位兄弟可能做梦都没想到，自己有朝一日会被北极熊吃掉。吃它的乔七夕也做梦都没想到，自己有朝一日会对这些生猛的东西下得了嘴，而且还觉得挺好吃的。

那当然了，这些食材放在市面上都是可遇不可求的顶级食材，多少美食家都会为它们心醉。

在上游抓白鲸的奥狄斯知道乔七夕又去礁石边吃小点心了，那是对方的爱好。虽然有点儿不可思议，不过它也不会干涉就是了。

汹涌的海水开始上涨，奥狄斯似乎终于抓到了把握十足的好机会。它一头扎进了海水里，水面上激荡起一阵水花，它的身体和白鲸都迅速往下潜。虽然很不可思议，但北极熊的爆发速度就是比白鲸快。等奥狄斯浮上水面时，它的嘴里已经叼住了猎物，血液在水面晕开，染得它身边的海水变了颜色。

奥狄斯拖着猎物游回岸边，这时它的小北极熊也叼着小桶乖乖地回来了。

彼此捕到的猎物放在一起拼餐，相比之下，乔七夕带回来的食物显得微不足道。不过乔七夕并不觉得寒酸，今天有几只大虾，也许奥狄斯会喜欢。就像奥狄斯不介意抚养半路捡来的小北极熊一样，它也不介意顺从小北极熊的意思，吃点儿对方送来的食物。

小桶里的扇贝和大虾很快就被吃完了，接下来是正餐。

奥狄斯没有像以前那样惯着乔七夕，即使是幼崽也要学习生存技巧，就算不跟着它一起下海捕猎，至少也要学会自己撕开猎物的肚子。

不知道是不是乔七夕的错觉，他觉得今天的奥狄斯很严肃，明明到了该吃正餐的时候，对方却蹲着一动不动，只是看着他。

什么意思？乔七夕寻思着自己今天也没有唱反调，更没有到处乱跑，这不到了吃饭时间就回来了吗？对着躺在地上的白鲸想了一下，乔七夕似乎明白了，奥狄斯是想要他来撕开猎物？

确实，一直以来都是奥狄斯代劳，对方担心他不会也是很正常的

事。为了表示自己并没有笨到撕不开猎物的肚子，乔七夕在奥狄斯的眼皮底下将白鲸的肚子撕咬开来。

奥狄斯发出一道频率很低的声音。

按照乔七夕自己理解的意思，它似乎是在表示夸奖。乔七夕一脸尴尬，倒也不必如此。

白鲸的肉质很好，肥而不腻。比起好吃但吃多了容易腻的海豹肉，口味清淡的乔七夕能吃下更多的白鲸肉。

奥狄斯确定小北极熊能够自己撕开猎物之后，"严父"形象顿时一扫而空，故态复萌地帮对方撕咬猎物。

乔七夕看着奥狄斯为自己准备的一块块没有刺的肉，再对比一下刚才对方罕见出现的教导行为，突然觉得奥狄斯真的不适合带孩子。如果不是孩子自己懂事，要靠奥狄斯拉扯的话，可能再过一百年也不可能独立生活。不过想想也是，奥狄斯是雄性，本来就不具备母熊那种带孩子的本能，能拉扯他长大就不错了。

想到这里，乔七夕亲昵地抬头蹭了蹭奥狄斯的脸，伸出舌头帮对方舔掉眼睛下方的血迹，这个位置自身比较不容易清理。

奥狄斯停下进食的动作，用相同的方式回应乔七夕。只不过它的力道相对大很多，舔得乔七夕差点儿重心不稳摔个屁股蹲儿。

## 第十章

和小北极熊互动完毕,奥狄斯又低下头继续进食,它干净利落游刃有余的样子让人觉得安全感满满。

满打满算,从狩猎到进食,他们已经在这里待了好几个小时。

一只同样在觅食的雄性北极熊远远地晃了过来。

之前说过,他们在路上会尽量避开其他北极熊。不过现在是对方向他们靠拢,在还没有吃饱的情况下,奥狄斯不可能丢下食物离开。

随着夏季来临,冰川融化,北极熊们不得不退到了内陆,纷纷聚在海边。它们集中在能够抓到食物的地点,整日徘徊寻觅食物。这是一处适合捕捉白鲸的地点,吸引其他北极熊前来也不奇怪。

这一只雄性北极熊探头探脑,打量在岸边进食的一大一小,或许它不打算努力了。

奥狄斯的块头和看起来不好惹的气场让它又开始犹豫,要不还是自己努努力吧。

乔七夕有点儿好奇地观望对方,眼睛睁得老大,像一个不好好吃饭的小朋友。这是他第一次看到陌生的北极熊,只觉得这只陌生的北极熊没有奥狄斯高大,也没有奥狄斯的毛发洁白,身体线条就更不用说了,还是奥狄斯比较帅气可爱。

奥狄斯发出特殊的声音,这是跟乔七夕学的。小北极熊总是发出各种奇奇怪怪的声音跟它交流。所以,有时候学习能力挺强的奥狄斯也使用小北极熊熟悉的音调催促对方进食。

看到奥狄斯一点儿也不在意那只北极熊,乔七夕也转移了视线,不再好奇。

那只北极熊很识趣,似乎决定自己捕猎,潜入海水里抓白鲸去了。

站在北极熊的立场上,乔七夕还是挺希望那只北极熊能够捕猎成功的。

不多时,奥狄斯就带着他离开了。

离开之前,乔七夕清洗了自己的小桶,然后把它戴在头上。

北冰洋的海洋垃圾相比其他大洋要少一些。不过经常在岸边徘徊的乔七夕还是时常能看到它们的身影,一些瓶瓶罐罐,或者比基尼……

有一次,奥狄斯叼回来一个彩色的小球给他,或许是因为奥狄斯觉得他会喜欢这些东西吧。虽然乔七夕已经过了玩小球的年纪,不过收到这样的礼物还是觉得很惊喜,没想到完全在野外生长的奥狄斯竟然会给他捡玩具回来。

乔七夕以为这种习惯只有在动物园长大的北极熊才有,毕竟野生北极熊根本就没有玩具的概念,光是生存就耗费了它们的大部分精力。当然了,对于居无定所、每天都在移动的他们来说,带着玩具上路是不切实际的。

乔七夕只能放弃小彩球,把小彩球丢回水里,这样海洋上打捞垃圾的船只就可以将漂浮在水面上的垃圾收回去。

吃饱饭,奥狄斯带着乔七夕沿着海岸线一路往北走。这里的天气热得稍微慢一点儿,冰雪还没完全融化,大片松软的白雪仍然覆盖着地面,跟冬季没有什么差别,只是不再下雪。

初春就开始繁殖的母熊,初次带着两只两个月大的小熊出来觅食。

小北极熊就像小奶狗一样,白白的一团,十分活泼可爱。它们在母

熊旁边玩耍嬉闹，互相扑咬，然后时不时地停下来张望四周。警惕敏锐是北极熊的本能，从小就有。

而母熊已经发现了陌生雄性北极熊的气味，这让它十分警惕和不安，直到它看见成年雄性北极熊身边还跟着一只明显还没成年的小熊。

一大一小从附近路过，像极了母亲带着孩子。所以母熊眼神迷茫，有点儿搞不清状况了。

这是怎么了？莫非是嗅觉出现了问题？

带崽的母熊遇到母熊，一般来说发生冲突的可能性很小。对于它们来说，没有什么比自身和崽的安全更重要。

母熊发现对方也是带崽的熊，警惕心陡然下降了一大半。

这一边，乔七夕也看到了带崽的母熊。这是他第一次看见雌性北极熊，身材果然比雄性北极熊娇小一点儿，脸蛋看起来也"眉清目秀"，没有雄性北极熊那么糙的气质。

不是，乔七夕突然惊觉，哥是怎么了？是北极熊当得太久了吗？现在看到一只雌性北极熊居然都觉得眉清目秀。

不过，乔七夕的注意力很快就被两只可爱的小北极熊吸引了，好可爱，好萌。如果说他自己是九成新，那么刚出生两个月的小北极熊就是十成新，身上的毛发白白的，简直跟雪一样白。

不过乔七夕相信，这两只崽跟它们的妈妈过一个夏天，运气好的话只是灰头土脸，运气不好的话，连成活的概率都很小。

心里叹了一声，乔七夕甩甩脑袋，想那些干什么呢？他现在想的是，要是自己强行过去亲近小熊，会不会被母熊追杀？肯定会的，哪怕他也是个孩子。

"呜呜呜——"

乔七夕跟上奥狄斯，再次发出奇奇怪怪的声音，惹得奥狄斯一头雾水，毕竟其他小北极熊可没有这么多臭毛病。

或许奥狄斯以为乔七夕害怕附近那只母熊，竟然让他走在前面，并且发出低低的声音，充满安抚的意图。

对于一只庞大的雄性北极熊来说，压着声带发出这种低缓的声音，算得上非常温柔迁就。

乔七夕蹭了蹭奥狄斯，天马行空地想着，如果奥狄斯知道他想过去摸一摸那只母熊的小熊崽，会不会把他揍一顿，然后把他赶出这个家？

不，这么复杂又违反本能的事情，奥狄斯注定不会知道，但它会安慰情绪失常的小熊。

语言不通的乔七夕没办法表达，自己只是因为摸不到小熊，所以感到不得劲。

不过这种情绪来得快去得也快，毕竟北极熊的数量挺少的，何必以身犯险呢？

厚厚的雪地及难得见到的常绿针叶林让乔七夕很是稀罕。一棵一棵松树点缀在雪地间，对人类来说是浪漫美丽的风景线，对动物来说则是天然的庇护场。难怪这里会有带崽的母熊挖洞居住，怕是从今年初春开始，母熊就挖好了用来分娩的洞。直到夏季，小熊崽们健康活泼地成长起来，母熊才带着宝贝们首次露面。

已经填饱了肚子的他们，在一块远离母熊的雪地上卧了下来，看来奥狄斯想要午休一下。

凉爽的天气对于乔七夕来说反而不容易犯困，他放下小黄桶，自己在周围摸索了一圈，倒也没有勇气走远。林子里有狼，哪怕就凭他这个吨位，七头狼合力也叼不走他，可还是会害怕。

听说积雪覆盖的树下会有山珍，闲得慌的乔七夕在树下拱着大屁股，用熊爪子扒开积雪，却毫无收获，反而弄脏了爪子。

乔七夕清理了一下自己的爪子，跑回奥狄斯身边。忽然，他加快脚步，远远地向奥狄斯扑过去。

那什么，他希望睡午觉的奥狄斯起来陪他练习捕猎技巧。

奥狄斯眼皮都不曾抬起，只是直接伸出爪子将小北极熊拢到自己怀中，用分量可观的大脑袋镇压。这时候对方浑身上下都写着：死孩子快睡觉，再吵吵老子抽你。

乔七夕是不想睡的，只怪奥狄斯的怀里太温暖，和外面的温度完全不一样，这份舒适温暖让他难以抗拒。

即将跌入梦乡之前，乔七夕突然想到了一个问题。既然奥狄斯那么怕热，这会儿搂着自己应该会更热吧，所以为什么还要搂着睡呢？人类不懂熊的心。

乔七夕没想明白就睡着了。

针叶林里是真的有狼。这不，远处时常传来一两声狼嚎。

那是北极狼，一种耐寒坚忍的动物。在忍受了长达半年之久的黑暗后，这种少数可以在这片荒凉土地上生活的哺乳动物频繁地出来觅食。它们不像北极熊拥有一身上山下海的本领，同时也没有威胁性命的天敌。只能在陆地上生活的北极狼的生存条件更为艰苦，毕竟它们不算强壮，速度也不算快。

乔七夕在几声狼嚎中睡得有些不安稳，听起来附近似乎发生了冲突。他想探出脑袋看看，但是奥狄斯将他围住，似乎在安抚他，让他继续睡。

可是乔七夕哪里睡得着，枯燥的"熊生"太无聊了，难得有狼生事，他想听个热闹。

有一只体积已经不能称为小熊的熊在怀里拱来拱去，闹得奥狄斯也没办法安心睡觉。它掀开一只眼睛的眼皮——这是北极熊特有的技能，猜测着乔七夕的想法。

疯了？这是奥狄斯最近才有的意识。因为它遇到了乔七夕，一只不按常理出牌的小北极熊，刺激得它养成了会猜测的习惯。

奥狄斯偶尔能够猜中乔七夕想干什么，但是会不会惯着乔七夕要看它的心情，它并不是每次都会顺从。

比如现在，狼群在林中狩猎，发出了扰熊清梦的动静。别的小北极熊都会谨慎地躲起来，而奥狄斯捡来的小北极熊却对狼群充满了兴趣，就如他喜欢吃味道奇怪的生蚝一样。

奥狄斯咬着小熊的后颈皮，将他拉扯回来，往反方向走。

乔七夕内心呼喊:"我的小黄……"

他叼上自己的小黄桶,奥狄斯撵上他。

午睡被打扰,还没睡够的奥狄斯浑身透着低气压。要不是它不喜欢吃狼,挺睚眦必报的奥狄斯估计会过去杀死在林子里瞎吵吵的北极狼。它不吃是因为狼不好吃,肉少又麻烦,味道一般。是的,它吃过。

去看热闹吗?乔七夕高兴地跟着奥狄斯,那叫一个兴奋期待。后来才知道,奥狄斯不是带他去看热闹,而是带他去捕猎。

可恶,乔七夕心想,北极的生活,不是在吃饭,就是在吃饭的路上。

## 第十一章

吃饭，说起来轻松，其实在辽阔的极地上，寻找食物的过程远没有想象中那么容易，乔七夕也饿过肚子。比如现在，他们花了很长的时间穿过针叶林，前往最后一片被冰雪覆盖的海面。

在这里，他们遇到了越来越多的北极熊，它们都在忙忙碌碌地寻觅食物。

冰已经不那么厚实，北极熊站起来一掌拍下去，就能将冰面拍出一个冰窟窿，然后抓捕冰下面的猎物。

哪怕是奥狄斯，也不是轻易就能抓到。它弄碎了一片冰层，但是猎物跑了。它一路追上去，直到猎物游入了没有冰面覆盖的深海，扬长而去。

乔七夕抻长了脑袋，这种白茫茫的冰、汹涌的海水，他根本没办法驾驭。

奥狄斯呆呆地注视着猎物离去的方向，稍微有些喘息。不过，它很快就调整方向，继续搜寻其他猎物。

马上要淹没这里的海水在冰面上纵横交错，两只饿了的北极熊迈着湿答答的四肢前进。

乔七夕发现，对面挺远的一块浮冰上有一道黑色的影子，那是海豹没错，但是有点儿远。假如费尽心思地游过去，对方又跑了，那真是得不偿失。

奥狄斯显然和他想法一致，虽然停下来遥望着对面的海豹，却没有下一步动作。

也许对面的海豹也发现了他们，但出于距离的原因，双方只能隔空相望，各自在心里吐槽。

海豹的样子仿佛在说："小样儿，敢过来就让你白跑一趟。"

一般北极熊能动手就不动口，发现不能动手，那就掉头走了，北极又不是只有这一只海豹。

没错，乔七夕很有骨气地顶着小黄桶，跟上奥狄斯潇洒的脚步，继续在冰面上寻找其他猎物。走着走着，他发现他们两只熊以那只海豹为中心绕了一个圈。

这边这个位置比较容易靠近海豹，不容易惊动对方。奥狄斯潜进了水里，乔七夕在岸边乖乖地等候，不发出一丝声音。

深蓝色的海面上，一只北极熊悄无声息地游向对岸。那只晒太阳的海豹并没有察觉危险在悄悄靠近。捕猎时狡猾冷静的北极熊从它身后的雪堆上岸，然后探出了大半个身子。

并不平静的海面为北极熊争取了隐藏自己的机会，它有足够的耐心伺机而动。

远处的小熊在这种关键时刻连动一下耳朵都不敢，他屏住呼吸，像一只雕塑熊一样远远地看着对面的战况。

吃饭还是饿肚子，就看现在了。假如能抓到那只重量可观的海豹，乔七夕发誓，他会多吃两口油腻的脂肪。

是的，这是一只雄性海豹，重量几乎是雌性海豹的几倍。一只北极熊想要熬过一年，至少要吃四十只海豹。冰川融化前的最后一小段时间里，假如能抓到它，奥狄斯和乔七夕就安心了。靠着这只海豹带来的能量，他们可以不那么辛苦地熬到冬季来临。

捕捉猎物时，奥狄斯一向很有耐心，现在远远没有到它认为适合的时机。不过中间出了一点儿小插曲，它嗅到了别的北极熊的气味，来自一名不速之客。

在它到来之前，奥狄斯提前结束了自己的观察，终于向那头晒太阳的海豹发起了攻击。

对方听到动静，立刻一甩尾巴向海水里扎去。奥狄斯紧跟着它，一同潜入海水中。

论游泳当然是海豹更为灵活，奥狄斯在水下作战很容易失去机会，不过它还是咬住了海豹。随着它甩动头部，浑身的毛发在水里摆荡。碍于水的阻力，北极熊在水下发挥的力度会受到影响，所以它拼命地将猎物往岸上带。这时它粗壮的四肢就起到了很大作用，只要身体被咬住，海豹就很难游得过它。

岸边，乔七夕焦急地等待着。奥狄斯到水下去了，窥探不到水下的状况让他心绪不宁。

忽然，那名被奥狄斯预先探测到的不速之客姗姗而来。它的出现惊扰了岸边的小北极熊，因为此时此刻，他们两者的距离只有不足五十米，这是一个相当危险的距离。

所以，乔七夕经过短暂的考虑选择撒腿跳进海里，向奥狄斯游去。

正在捕猎的奥狄斯哗啦一声冒出水面，嘴里叼着还没死透的猎物。浑身湿答答的巨型北极熊上了岸之后立刻将猎物咬死，然后将其按在熊掌之下，这才抬头去张望小熊。然而岸边没有它所熟悉的身影，反而看到了一只陌生的北极熊。

奥狄斯并不意外，它很快就将视线从对方身上掠过，然后紧紧地盯着在海水中游动的小北极熊。

乔七夕头上的黄色塑料桶在幽蓝的海面上格外醒目，简直就是一道亮丽的风景线。

乔七夕发誓，自己从来没有游得这么快过。而他之所以游得这么快，不是因为前面有饭吃，虽然他的确挺饿的。他之所以游得这么迅

猛，是因为再不游快一点儿，他就会成为那只陌生北极熊的饭。

奥狄斯甩了甩身上的海水，确定乔七夕自己可以游过来后，就将视线重新放到了那只北极熊身上。

这时它的气场分外霸道，仿佛隔空对那只入侵的北极熊说："这里已经有主了，赶快远离这里，否则我就咬杀你。"

嗅觉敏锐的动物通过气味来分辨敌我，同时也能通过气味分辨出对方的强弱。那只北极熊知道奥狄斯年轻强壮，因此不敢轻举妄动。可是血腥味勾引得饥肠辘辘的北极熊十分垂涎，它没有离开，也许它在等待一顿被对方遗弃的美餐。可是它也不想想，这只雄性海豹足够奥狄斯一家吃上好几顿。在这个食物贫乏的季节，奥狄斯不可能只吃一顿就丢下这只海豹。

俗话说望山跑死马，这句话用来形容乔七夕现在的状况再恰当不过。看见奥狄斯游得这么轻松，他还以为自己也行，结果他不行。并不是说坚持不下去，只是他实在是太累了。

乔七夕毫无压力地举起双掌，把头上的小桶放下来，底朝下。中空的桶就是一个天然的浮力神器，可以用来托着自己的下巴。虽然这对一只熊的重量来说微不足道，但是最起码能减轻一丝负担，反正呢，总比戴在头上毫无用处要强那么一点点。

估计奥狄斯看见这么磨叽的孩子都要急死了，恨不得自己跳下水去，把小熊驮过来。

要乔七夕说的话，他和奥狄斯一个做事慢吞吞，一个做事风风火火，能和平相处纯粹是语言不通立的功。否则奥狄斯会天天教育他，搞得好好的一个家不得安宁。

这一边，奥狄斯耐心地等待了一段时间。磨叽的小北极熊和他的塑料桶慢吞吞地来到了岸边。

乔七夕先把桶扔上去，然后抬起腿爬上岸。下海之前，他是一只洁白英俊的小熊；下海之后，他是一团会喘气的大白抹布，看起来狼狈极了。

疲倦的乔七夕趴在冰面上休息。担心他的奥狄斯过来嗅他的鼻子，能够一掌拍晕海豹的硕大熊掌在小熊身上有分寸地轻按。

躺在浮冰上的乔七夕忍不住发出哼哼唧唧的享受的声音，他知道奥狄斯不是在给自己按摩，毕竟单纯的北极熊哪里知道按摩，看他累成这样给他做保健什么的怎么可能。可是游泳过后酸酸的肌肉被揿来揿去确实挺舒服的，至于奥狄斯的真实意图，乔七夕猜可能是看他死了没。

为了不让对方担心，乔七夕爬起来甩干净水。

其实也不是很累，只是自己懒惰而已。

来到这里之前，他们已经空腹了许久，身体现在急需摄入食物。

奥狄斯等到了平安无事的小熊，之后便开始和小熊一起进食。和以往一样，这只巨型北极熊总是让小熊先吃，而自己稍后。这样可以观察周围的环境，以免有特殊的情况发生，更何况对岸还站着一只图谋不轨的北极熊，随时可能会游过来夺食。

乔七夕狼吞虎咽地饱餐了一顿后，轮到他守候奥狄斯吃饭了。不着调的小熊一改往日的调皮捣蛋，变得认真起来，因为他有点儿担心剩下的海豹肉会引来更多北极熊争夺。不过很幸运，他们所在的地方就像一个湖心岛，正是易守难攻的兵家必争之地。就算有十只北极熊围攻他们，他们也可以将猎物扔出去让那十只熊窝里斗，而他和奥狄斯趁机溜之大吉。

这片冰天雪地上的北极熊可能做梦都没想到，自己有生之年会遇到一只研读过《孙子兵法》的北极熊。

奥狄斯吃东西很快，而且吃得也很多，因为的确饿了。它可以一口气吃下一百斤的食物，这就是北极熊的胃口。况且，奥狄斯现在远不算是巅峰状态，它的上升空间还很可观。

吃下足够的食物，白色巨熊舔了舔嘴巴上的血迹及爪子。

北极熊的爪子很坚硬，但也有受损的可能，假如受伤了要及时处理。每当奥狄斯捕猎完毕，乔七夕都会察看它的牙齿、口腔，还有爪子的情况。

以前有过这样的案例，北极熊的熊掌被刺横穿，刺一直没有取出来，因此整个熊掌都肿胀流脓，无法痊愈。

作为臭毛病特别多的熊孩子，乔七夕可以随意检查奥狄斯的爪子，因为奥狄斯被他折腾得习惯了。

奥狄斯虽然不理解小熊为什么喜欢折腾自己的熊掌，但还是会纵容他。但奥狄斯不喜欢被检查口腔，每当乔七夕试图用爪子掰开它的嘴，它就算不凶，乔七夕也会躲开。

比如现在，这只吃饱了没事干的小熊精力旺盛，对它的爪子和嘴分外感兴趣。

这让奥狄斯很想躲起来，可惜，这块浮冰的面积有限，它根本没地方躲。

说句实话，牙齿和爪子对北极熊的一生来说那么重要，除了每次捕猎完毕进行检查，其实每天刷一刷牙会更好。如果可以的话，乔七夕希望奥狄斯活得久一点儿，哪怕老了无法捕猎，也还有他这个年轻几岁的小伙伴。他会努力捕猎养奥狄斯的，所以要保护好牙齿。

野外没有现成的牙刷，但是用熊掌上的毛蹭一蹭也是可以达到清洁效果的。海水是天然的漱口水，还能起到杀菌的作用。只需每天拿出几分钟就能保护牙齿的健康，避免到了老年出现咬不动肉的窘境。

目前的情况就是，作为有思想的"假"熊，乔七夕每天都坚持刷牙，方便完毕，也会在雪地上蹭一蹭屁股，每天在雪地上打滚儿也是必不可少的。

在这只精力旺盛的小熊的不断骚扰下，奥狄斯干脆侧卧在冰面上，将自己的头抱起来，埋进了肚子里。

乔七夕对它束手无策，只能等待下一次机会。

## 第十二章

相比其他北极熊，奥狄斯和乔七夕算是幸运儿中的幸运儿。先前，他们在救助站的两个月里摄入了足够多的食物，把身体养得足够强壮肥胖。之后，人类为他们选择了合适的放归地点，那儿不仅有丰富的食物资源，同时也没有那么残酷的竞争。

只不过，随着气温一天天升高，冰川从南到北逐渐融化。为了摄取更多的脂肪和能量，北极熊们便要冒险追逐还未融化的冰层。直到海面上的冰层所剩无几，属于它们的冒险游戏才真正开始。

北边的冰层都融化了，只剩下一些小岛屿还覆盖着冰雪。夏季到处一片贫瘠荒凉，没有可供生存的食物。届时，北极熊们会通过游泳去往南边的海岸，尽管途中会上岸经过一些岛屿，但是两地间的距离仍然很吓人，短则要游两三百公里，长则要游五百公里。

很多年前，北冰洋海面上的冰层直到七月多才会彻底融化。这很友好，意味着北极熊们有足够多的时间储存能量度夏。随着全球气温升高，今年留给它们的时间足足缩减了一个月。

此时此刻，这是最后一片冰层了。

乔七夕每天都会听到冰层断裂和冰山崩塌的声音，他可惜地望着那

些向远处漂走的一坨坨冰。他很惆怅，因为只有在冰层上他们才能猎到海豹。

幸而，他们今年的任务已经完成了，等吃完这只海豹就能南迁。

不过那只守在岸边的北极熊显然没有这么幸运，它没有奥狄斯这么强壮，身上的毛发也发黄，看起来至少超过了十岁。

乔七夕有些担心那只北极熊，不知道它储存了足够多的脂肪没有。不过怎么说呢，他也只能在精神上给予支持，毕竟他还是个消费者，连自己都需要奥狄斯养活呢，哪里有余粮救济其他北极熊？

如同乔七夕所担心的那样，食物的气味的确又吸引来了一只带崽的北极熊妈妈，不知道是不是之前在针叶林里遇到的那个三口之家。小熊看起来才两个多月大，难以想象它们再过半个月左右就要和母亲一起横跨海面，南迁觅食。

如果小熊们很幸运地挺过了第一年，那么以后它们还要跟着妈妈来回两遍左右，然后将这份记忆铭记于心，传承给自己的孩子，或者独自来回。

刚才面对十几岁的老北极熊，乔七夕动了恻隐之心。现在面对带崽的熊妈妈，乔七夕也十分可怜它们。要是自己是个开肉铺的老板就好了，他心想。

虽然食物的诱惑很难抗拒，但是带崽的熊妈妈知道，自己不具备从雄性北极熊嘴里抢夺食物的条件，那是异想天开。于是，聪明的熊妈妈很快就带着孩子们离开了乔七夕的视线范围，去往其他地方觅食。

随着一家三口的离开，附近的冰层传来熟悉的断裂的咔咔声，这意味着冰层覆盖的海面又减少了一部分。

乔七夕这边感觉整块浮冰都在震动，显然他们在"融化预备役"里面待着。

这可咋整？

乔七夕看向奥狄斯，圆溜溜的天真的大眼睛里写着：铁子，咱们要跑路不？现在回岸上还不太远，来得及。

奥狄斯侧卧在浮冰上，只是抻长脖子望了望对岸那只离他们越来越远的北极熊，除此之外并无其他反应。那平静的眼神就好像在说："一场说走就走的旅行罢了，看把你吓的。"

看见自己的小伙伴如此淡定，坐在冰上的乔七夕心想：冰漂了你也飘了。

又等了两分钟，他们离岸边更远了，现在似乎是最后一次做决定的机会。

乔七夕心想，真不走啊？

好像是的，奥狄斯似乎有自己的想法。它并没有在意开始漂移的浮冰，甚至抱着脑袋继续睡觉，一看就是只做大事的猛熊。

话又说回来，它这样做的话，那么接下来他们只有一个选择——等浮冰融化之后立刻踏上南迁的路途。

跟着奥狄斯混饭吃的小北极熊并没有南迁的概念，因此不知道接下来有一场两三百公里的游泳马拉松在等着胖胖的自己。乐天派的小北极熊将自己的小黄桶叼回来，以免它滚到海里去。

六月中旬，这片即将完全融化的北极冰层聚集了大批极地研究者的目光。制作精良的无人机一天二十四小时在极地上空航拍。

偶然的机会下，一架无人机航拍到了让人觉得十分有意思的一幕。在茫茫的大海中，一块十来米宽的巨大浮冰承载着两只北极熊，以及一只吃了一半的海豹。呃，准确地说，还有一只黄色的塑料桶。

人们对这个画面有些忍俊不禁，没有理由，就是觉得莫名有喜感。

"这两只北极熊还挺白挺胖的。"研究人员"咦"了一声，"不是说今年夏天的北极熊特别艰苦吗？我看之前拍的照片里，一个个都灰头土脸的。"

"是白白胖胖的。"一个年轻的声音说，"这是我今年见过的颜值最高的北极熊了，拿给教授看看。"

教授看到这张照片，推着眼镜"咦"了一声后笑了："这是你们谁修的照片，拿来唬我。"

年轻人说:"不是修的,这是真的。"

教授愣了愣,指着那只大的说:"这是一只雄性北极熊,你看它这块头,体重至少得六七百公斤起步。"

年轻人点头:"我看出来了。"

"你看出来个什么?"教授批评道,指着另一只小的说,"这是一只未成年的小熊,年纪在两岁左右,照理说还没有离开母熊独立生活……"

"这么大一只,应该不止两岁吧?"年轻人插了一句。

"总之还是只小熊。"教授说,"它不应该和一只成年的雄性北极熊待在一起,你见过哪只雄性北极熊带崽的?"

所以他才怀疑这张照片是年轻人修的。

"说的也是。"年轻人挠挠头,"但是教授,这张照片绝对不是修的,真的是我们航拍到的。如果您感兴趣的话,我们可以继续追踪这两只北极熊。"

"嗯,它们在海上漂着,看来是准备南迁。"教授推测。

"应该是的。"年轻人点头。

一本正经地讨论完毕,年轻人把这张图片发到了论坛上,顿时有了很多留言。

——哈哈哈,这两只北极熊厉害了,还会带着食物旅行。
——啥都不重要,把吃的带上最重要。
——哎哟!这一看就是会过日子的,看这白白胖胖的身材,哈哈哈。
——那个塑料小黄桶是怎么回事?
——海洋垃圾,令人深思。
——画面虽然充满喜感,但是也不由得令我辈深思。
——北极熊太难了,待在北极还要与人类的垃圾为伍。

人类做梦也没想到，那只小黄桶是小北极熊的私有财产，他捡到了就是他的。

乔七夕也做梦都没想到，突然自己就被迫出道了，自己的靓照在极地研究者的圈子里传开了，而且还被迫参加"真熊秀"节目。

作为一只不平凡的小熊，他想低调，但是实力不允许。

话说，当人们看到一只北极熊独自待在浮冰上眺望无边的海洋时，会觉得孤独、寂寞、无助，打从心底产生一种惆怅悲凉的感觉。

那么换一种情况，当人们看到两只白白胖胖的北极熊依偎在一块结实的浮冰上，吹着小风，晒着日光浴，吃着海豹肉……

惆怅？悲凉？不存在的。因为他们是两只，有伴儿，还有吃的，还白白胖胖。

他们不是说过"有些人过得还不如熊"吗？为什么这么说呢？根据最新反馈的航拍画面，成年北极熊和未成年小熊的确是同伴关系，而不是猎食者和储备粮的关系。

一开始人们还挺担心的，这只小熊是不是大熊给自己找的储备粮，然后发现不是的，成年北极熊对小熊很好。

是的，浮冰在冰面上漂漂了十几个小时后，乔七夕从睡梦中醒来，觉得躺在漂移的冰面上睡觉还挺舒服。

醒了醒神，肚子传来了饥饿的感觉。乔七夕蹭了蹭卧在自己身边的奥狄斯，他不知道奥狄斯饿不饿。

你好，要一起吃点儿海豹吗？

奥狄斯眯着眼睛，舔了舔在自己怀里拱动的小熊，然后又将头压在对方身上继续酣睡。

乔七夕服气了，自己不饿难道崽也不饿吗？坚持想要吃饭的小熊从千斤重的压制之下努力地爬出来，爬到海豹旁边吃肉。

奥狄斯看了看乔七夕，把头搁在爪子上继续睡觉。这倒不是因为奥狄斯很困，它只是在养精蓄锐，减少不必要的体能消耗，因为接下来还有一场硬仗要打，它必须保存体力。

北极熊陷入深眠的时候可以不吃不喝，也不排泄，奥狄斯现在就是这个状态。

不过乔七夕并不知道，他吃了七分饱就不再吃了，想把剩下的食物留给奥狄斯。

吃饱后，小北极熊舔着嘴巴向四周张望了一下，顿时夯毛。

四面环海。

完了完了，乔七夕开始觉得腿抽筋了。天哪，等到脚下的浮冰融化了，他们可以靠岸吗？

乔七夕立刻丈量了一下浮冰的面积，接着夯毛，这块冰好像比他们出发的时候少了一半。也就是说，最多再过十个小时，他们脚下的浮冰就会完全融化掉。

是的，浮冰再小一点儿就承受不住他们的重量了，就算不完全融化掉，他们也无法继续待在上面。

乔七夕望着越来越小的浮冰，连忙咬着海豹往中心点拖拽，这是重要的财产，还有小黄桶。

奥狄斯！快醒醒吧！乔七夕在心里呐喊，快起来吃海豹，再不吃就掉海里啦。

这时，航拍的画面中，一只圆滚滚的小北极熊在浮冰上忙忙碌碌。只见他一会儿拖拽食物，一会儿去叼自己的小桶，一会儿跑到成年北极熊身边撒娇？

呸！是发警报！

## 第十三章

看到航拍画面人们才知道,原来那只塑料桶并不是无缘无故出现在浮冰上的,它是属于小北极熊的物品。

啊,大家都很惊讶,没想到,野生的北极熊也会随身带上自己喜欢的物品,而且还是在南迁的过程中。

只能说太可爱了,这只小北极熊身处如此恶劣的生存环境,还能保持活泼开朗的天性,十分难得。如此一来也从侧面证明,带领他的成年北极熊应该十分疼爱他,给了他很好的呵护和照顾。

人们看到大北极熊一直没有进食,至少从他们第一次航拍拍到这两只北极熊开始就是如此。

浮冰一点儿一点儿地融化变小,大北极熊一直静卧在中间,只有偶尔被小熊骚扰的时候才会抬起爪子扒拉一下调皮的小熊。

"它在养精蓄锐。"教授说,"毕竟浮冰马上就要融化了,接下来要经历一场几百公里的海洋马拉松,这几乎会耗尽它的所有精力。"

"更何况它还带着一只小熊。"和教授一起讨论的年轻人有些担心地说,"雄性北极熊真的可以像母熊一样把小熊顺利带上岸吗?"

教授摇摇头:"这大概是自然界的首例,所以一定要好好跟踪。"

这一边，乔七夕后知后觉地注意到，奥狄斯总是不起来吃东西，哪怕已经过去了十几个小时。

平时这个时候，胃口大的奥狄斯可以吃两顿，甚至三顿，只要食物足够，现在却不吃了。

乔七夕一开始挺担心的，奥狄斯是不是生病了？于是他强行扒开奥狄斯的眼皮，发现眼睛很正常，眼白没有红血丝，也不浑浊，很深邃灵动，只是有点儿无奈，有想翻白眼的趋势。

抱歉……

乔七夕首先排除奥狄斯生病的可能性，折腾累了的他蜷缩在奥狄斯身边靠着，思索奥狄斯不吃东西的原因。

作为动物的奥狄斯是否会跟自己一样，想把有限的食物留给对方呢？

明知道不能用人类的思想去揣测动物的心思，可是只要一想到这个可能性，乔七夕的脑子就停不下来，开始"脑补"各种让自己感动得稀里哗啦的情节。

自己何德何能，可以这么幸运地获得奥狄斯的无私照顾。在条件恶劣的野外世界，一切都是纯粹分明的，动物与动物之间没有复杂的利益关系可言，所以奥狄斯也不是为了从他身上获得回报才对他好。

想着这些，乔七夕抽了两下鼻子。他心里越发坚定，自己以后会努力猎海豹，给奥狄斯养老，报答奥狄斯的养育之恩。

食物还有一半，在浮冰融化之前，乔七夕觉得自己肯定吃不完。他想了想，用嘴巴撕咬下一块海豹肉，送到奥狄斯嘴边。

可怜的奥狄斯本来打算抓紧时间休息，可惜它养的小熊精力旺盛，太需要它的陪伴。好吧，对小熊耐心颇没有底线的奥狄斯掀开眼皮，叼起小熊递过来的肉，然后送到小熊嘴边，哄对方进食。

乔七夕看见奥狄斯把肉叼走了本来还挺高兴的，结果奥狄斯并没有吃，反而又送了回来。

真的不饿吗？小北极熊撇开嘴巴，步步后退，表示自己不吃。不仅如此，他还把整只海豹拖到奥狄斯面前，发出高高低低的声音，用爪子拍地，示意奥狄斯吃。

奥狄斯不是很理解乔七夕的行为，剩下的食物不多了，自己吃不好吗？不过奥狄斯很宠爱自己养的小熊，为了让小熊高兴，哪怕它已经不需要频繁进食了，还是低头吃给小熊看。

乔七夕哪里知道自己被奥狄斯哄了，他看见奥狄斯终于肯进食就安心了。

最后一顿饭，他们将剩下的海豹肉吃完了。值得一提的是，随着气温升高，剩下的海豹肉并没有冻上，口感还是挺好的。

小北极熊将海豹残骸推进海里的画面被航拍拍了个正着，不出意料，这张照片又被人们津津有味地讨论。

——聪明的小家伙，这样可以减少浮冰的载重。
——好家伙，快把我拴上，然后让它来上学！
——嘤嘤嘤，真的太可爱了！
——看把小北极熊忙得，一路上就数它最忙。
——后勤部。

吃完饭五个小时后，浮冰终于承受不起两只北极熊的重量，隐隐约约有下沉的迹象。

奥狄斯首先跳进海里，在浮冰前面游了一段时间。这段时间乔七夕还是待在浮冰上，不过他已经戴好了小黄桶，随时准备加入远洋马拉松。

当浮冰也承载不起乔七夕的重量时，他一蹬腿跳入海里，跟在奥狄斯的屁股后面，正式开始了南迁之旅。

极地研究者的论坛上又更新了两只北极熊的进度。

小北极熊也跳进海里了，他头上的小黄桶分外惹人注目。

航拍的拍摄视角是在高空俯瞰整片汪洋大海，视野所及之处只见茫

茫的蓝色大海，一大一小两个白里带黄的点在这片海上沉浮。相较于辽阔汹涌、令人恐惧的大海，这两只北极熊显得那么渺小脆弱。人们不由得为奥狄斯和亚历山大感到担忧、揪心，多么希望这两只北极熊可以一路顺风，成功地抵达海洋另一端的陆地。

跳入海里之前，乔七夕并不知道自己接下来要游几百公里，也庆幸他不知道，所以并没有多少心理压力。

当然，并不是说要一口气游完几百公里。这期间他们会路过一些岛屿，上去休息片刻，运气好还能弄点儿补给。

要说北极熊的方向感，那是真的惊人。它们会牢牢记住幼年期和母亲一起游过的路线，此后的一生中，每年都会遵循这条路线游，很少有迷路的时候。

乔七夕算是一只"失忆"的北极熊，如果没有奥狄斯的带领，他今年必死无疑，因为他连南迁的路线都不记得，幸而有奥狄斯游在前面引领。

一直以来，乔七夕下海的机会并不多，总的来说，他的游泳技术很一般。现在为了追上奥狄斯，不拖奥狄斯的后腿，他不得不临场发挥，琢磨更多游得更快的办法。比如，人类所钻研出来的自由泳，那是游得最快的游泳方式。结合北极熊自身的身体条件，想象自己是一条自由的鱼。不过大概没有哪条鱼的身材会这么圆润肥胖。

虎鲸？可是虎鲸的身体线条很流畅，人家游泳的速度实在太快。

翻车鱼？其实乔七夕一直搞不懂，用"坨"来当量词的翻车鱼为什么还没有灭绝？是因为它的肉不好吃吗？所以它才能在海里一动不动地混吃等死，有点儿羡慕。

烈日当空，北极熊们的脑袋被晒得发热，而泡在海水里的身体则凉爽多了。不知道这算不算是冰火两重天呢？

奥狄斯游泳的速度不快不慢，应该是怕小熊跟不上。偶尔它还会回头看看，就像记忆里的母亲曾对待它那样。

所幸乔七夕没有掉队，他跟得还挺紧。

第一个途经的岛屿在五十公里开外。这是乔七夕第一次一口气游这么远，感觉非常累。

他们上了岸之后，乔七夕的双腿都在颤抖。就连奥狄斯也步伐缓慢，有些异于平常，可见这次跋涉有多么艰辛。

这个岛屿光秃秃的，一点儿植物也没有，冰雪下是贫瘠的沙石地，连长出植物的条件都不具备。这里的气温还是很低，即使是在夏季，也会维持在零下十摄氏度左右。北极熊们在这里无法找到食物，只能把它当成一个临时休息的驿站，用来恢复体力。

真的没有食物吗？好像是这样的，否则奥狄斯不会直接找个地方躺下来休息。而它不仅自己躺下，还搂着小北极熊也躺下。如果它会说话的话，估计会安慰躺在怀里筋疲力尽的小熊：快睡吧，睡着了就不饿了。

乔七夕：我信你个鬼。

好吧，乔七夕也没有体力折腾。几乎在躺下的那一刻，他就进入了香甜的梦乡。

在岛屿上和奥狄斯抱在一起不知道睡了多久，乔七夕终于悠悠地醒来。

耳边传来哗啦啦的涨潮声，海平面相比起他们刚上岸的时候似乎又上涨了一点儿。北极的很多冰都融化了，变成水汇入了海水中。

身边的小熊东张西望，奥狄斯也醒了，不过它似乎并没有打算马上起来赶路。它眨了眨眼睛，又迤迤然地闭上了。

这可太好了，乔七夕心想，那就在这里多待一会儿吧。

罗马不是一天建成的，北极熊们的南迁之旅也不是一天就可以完成的，不急不急。

两只懒熊抱在一起呼呼睡大觉，航拍他们的科研人员感到十分有趣，北极熊不是怕热的吗？

随着夏季来临，岛屿上的温度在零下十五摄氏度左右，相对而言是一个不冷不热的温度。在日光下的北极熊们偶尔会感觉到热，总之绝对不会冷,更不会和同伴抱在一起取暖。而他们追踪的这只雄性北极熊令人大开眼界,它似乎十分喜爱这只小熊,有些举动让人类看了都觉得温馨有爱。

——它真是一个好哥哥。
——也可能是好爸爸。
——要知道,爸爸的毛发成色没有这么新。这一只身上的毛发很洁白,看起来应该还很年轻。
——我的天,这两只熊是在哪里拍到的?我好想了解它们。

一条评论引起了大家的注意,发评论的人正是格陵兰岛上那家野生动物救助站的员工,他偶尔会在论坛里溜达。

——请问你是?
——格陵兰岛野生动物救助站的员工,曾经救助过很多北极熊。
——好的,我们私下联系。如果确定你的身份,我会把坐标位置发给你。

通过交换信息,他们确定了这两只北极熊的来历,的确就是回归野外两个月有余的奥狄斯和亚历山大。

从此以后,这两只北极熊就在论坛上有了姓名,原来大熊叫奥狄斯,小熊叫亚历山大。他们既不是父子,也不是兄弟,可以说是毫无血缘关系,只是几个月前一同被救助过,当过短暂的邻居。

知情人士在论坛上愉快地表示,年龄和时间没能阻碍这两只北极熊之间产生深厚的友谊。回归自然之后,他们很快就找到了彼此,然后一直共同生活。

——啊,这个故事也太可爱、太温馨了。

——感谢亚历山大遇到了奥狄斯,感谢奥狄斯照顾了亚历山大,它们以后还有很多个夏天。

——这是今年听到的最让人开心的故事了。

——所以说奥狄斯只有不到五岁,这让人有点儿担心。明年春天它会离开亚历山大吗?

——也许不会,奥狄斯是一只特别的北极熊。

——亚历山大也很特别,我喜欢它对自己的装扮。哈哈,它是个又酷又可爱的男孩子。

睡梦中的乔七夕收到了来自世界各地的很多夸赞,这是他以前从没有体验过的巅峰时刻。

## 第十四章

　　潮水几经起落，时间约莫过去了半天，又或者是一天。海面上的风很温柔，比起冬季的风，动物都更喜欢初夏的风。

　　而奥狄斯对此毫无感觉，如果可以选择的话，它应该会选择永远停留在冬季。因为在它的记忆里，一旦吹起这样温柔的风，就意味着捕捉猎物的难度会增加，不过对它来说还是游刃有余的。

　　奥狄斯舔了舔爪子，另一只手臂搭在小北极熊的背上，对方正把脸埋在它胸口上睡觉。

　　这是这只小熊最怪异的地方，竟然喜欢温暖，无论冬季还是夏季，对北极熊来说这很怪异。

　　目前的温度对于奥狄斯来说是有点儿热的，特别是胸口肚皮这一块，就像抱着一个小暖炉。可是奥狄斯似乎无视了这份热度，仍然抱着酣睡的小熊，享受着远行途中休息的时光。

　　大概半个小时后，乔七夕第二次醒来。他睡眼惺忪，大大地打了一个哈欠，然后又爬起来伸了一个懒腰。他踢了踢后腿，感觉发酸的肌肉已经恢复了过来，身上的毛发也是蓬松的。乔七夕感觉自己雪白蓬松的毛毛上面应该会有一股阳光的味道。

为了确认这个事实，乔七夕非常有科学精神地蹭到奥狄斯身边，把脸埋进对方的毛毛里用力嗅了嗅，果然有一股阳光的味道，还有奥狄斯独特的味道。这种味道在乔七夕心里预示着安全感、舒适和依赖，对他来说很好闻。

奥狄斯也站起来伸了伸懒腰，他们要尽快离开这里，太久不进食会影响南迁的状态，战线不宜拉得太长，特别是带着小熊。

看见奥狄斯迈步走向海边，乔七夕立刻戴上自己的小桶。同时他心里有些遗憾，自己身上刚刚晒干的毛毛又要被打湿了。

睡眼惺忪的小北极熊下到海里立刻打起精神，紧紧地跟上奥狄斯的身影。

为了选择岛屿与岛屿之间比较近的路途，有时候他们会游过一些暗礁。水下面长满了海藻，从上空俯视显得怪可怕的，那些黑影一缕一缕的。海洋动物都会有被海藻缠上的危险，所以要特别小心。

奥狄斯当然不会让海藻缠上小熊，它会用自己庞大的身形在前面开路，或者绕开一些比较危险的地带，哪怕会增加游行距离。

众所周知，海里会有一些暗流和漩涡。如果不小心靠近这些陷阱，别说是北极熊，就连鲸鱼都有可能会遇险。

一般来说，北极熊们的路线里没有这种危险地带，它们同时也会避开鲨鱼出没的区域。

对了，还要挑日子。如果嗅到有强风来临，它们就不会轻易下海。不过，这个季节北冰洋的海面上相对比较风平浪静，不失为一个出行的好时机。

所以说，当一只北极熊不容易，当一只带崽的北极熊更不容易。

一口气游了好几十公里的乔七夕表示，当崽也不容易。第二段路程已经超过五十公里了，还没到岸上他就累了。

又坚持游了一段路，小北极熊不得已发出嗷嗷的声音，引起了前面那只大北极熊的注意。

之前没有管乔七夕的奥狄斯闻声立刻游回来，只见它潜到乔七夕肚

子下面，浮上水面将小熊托起来。

在水的浮力的帮助下，乔七夕借了奥狄斯一部分力，继续往前游。和之前的区别在于，这次他可以偷懒划水，隔几分钟休息一下，这样就没有那么费力了。

和第一座休息的岛屿相比，第二座岛屿的距离确实远一点儿。不过这座岛屿上有植物生长，海边也有礁石群，是一座比较大的岛屿。

看见有礁石群，乔七夕高兴得不得了，远远地就开始琢磨等一下吃什么。虽然吃不饱，但是解解馋也好呀。

岛上确实不会有太大型的哺乳动物供他们捕猎，只有随时可见的海鸟可以果一果腹，如果他们不嫌弃的话。但是海鸟被北极熊视为最次的食物，奥狄斯不一定会纡尊降贵地去捕捉海鸟，也许它宁愿饿着抵达目的地。

鉴于它现在已经不是一个自由自在的单身汉，就算心里不是那么情愿，它还是在岛上抓了一只海鸟，叼给在岸边抠生蚝的小北极熊。

乔七夕看着这只鸟，咂巴了一下嘴巴，眼神充满怀疑。他想对奥狄斯说，这个丑东西，你还是自己吃吧。

奥狄斯聪明地品出了乔七夕的意思。不吃，那它就把海鸟放了，因为它也不想吃。吃海鸟还要拔毛，否则会卡喉咙。看起来挺大的一只鸟，拔完毛之后只剩下一副骨架子，其实没有几两肉，奥狄斯不爱吃。

原来海鸟还没有被咬死，乔七夕不得不佩服奥狄斯的技巧。看似粗鲁的奥狄斯，其实可以用胆大心细来形容。细致的活它不是不能干，有时候可能只是懒。

这不禁让人好奇，奥狄斯究竟是哪只彪悍的母熊带出来的崽，真有个性，是独生子吗？

根据种种迹象，乔七夕推测，奥狄斯应该不是独生子，最起码身边有一起长大的兄弟姐妹。只有这样，奥狄斯才知道小熊需要照顾，因为它照顾过兄弟姐妹。

那么，奥狄斯的兄弟姐妹和母亲还在这片区域里生活吗？不在的话

又散落到什么地方了呢？

乔七夕忽然对这些问题充满好奇，不能得到准确的答案实在是太可惜了。

就像他也无法对奥狄斯说，自己曾经是个拿奖学金的高才生，厉害吧？

扇贝和生蚝之类的东西不能饱腹，不过的确可以补充营养，让消耗掉的体能更快地恢复。

在乔七夕专心致志地吃小点心的时候，不愿意费心思的奥狄斯则吃了点儿海藻果腹。它甚至不愿意去找口感好点儿的海藻，只吃了大片大片容易采摘的种类。

奥狄斯眼睛瞥到一片一片的紫菜，记得乔七夕爱吃这个，回去的时候就叼了一把。

收到紫菜，乔七夕高兴地给对方喂了两坨扇贝柱。这东西奥狄斯似乎还挺喜欢的，应该是它唯一能接受的贝类食品。主要是这里的扇贝柱个头很大，味道也不错，甜美多汁，可以补充水分。

奥狄斯吃完舔了舔嘴巴，眯着眼睛意犹未尽的神情可以称为享受。

不过它也只是尝尝，等到乔七夕再喂它就不吃了，只是亲昵地蹭了蹭乔七夕的头，让乔七夕自己吃。

今天论坛上出现了一个新的标题：今天的奥狄斯和亚历山大漂到哪儿了？

上传的航拍画面中，大北极熊懒洋洋地趴在礁石上睡觉，小北极熊则待在水里的礁石缝隙中，不知道在干什么。

——哈哈哈，它在挖贝壳吗？

——这个画面像极了一颗大汤圆卡在石头缝里。

——是的，亚历山大在挖贝壳吃，它在这方面很熟练，一看就是"惯犯"。它还会投喂给奥狄斯，它们的感情真让人羡慕。

——奥狄斯为什么在睡觉?

——应该是为了补充体力,它偶尔要驮着亚历山大游泳,十分辛苦。

——真可爱、可怜又幸运的两只小甜心。

——得亏有小伙伴在身边,即使很辛苦也能看出一丝惬意来,加油呀!

——不知道奥狄斯这次选择度夏的海岸在哪里,应该不太远了吧?

乔七夕也是这么想的,应该不太远了吧?经过两次远洋马拉松,他已经怕了。再这样下去,恐怕自己胖胖的四肢都会锻炼出结实的肌肉。想象了一下有八块腹肌的北极熊,乔七夕赶紧甩甩脑袋,这不符合他的审美。

奥狄斯纵容小北极熊在礁石缝隙里待了大半天后,就下去叼着小熊的后颈皮把它往岸上带。

他们要到离海边远一点儿的地方入睡,刚才在礁石上只能算是打个盹儿。

奥狄斯选择了一个干爽的较高的位置,在那里能够很好地瞭望周围的环境。

顶着明晃晃的太阳入睡是家常便饭,乔七夕已经忘了黑夜是什么感觉,甚至过去的一切都感觉很遥远,包括在救助站里的生活,也像是一场梦一样。仿佛从一开始,他就生活在无边的海洋和冰面上。这意味着乔七夕并不讨厌自己的新生活,甚至挺喜欢。

梦里,自己和奥狄斯抵达了适合度夏的大陆。那里的气温在零下十摄氏度左右,最高会达到十摄氏度,算是个酷夏。

周围的北极熊都觉得热,不时需要跳进海水里凉爽凉爽。

乔七夕心想,真的有这么热吗?十摄氏度啊,在他看来还是要穿棉袄的。

他突然想到一个问题，夏天的自己依然跟奥狄斯挨在一起睡觉，那么奥狄斯会热吗？

于是他好奇地去问奥狄斯，然后奥狄斯告诉他："很热。"

十摄氏度对北极熊来说是个酷暑。

乔七夕又问："那你为什么还要挨着我睡觉？"

奥狄斯想了想，睁着一双滚圆而深邃的黑眼睛歪头看他……

在乔七夕马上要得到答案的时候，一群海鸟的声音惊醒了他。

小熊荒诞的梦远去，身边没有那只会开口说话的北极熊，只有现实中遵从本能生活的奥狄斯。

不，乔七夕觉得奥狄斯并不是遵从本能，至少在抚养自己这件事上，对方表现出了非常特别的性格。虽然没有跟别的北极熊近距离接触过，可是乔七夕分外肯定，奥狄斯是不一样的。

他亲昵地抱住了奥狄斯的脖子，想到了刚才那个梦。

奥狄斯会热吗？梦里对方说是的。

那为什么还要抱在一起睡觉呢？

梦里奥狄斯没有回答，因为梦醒了。乔七夕决定，下次再做梦的时候继续缠着奥狄斯问个清楚。

过了一天，陷入深眠中的两只北极熊在海岛上睡到爽，然后他们继续踏上了南迁的旅途。

当初被放生时，他们被送到了格陵兰岛东海岸附近的岛屿上。冰雪开始融化时，他们还往北走了很长一段路去追最后的冰层。

彼时地面全是冰，北极熊来回无须游泳。现在冰化了，它们要回到食物还算富饶的格陵兰岛海岸度夏就只能靠游泳，所幸中间有可以休息的岛屿。北极熊们付出辛劳，努力一段时间后就回到了岸边。

奥狄斯和乔七夕也一样，游游停停，虽然辛苦万分，但也看到了胜利的曙光。

出现在视野里的连绵海岸线终于让人找到了一丝安全感，同时也有了加把劲的动力。

终于要到了吗？再不抵达目的地，乔七夕心想，哥的一身肥膘都要交待在海里了。

　　奥狄斯还是一如既往地稳重，没有因为就快到了而发生情绪上的变化，更没有因为快到了而偷懒不驮小熊。它对乔七夕的照顾还是一如既往，甚至更加小心，确定从这里靠岸没有危险才游过去。

　　上岸的那一刻，乔七夕拖着胖胖的身体，喘着粗气往地上一趴。他心里想的是：老子要睡上三天三夜！谁也别喊我起来，除了吃饭。

## 第十五章

　　一阵海水冲上来把乔七夕的小黄桶带走了，乔七夕也没有抬一下眼皮，可见他现在有多累。还好奥狄斯眼尖，动作很快地叼起小熊喜欢的玩具，把它放到更加安全的地方。

　　不管怎么说，它也抚养了这只奇奇怪怪的小熊那么久，已经习惯了乔七夕的各种臭毛病。比如说，累了就立刻趴下一动不动。这不是死了，也不是生病了，只是在睡觉而已。

　　刚刚结束一场辛苦的海上迁徙，奥狄斯也累了，而且还挺饿的，毕竟已经好几天没有进食了。假如没有乔七夕在身边，奥狄斯会立刻去寻找食物，一边移动一边恢复体力。但现在，奥狄斯要守着它的小熊，哪儿也不去。它只是趴下来清理毛发，然后眯起眼睛晒太阳，等待疲惫的身体恢复精神。

　　乔七夕这一觉睡得特别沉，就连这期间奥狄斯舔他的脸叫他起床也没有任何反应。

　　挨着他的奥狄斯有点儿担心，一条粗壮的手臂抱着小熊，眼睛向四处无奈地张望。

　　在别人看来，这只北极熊仍然是一张淡定而又茫然的脸，让人根本

不知道它内心在想些什么。

天气转阴的时候，云层遮住了日光，海岸上的温度会下降几摄氏度，吹过来的风也会稍微冷一些。

乔七夕动了动爪子，盖住有些受风的眼睛，往奥狄斯的怀里钻去，然后陷入了浅眠的状态。

不久之后，乔七夕就完全醒来了。他把下巴搭在奥狄斯的胳膊上打哈欠，然后对有些阴沉的天气感到十分惊讶。

这是他不太喜欢的天气，不过奥狄斯很喜欢，因为凉快。

乔七夕爬起来戴上小桶，跟着奥狄斯慢慢地探索这块陌生的大陆。

荒芜的海滩上铺满了石头，沙地不太干净，熊走在上面爪子都脏了。

有土地意味着有植物，毕竟这不是小岛屿，而是大陆的岸边。乔七夕往远处看，的确看到了茂密的山林，没有海水腐蚀的平地上也长出了翠绿的小草。当然，最先入目的是高耸的岩石，经过海水的长期腐蚀，岩石上形成了一圈一圈的纹路。

数以千计像野鸭一样大的海鸟在上面栖息着，隐秘的岩石缝里藏着它们悉心照料的蛋。一般来说，如果没有被度夏的北极熊们掏掉，这些蛋就可以顺利地孵出来。不过乔七夕觉得，厉害的奥狄斯应该不会做出掏鸟蛋这种掉价的事情。

极地研究者论坛上出现了一个新的帖子，标题是：可喜可贺，两只北极熊顺利上岸了。上面还同步更新了一张乔七夕和奥狄斯漫步在岸边的照片。

——它们刚刚结束了一场远行，看起来很疲惫。

——饿了有几天了吧，不知道上岸的第一顿食物会是什么。

——唉，可怜，最好能够在涨潮的时候抓到白鲸什么的，或者在岸边遇到搁浅动物的腐肉。

——北极熊夏季可以不进食，不过饥饿的滋味应该会很难受。

　　——亚历山大还这么小，奥狄斯应该会尽力狩猎，像母熊一样照顾它。

　　——是的，这两只北极熊我倒是不担心，它们身上储藏的脂肪足够消耗的了。我担心的是其他北极熊，希望它们一切顺利。

　　——祝它们好运。

　　是这样没错，北极熊夏天唯一能吃的食物就是涨潮时游到浅海的白鲸，或者搁浅在岸边的其他海洋动物，这些是肉食。植物的话，草和根茎北极熊都会吃一些。不过乔七夕应该接受不了，除非是味道甜的根茎或成熟的浆果。

　　至于现在，奥狄斯领着饥饿的小北极熊在岸边行走，似乎并没有放弃猎取肉多的食物。只不过它需要一个适合的地点，比如说，礁石林立的浅海边、悬崖下面，或者是相对温暖的浅海支流，这些都是这个季节白鲸喜欢出没的地方。不过这样的地方不好找，谁也不确定白鲸什么时候会出现。在没有找到食物之前，他们会一直移动，尽管这样可能会得不偿失，毕竟移动也会消耗能量和体力。

　　话说乔七夕是个挺有耐心的人，否则他也不会选择地质学这个专业。跟着奥狄斯走了很久，他也没有急躁不安，仅仅是觉得饥饿而已，没有危险和恶劣天气的话其实还行。

　　奥狄斯停下来嗅了嗅风，然后方向明确地带着乔七夕继续走。

　　这样的举动大概重复了两次后引起了小北极熊的注意，他圆圆的眼睛一下变亮了，这说明什么？说明奥狄斯嗅到了食物的味道！饿了好几天的乔七夕立刻兴奋起来，迈出的小步伐都变得轻快了。

　　的确如此，奥狄斯嗅到了食物的味道，并且这股味道很浓郁。对人类来说是难闻的臭味，但对北极熊来说这意味着夏天难得一见的美餐。

那是一条巨大鲸鱼的遗骸，应该搁浅在岸边有一段时间了。鲸鱼的内脏早已被海水掏空，只剩下一个身体架子和部分红灰色的肉。十分夸张的肋骨支棱着，看着有几分科幻电影的感觉。

其实这不是最吸引乔七夕注意的地方，让他十分迟疑的是，这具鲸鱼遗骸边上早已聚集了七八只北极熊。它们目前还都挺胖，只是毛发不怎么洁白，都是一副灰头土脸的样子，应该在岸边生活有一段时间了。这几只北极熊为了夺食偶尔还会发生冲突，互相咆哮几下，或者直接动手干架，动静还挺吓人。

奥狄斯和乔七夕的到来无疑会增加瓜分食物的对手，当然是不被欢迎的。首先被恐吓的就是乔七夕，因为他是一只小熊，气场比较弱。

对此，乔七夕只是跟紧奥狄斯的脚步，没有跟那只北极熊发生视线上的交流。而奥狄斯看了看那只北极熊，龇牙恐吓了回去，声音比那只北极熊更为浑厚低沉。

那只北极熊很快就扭开头不再盯着他们，显然是知道小北极熊有庇护者。只是它可能不明白，为什么一只强壮的雄性北极熊会保护一只小北极熊，这是母熊才会做的事情。

奥狄斯赶走了那只脾气暴躁的灰胖子，回头蹭了蹭受惊的乔七夕，举动可以说是十分暖心。

其实乔七夕也没有被吓到，只要他不靠近被那只北极熊占领的食物，对方大概率不会真的发起攻击。

不过小熊的确饿了，从来没吃过腐肉的他面对这条搁浅多日的鲸鱼竟然咽了咽口水，哪怕这味道真的很呛鼻。

奥狄斯把他带到搁浅的鲸鱼的另一侧，用锋利的尖牙用力撕开坚韧的鲸鱼皮，露出里面因为气温低还没有腐坏的红色的肉。

乔七夕咽了咽口水，站起来用爪子趴在鲸鱼上，伸头去舔食。

奥狄斯狼吞虎咽，不一会儿就吞了好几口。

乔七夕努力往上跳了跳，可恶，还是够不到！真是的，奥狄斯把口子开这么高干什么，就不能开低一点儿让他也能吃上肉吗？因为身材比

较矮小，乔七夕只能眼巴巴地看着奥狄斯先吃，顺便祈祷奥狄斯早点儿想起这里还有一只嗷嗷待哺的小可爱。

其实奥狄斯没有忘记小北极熊，它先吃了外层的肉，然后撕咬里面更新鲜的肉，之后回头找乔七夕。

无人机航拍下大北极熊叼着肉低头喂小熊的情景。一个低头，一个抻长脖子，画面如此温馨有爱，让人忍不住嘴角上扬。

扒拉着巨型鲸鱼身体的乔七夕终于吃上了连日来的第一口肉，他激动得差点儿呛到。

奥狄斯则继续撕咬鲸鱼皮，它吃掉外层比较不新鲜和粗糙的肉，把里面新鲜细嫩的肉叼给乔七夕吃。

目测这条搁浅的鲸鱼还可以吃很久，奥狄斯没有把口子开得很大。如果可以的话，它会和乔七夕在这里长驻，直到这条鲸鱼被吃完为止。不过可以预料到，闻着味道而来的北极熊会越来越多，即便是巨型鲸鱼也吃不了多久。当然，暂时来说他们是不用饿肚子了，这是意外的惊喜，不是每只北极熊都能遇到。

小北极熊幸福地吃着肉，感觉自己的运气还挺好的。他心里想着，如果再来两条搁浅的鲸鱼，那这个夏天就可以安心度过了，说不定冬季来临的时候，自己还会胖个十斤二十斤的。

不过那基本是不可能的，遇到一条已经很幸运了。

就这样，两只运气满满的熊努力低头吃饭。

饿了几天的奥狄斯可以一口气吃下一百斤的食物，甚至更多。特别是在这种情况下，它会能吃多少吃多少。它希望乔七夕也一样，所以不停地搬运肉块给乔七夕。

而乔七夕的胃口有限，当然不可能一口气跟奥狄斯吃得一样多。很快，他的小桶里就堆满了他吃不下的肉，说实话挺有压力的！这就是野外生活吗？饿的时候饿得要死，有吃的时候又太多了。

乔七夕：真的吃不下，奥狄斯，够了，住手，不是，住嘴。

奥狄斯叼着肉回过头来，发现小熊的桶里还堆着满满的肉，竟然没

有被吃掉。奥狄斯认真地看着小熊，圆而深邃的大眼睛里仿佛写着：老弟，你怎么回事？

"嗝——"和它对视了片刻，乔七夕打了一个饱嗝，一嘴的鲸鱼味儿。在奥狄斯恨铁不成钢的目光下，他疲惫地坐了下去，放弃了努力。

向来惯着他的奥狄斯确定他不再进食之后，自己吃掉了剩下的肉块。

之后他们又吃了一小会儿，终于有其他北极熊转悠到了这里。看它们探头探脑的样子就知道，肯定是吃个半饱才过来搞事的，饥肠辘辘的北极熊大概没有这份找事的闲心。

奥狄斯扭头看着对方，直接龇牙发出警告的声音，动静比刚才没吃饱的时候更加霸道，也更加强势。

一时间，氛围变得剑拔弩张。

坐在它身边的乔七夕感觉，没吃饱的奥狄斯可以一当十，而吃饱的奥狄斯简直天下无敌。当然，这是夸张的说法，反正就是很凶。总之，那只被恐吓的北极熊不敢再过来了，自己找个没主的地方吃去了。

乔七夕挺意外的，这么厉害的吗？倒是有点儿让人崇拜，他再看奥狄斯的目光都多了些敬畏。他心想，不愧是经历过大风大浪的猛熊，浑身上下都散发着北方大佬特有的"你瞅啥？再瞅弄死你"的彪悍。

认真思考，北方的动物也好，北方的人也好，确实都比较直接。

乔七夕是南方的，别人都说他性格斯文，彬彬有礼，就是一个典型的书生。要他主动去打架，这辈子估计都不可能。

## 第十六章

不知道奥狄斯还要吃多久。以为自己上岸后要饿肚子，结果却吃撑了的小熊坐在鲸鱼旁边舔着爪子和嘴巴，认真搞个人卫生，这就是他一直保持毛发洁白的秘诀。

想到这里，乔七夕挪动屁股离开了地面，重新找到一块没有泥土的平整石块才坐下。

海滩上的泥土似乎是火山泥和沙子的混合体，颜色呈现为灰褐色，其他北极熊身上深一块浅一块灰扑扑的颜色就是从地上沾染的。对身体倒是不会造成什么影响，只是确实不太美观。

乔七夕很臭美，不允许自己也变成一只灰头土脸的北极熊。而他细心保持整洁的后果，就是成了这片海滩上最洁白英俊的崽。

航拍传回的画面中，其他北极熊都是灰头土脸的，只有刚上岸的乔七夕和奥狄斯两个又白又胖，分外惹眼。人们开始打赌再过多少天，他们两个也会像其他北极熊一样变得邋遢起来。

要是乔七夕知道这个赌的话，他应该会轻叹一声："你们对我还是不够了解。"无论过多少天，他都不会允许自己变成灰胖子的。同理，也不许和他待在一起的奥狄斯变成灰胖子。

经过观察发现，奥狄斯比其他北极熊还是要爱干净很多的，每次吃完东西都会仔细清理一遍身上的毛发，以免留下难闻的气味。加上奥狄斯喜欢下海游泳，经过海水的清洗，它身上的毛发总是很干净。上岸后被太阳一晒，毛发蓬松充满阳光的味道，丝毫没有野兽身上难闻的气味。而有些北极熊身上的毛发都打结了，一看就很久不洗澡，隔老远就能闻到对方身上的味道，可能这就是熊与熊之间的区别吧。

遇到这么大一堆食物不容易，奥狄斯吃了很多，直到吃不下才放弃进食。然后它叼着乔七夕的小桶，带着几块肉，和乔七夕一起离开了岸边，前往更靠近内陆的草地休息。

这并不意味着他们放弃了岸边的那堆食物，恰恰相反，他们会在附近长驻一段时间。

初夏的小草长得非常嫩绿，隐隐约约长出了一些紫色的花苞。

饱餐一顿的小熊迈着懒洋洋的步伐，时而低头嗅嗅含苞待放的小花，时而被一些小昆虫吸引，显得那么天真没有忧虑，给他带来庇护的大北极熊则稳稳地走在前面带路。

而与之相同的一幕也出现在来到岸上的母熊和小熊身上。

大多数母熊都带着两到三只崽，它们的生活会比单身的雄性北极熊更加难过，需要不停地寻找食物才行。

足够幸运的一位熊妈妈带着自己的两个孩子在岸上觅食，也遇到了搁浅的鲸鱼，这对它们来说简直是个惊喜。

尽管有可能会被其他北极熊攻击，这位熊妈妈还是冒着生命危险，带着自己的两个孩子过去瓜分食物。

在食物充足的情况下，雄性北极熊会对小北极熊视而不见，这让小北极熊逃过了一劫。

哥儿俩跟在妈妈身边，吃着妈妈撕咬下来的腐肉，终于难得地饱餐了一顿。

它们跟饭来张口的独苗乔七夕可不一样，遇到食物的时候不必妈妈催促，就会自觉地有多少吃多少，直到肚子撑得像个球才罢休。

幸运的一家三口也打算在附近住下，那片干爽的草坡是个不错的选择。在那里能够看到岸边的动静，也能很好地避免和其他北极熊发生冲突。

难得吃饱的熊妈妈找了个石块托着下巴入睡了。毕竟这几天一直觅食早就累坏了，而现在它终于可以好好地睡上一觉。初夏的微风吹得十分舒服，这大概是它这几天以来最舒服的时刻。

活泼可爱的小熊在身边玩闹着，小草和花朵几乎淹没它们矮小的身体。

乔七夕在更高的草坡，睁着眼睛偷窥着下方的一家三口。

明人不说暗话，他想摸摸下面的两只小熊。

好可爱呀，世界上怎么会有小北极熊这么可爱的存在，简直萌化了。

噢，它们滚成了一团，我也可以。

乔七夕一颗心蠢蠢欲动，十分向往和小熊们滚成一团叠罗汉。但他的家长不会允许，小熊的家长也不会允许，真是可惜，这事只能就此作罢了。

吃饱的小熊精力太旺盛了，它们不仅互相扑咬滚着玩，还会对周边的"玩具"十分感兴趣。比如，一根干枯的树枝，它们也会叼起来玩得十分高兴。

可恶，你抢我夺的乐趣，只有两只以上的小熊才能体会。如果只有一只，比如乔七夕，就没办法体会了。他扒拉了一下自己的小黄桶，有些百无聊赖。

北极熊和北极熊之间为什么不能像小区楼下的妈妈们一样和谐相处呢？

问得好，因为小北极熊是成年北极熊的攻击对象。尽管熊妈妈睡得很舒服，但只要感觉到有其他陌生的北极熊靠近，它就会立刻带着自己的孩子转移阵地，一个视野更好的休息场所能够让它安心地把这一觉接着睡完。

乔七夕也是其他北极熊攻击的对象，只不过有奥狄斯在身边待着，没有哪只不长眼的北极熊会来打扰他们。因此他们不必像那只熊妈妈一样，随时准备转移休息的地点。

被到处乱晃的单身汉们打扰到的熊妈妈只好带着孩子转移到了一堆岩石上面。

乔七夕远眺了几眼，觉得那个位置也很好，希望小熊们能睡个好觉。

然后他自己也困了。还有一年就能够独自生活的小北极熊把脑袋埋入大北极熊的怀里，亲昵地拱了拱，试图找到一个舒适的位置。

被拱的奥狄斯眯着好看的眼睛，歪头收爪，抱着小熊在草地上翻滚磨蹭，一条腿翘得老高。

这是北极熊的休闲娱乐方式，滚草地或雪地会给它们带来愉快的心情。因为粗糙的地面可以按摩皮肤，特别是脖子那一块，在地上摩擦会让它们感到舒服。

乔七夕趴在奥狄斯的肚皮上，随着奥狄斯一左一右磨蹭背部的频率摇摇欲坠。

想办法稳住自己身体的小熊忽然心中感慨，自己和奥狄斯之间的感情，绝对是世界上最美好的感情。于是乔七夕一点儿压力也没有，继续牢牢地抱住奥狄斯的脖子，让奥狄斯贴着他。

蹭舒服了的奥狄斯侧躺着抱紧自己的小熊，伸出粉色的舌头舔了舔小熊的眼部周围。这是个容易生病的脆弱地方，只有保持清洁干爽才能避免生病。如果眼部不干净则会引来一些昆虫，比如苍蝇之类。夏季的时候，还要担心血吸虫附在身上繁殖。

奥狄斯通常会仔细地扒拉乔七夕身上的毛发，用鼻子嗅探一遍，不管是血吸虫还是其他小昆虫，都很难逃过它敏锐的鼻子。

乔七夕挺怕痒的，每次奥狄斯要拱他的胳肢窝，他都会紧紧地夹住手臂不让检查，会痒！

这个举动可能会让奥狄斯很费解，毕竟没有哪一只北极熊是有痒痒

肉的。

如果是别的事情，奥狄斯也许会妥协。但在这件事上它格外强硬，一定要全身检查一遍才放心。

所有皮肤脆弱的部位都需要仔细检查，不然容易生病。

虽然乔七夕觉得这个环节比较尴尬，但在动物之间，互相帮助对方清洁身体是常态。毕竟它们体形庞大，脖子又粗短，很多地方无法兼顾，所以才会有那么多脏兮兮的北极熊。

作为一只有同伴的北极熊，乔七夕很乐意享受来自奥狄斯的帮忙。不过他暂时还是没能习惯帮助对方，会害羞。

所幸奥狄斯也没有要他帮忙的意思，这些事情奥狄斯自己就能够很好地完成。

乔七夕很乐意为奥狄斯做的一件事情就是挠痒痒，针对一些奥狄斯自己挠不到的地方，比如下巴和背。在对方打盹儿的时候帮帮忙，会获得非常亲昵的回馈，证明奥狄斯十分喜欢他的帮助。

全身被检查了一遍的乔七夕被奥狄斯抱在怀里安然入睡。夏季的时候，北极熊会维持更长的睡眠时间来减少体能的消耗。

阴郁的云层在北极熊们酣睡时慢慢散去，明媚的阳光照射在草坡上，让这片海岸显得生机勃勃。不想被阳光直射到眼部的小北极熊用爪子捂住自己的眼睛，只留下一只黑黑的鼻子呼吸。

舒服的睡眠减轻了北极熊们对夏季的恐惧。

用无人机抓拍到恬静画面的人们也心情愉悦地享受着这份小幸福。

草坡上以家为单位的北极熊似乎都过得很温馨幸福，而灰头土脸的流浪单身汉们则看起来有些一言难尽。它们因为成堆的食物而聚集在一起，不愿离去。但周围的位置只有这么多，偶尔对方伸只脚或伸个脑袋过来，就会引起一场在所难免的冲突。抱在一起睡觉什么的，那是不可能发生的事情，雄性成年北极熊不配。

再说了，它们彼此都臭臭的、脏脏的，抱抱？不存在的。

所以说，乔七夕遇到的奥狄斯，脾气、颜值、气质都和别的北极熊

很不一样，他是多么幸运。假如奥狄斯跟岸边那些胖子一样不修边幅，乔七夕才不会主动搭讪。

慢慢地，被太阳晒得暴躁的单身汉们也渐渐地安静下来，进入了睡眠。海滩上除了海浪的声音外，一片寂静。

北极熊们安稳舒适的时光不紧不慢地流逝着。这一觉，乔七夕睡得很香甜。

在他的记忆中，自己临睡前，那些胖子在打架，自己睡醒后，那些胖子还是在打架。它们都不用睡觉的吗？

乔七夕迷迷糊糊地起来朝岸边看了一眼。哇，好家伙，好像又多了好几只胖子。怪不得总有打不完的架，吼不完的"你瞅啥"。

再看看远处那堆岩石上的北极熊一家三口，它们似乎也醒了，看起来并不强壮的熊妈妈正在张望岸边的动静，模样可紧张了。

之前北极熊比较少，熊妈妈还敢带着孩子过去吃鲸鱼。现在北极熊多了好几只，它应该是有点儿顾虑的。饿肚子还是冒险过去吃东西，这是一个难以抉择的问题，连乔七夕都看出了熊妈妈的踌躇。

至于刚睡醒的小熊们，它们坐在岩石上甩了甩脑袋，然后继续玩耍嬉闹，兄弟之间互相扑咬，玩得十分开心。

乔七夕有些担心它们会从岩石上滚下去，简直比旁边的熊妈妈还要提心吊胆。

奥狄斯从身后靠近小熊，似乎想知道是什么东西吸引了小熊的注意。然后它也看到了岩石上的一家三口，不过这并不能引起它的兴趣。相比之下，它更愿意把注意力放在乔七夕身上。

神情专注的脸蛋上的绒毛被舔了一下，是奥狄斯，它也醒了。

小北极熊低声叫了几声，这是他与奥狄斯的特殊交流方式，别的北极熊才不会这样叫。

这种声音对奥狄斯来说就意味着撒娇，或者是饿了。

奥狄斯想了想，立刻将放在附近的小桶叼了过来。不管是食物还是玩具都在这里，任由小熊自己挑选。

乔七夕沉默地看着小黄。唉，他才不是想玩玩具或者饿了好吗？只是纯粹想打声招呼，比如"午安"什么的。毕竟他也不知道现在是早上还是晚上，太阳这么高，那他就一律当是中午好了。

## 第十七章

仍然比较干的海风将鲸鱼肉的表面吹硬了，使得肉质咬起来外韧里嫩，有种在吃肉干的感觉，别有一番滋味。

是啊，肉干？乔七夕突然睁大圆溜溜的眼睛，有了一个大胆的想法。既然鲸鱼肉吃不完，那么是不是可以把它撕成一块块风干晒干，做成方便储藏的鲸鱼肉干？

嗯，似乎可行。

不同于有点儿惧怕加入夺食队伍的北极熊一家三口，乔七夕和奥狄斯并不怕，光从不服就打的气势上他们就碾轧了很多北极熊。即使有些胖子会用不善和探究的眼神观察他们，但也仅此而已，奥狄斯甚至懒得多看其他北极熊一眼。它依然占据了上次吃饭的位置，负责传递肉块。

因为这次不太饿，所以奥狄斯没有狼吞虎咽，吃相显然斯文了很多。主要是它以为乔七夕饿了，所以才缠着它过来吃肉。

其实不是的，乔七夕用小黄桶搬运着鲸鱼肉块，把它们送到附近一块较为平坦的岩石上晾晒起来。

这时，所有北极熊都集中在鲸鱼身边，倒也没有小偷会去偷他的私粮。

无人机的摄像头下方，只见小北极熊圆滚滚却不失灵活的身影在海滩上来来回回地忙活着，特别富有努力奋进的生活气息。

当看见小熊把肉平铺在岩石上时，人们脸上都有几分震惊和难以置信。这是储藏行为，根据研究，北极熊身上并没有这样的特点。自然界中，当然也有很多动物拥有储藏食物的天性，如松鼠、蜜蜂，甚至是短吻鳄。但是北极熊恰恰不在这个范围内，它们储藏食物的时间不会超过两天。不过，也许小熊搬运的私粮两天就能吃完，那倒也还算正常，人们决定再观察观察。

奥狄斯的胃口不是一般的大，认真来说，乔七夕搬运的这些食物真的不算什么。他其实只是想给自己弄点儿口味不一样的小零食罢了，甚至都不确定奥狄斯爱吃不爱吃。

说到奥狄斯，它也发现了小熊的怪异举动。它一如既往地不理解，也一如既往地不发表意见。也许只是小熊发明了新的玩法，它挺乐意配合的，只要乔七夕高兴就好。

反正闲着也是闲着，除了吃饭睡觉，奥狄斯的时间是自由的。就像它以前当单身汉的时候，吃饱睡饱后，有大量的时间用来发呆。冬天就在冰面上闲逛，或者找个视野好的高处打盹儿吹风，一待就是大半天。夏天时不爱动弹，如果能找到一个阴凉的地方躲起来，奥狄斯基本不会出来活动。

自从有了小熊，它的生活有了不少变化，至少这个夏天会少很多偷懒的机会。那种一闭眼一睁眼就过去三个月时间的事情是不可能发生的，精力旺盛又活泼好动的小熊只能保持几个小时的睡眠时间。

吃饱了的奥狄斯舔着尖牙继续往外掏着肉，直到乔七夕玩累了为止。

玩食物是不被熊妈妈允许的，至少隔壁的小熊崽就没有这样的待遇。它们的妈妈会催促它们赶紧吃完，然后把它们带去安全的地方休息。

受到其他北极熊恐吓的熊妈妈，不得已带着小熊崽来到了奥狄斯占

领的位置旁边。

一只更为强壮高大的雄性北极熊吓了熊妈妈一跳,它的内心十分惧怕。不过下一秒,它看到了傻傻叼着小桶的乔七夕。对方好像被它们的突然出现打扰了,欢快的小步伐定格在那里,扭头看着自己。

小熊?身材圆润肥胖,个头也不算小了,不过站在成年北极熊身边还是显得年幼,的确是一只未成年小熊,没错。他们是一起的吗?雄性带崽?熊妈妈立刻陷入疑惑不解中。

可以肯定的是,这里有只小熊让熊妈妈的戒心降低了一大半。大家都是带崽的折翼天使,何必互相伤害,是不是?!

乔七夕回过神来,马上猜到了熊妈妈为什么会带着孩子过来。要知道奥狄斯很凶残,其他北极熊都不敢过来了,要不是被逼得没办法,这只熊妈妈应该也不会想过来。

小熊好可爱呀,待在熊妈妈屁股后面探头探脑的。个子好小,看起来刚出窝没多久,应该多吃点儿肉,吃得胖胖的。

乔七夕回头蹭了蹭戒备状态的奥狄斯,甚至不惜拉下老脸卖萌,发出撒娇的可爱声音,以此软化对方身上不善的气势。平时乔七夕很少这样,顶多叫两声表达高兴,但今天除了高兴还有兴奋。

奥狄斯舔了舔撒娇的小熊,注意力果然马上就被分散了大半,浑身的气场也情不自禁地变得柔和起来。

它对那只母熊的戒备只是因为不喜欢有陌生的北极熊靠近,同时也是为了乔七夕的安全。这会儿奥狄斯发现乔七夕并不害怕那只母熊,甚至挺高兴的,它就不管了,只是用眼神警示罢了。

当眼前这只雄性北极熊舔舐小熊的时候,熊妈妈就确定了他们是一起的。一只抚养小熊的雄性北极熊,很好,熊妈妈疑惑中感到了一丝安心。

大家都是为了崽。

熊妈妈确定自己不会被赶走,也不会被伤害之后,立刻迫不及待地撕咬鲸鱼皮。待在它脚边的两只小熊就像之前的乔七夕一样,站起来举

着小爪子嗷嗷待哺。而乔七夕比它们幸运多了，每一顿都吃独食，吃得饱饱的。

小熊兄弟俩只能一块肉抢着吃，专心吃饭的母熊可能是个新手妈妈，也不帮忙撕开点儿，自己吃得津津有味的。

欣赏了一会儿小熊一家三口，乔七夕继续搬运鲸鱼肉。天哪，耽搁了一会儿没去看，他担心有北极熊拱了自己的肉。

结果并没有北极熊拱他的肉，不过有只大胆的海鸥虎视眈眈，一副等待机会下手的流氓相。

乔七夕不会给它得手的机会，搬完最后一趟就坐在这里不走了。自己打下的江山，凭什么拱手让"鸥"。

等在附近的奥狄斯左右等不到小熊回来，只好站起来押长脖子去找。看见小熊在岩石上跟海鸥撕打，它扔下一切，赶紧跑去帮忙。

海鸥听到北极熊的怒吼立刻仓皇逃窜，不见了踪影。

接下来的时间里，小熊和大熊趴在一起，守着他们打下的江山，啊不，肉山。

饿了吃一块？不不不，饿了回去吃公共的，私粮先不吃，留着以后吃，乔七夕的小算盘打得噼啪响。

高兴的他在梦里梦到了一座高大的肉山，怎么吃都吃不完。

这是第几次做这种非常清晰的梦呢？小熊突然好奇，奥狄斯会做梦吗？好像会的，科学家说动物也会做梦。乔七夕看着正在打盹儿的奥狄斯，日常猜测这只纯正的野生北极熊在想什么：它的梦里会有什么？它的世界又会是什么样的呢？除了吃喝睡觉，还有别的追求吗？真的挺让人好奇的。

就这样过了几天，大概一周后，乔七夕的私粮越来越多，搁浅的鲸鱼肉则越吃越少。闻着味道来到这里的胖子们赶上了最后的狂欢，却也尝到了食物吃完之后的寂寞空虚。

没有食物，它们又将踏上寻寻觅觅的旅途，去碰下一次不知何时会到来的运气。

其间当然也有北极熊盯上乔七夕的私粮，不过都被奥狄斯赶跑了。奥狄斯可是挨过枪子的大哥熊，并不将平常的北极熊放在眼里。

搁浅的鲸鱼被吃完了，海岸上的北极熊们即将各奔东西。

一张照片里，偌大的一条搁浅的鲸鱼只剩下一副骨架和头颅。十几只颜色深浅不一的北极熊分头离开，有那么点儿聚会狂欢之后散场的感觉，让人们品出了一丝落寞及离愁别绪。

有耐心的熊妈妈带着孩子们舔干净了鲸鱼骨架上的最后一点儿碎肉，这个场景让人们感到一丝丝惆怅。它们下一站该去哪里呢？还会再遇到这样的盛宴吗？

最后，连熊妈妈也带着两只小北极熊离开了海滩。这片曾经热闹过的海岸上，顷刻间只剩下乔七夕和奥狄斯的身影。

喜欢热闹场面的乔七夕受到了一些散席的影响，觉得挺遗憾的。但这对喜欢独来独往的奥狄斯来说毫无影响，它甚至喜欢这种清静。

小熊站在岩石上俯视，鲸鱼的庞大骨架和空荡荡的寂静海滩足以写成一首苍凉的悲歌。不过乔七夕并不是什么有艺术细胞的大佬，他看到这一幕也只会吹着风吟一句："啊，饭没了。"

好在他身后还有一堆肉干，足够他们在这里盘踞几天之后再去找吃的。

相比之下，奥狄斯显然没有那么多想法。周围清静了之后，它躺在岩石上扭动身体，一边磨蹭发痒的背部，一边晒着太阳，真是一只无忧无虑的大可爱。

除了在地上滚动，北极熊还有一个名场面，就是找块凸起的岩石磨屁股。嘶，贼尴尬。所有熊都一个熊样，这是必不可少的一项茶余饭后的活动。

乔七夕偶尔会看见奥狄斯磨屁股，即使是英俊潇洒又可爱的奥狄斯做这个动作，也不可避免地透着一股浓浓的猥琐味道。没办法，这个举动实在是太好笑了！

如果乔七夕还是人类，他可能已经发出了类似猪叫的笑声。但他是

一只熊,所以他发誓自己绝对不会这样干,哪怕没有人类看见。

不,其实有一堆人在看他们,甚至有一个论坛不停地在更新他们的生活动态。乔七夕自以为保护得很好的江山,也早就以照片的形式被曝光在众目睽睽之下。

——看,提前融化的冰层把北极熊都逼出高智商来了!

——我的天哪!它竟然会储藏食物,哈哈哈。

——还是那句话,快把我拴上然后让它去上学吧,大学应该有它的一席之地。

——亚历山大的熊皮下肯定住着一个精致的男孩子,一个爱干净的男孩子。

——话说回来,奥狄斯对亚历山大真好啊。

被认为非常正经单纯的奥狄斯对自己捡来的小熊始终寸步不离。

最近气温又上升了两三摄氏度,已经不让人感觉那么凉快,是奥狄斯不喜欢的温度,它希望这样的夏天快点儿过去。不过奥狄斯还是喜欢抱着小熊睡觉,小熊的鼻子凉凉的,圆圆的鼻尖长年保持着一点儿湿润,身上软软的,雪白蓬松的毛发还散发着好闻的味道。

乔七夕睡觉的时候,奥狄斯保持着一点儿清醒,一心两用地帮对方守着肉堆。

说实话,两只北极熊在这里趴着,谅海鸠胆子再大也不敢靠近。

等乔七夕醒了,睁着迷糊的眼睛打着哈欠时,热狠了的奥狄斯暂时离开他,去海边洗了个澡,放放风。

如果是去年,它会在海里泡得久一点儿。但现在不行,它担心会有其他食肉动物攻击小熊。

泡澡成为奢望,只是稍微凉快了一下,奥狄斯就从海里上来了。它在草地上熟练地打滚儿,尽快弄干净自己身上的水迹,然后回到乔七夕身边待着。

奥狄斯一回来，乔七夕就叼起肉干喂它吃，因为只有这样，奥狄斯才会吃。真是的，让人无奈又感动。

就像默认了肉干是乔七夕的食物，奥狄斯从来不碰。如果小熊叼着喂到嘴边，它也不会拒绝，似乎这样不是为了果腹，只是为了哄乔七夕高兴而已。

这样温柔的奥狄斯，为这个夏天蒙上了一层充满浪漫气息的滤镜。

## 第十八章

没有阴云的七月上旬，气温逐渐升高，各类昆虫的卵孵化了，岸上的蚊虫剧增。它们成了北极熊们除了饥饿和高温以外最厌烦的东西。

海风风干的鲸鱼肉干不至于在短时间内滋生出虫卵，只是会引来各种蚊虫的觊觎和骚扰。

乔七夕不想和苍蝇们分享食物，于是尽快将肉干吃完，只留下一小桶在路上吃。

岸边的花草已经长得有一臂高，各种陆地上的小动物频繁出没，如土拨鼠、灰兔、在水边产卵的野鸭等。严格来说，这些动物也可以成为北极熊的食物，可是它们逃跑的速度极快，北极熊是不可能在陆地上追到这些小动物的。而且到了夏天，北极熊的身体机能下降，它们连走路都非常缓慢。

漫天飞舞的蚊虫会追着体味比较浓重的北极熊叮咬，使得北极熊们烦躁痛苦，不时发出暴躁的低吼，甩动脑袋，试图赶走叮咬它们的小东西。

所幸乔七夕和奥狄斯都比较爱干净，每天都要互相舔舐几个来回。这会让他们身上的气味很淡，可以很大程度上避开烦人的苍蝇和虫子。

乔七夕看得出来，奥狄斯很不喜欢被苍蝇打扰，特别是在睡觉的时

候。如果睡觉时被苍蝇弄醒，它浑身的气压就会很低。

为了解决这个问题，乔七夕在走路的时候会专心留意周围的草丛，希望能找到带有驱蚊效果的植物，葎草、驱蚊香草之类的都可以。

其中，葎草在南方的野外随处可见，就像杂草一般遍地生长，而想要在格陵兰岛的海岸上找到挺难的，能不能找到就看运气吧。

之前说过，夏天的北极熊会移动得非常缓慢，一天会走十几公里，而十几公里对于辽阔无际的海岸线来说只是九牛一毛，这导致它们周围的地理环境连着几天都不会有什么变化。

肉干成了小北极熊饿得不行时才吃一块的零食，而奥狄斯已经不肯再接受他的投喂，于是他们之间经常上演我叼给你你又叼回给我的场面。

无人机清晰地拍下两只北极熊的谦让，感性的一幕令人微笑的同时，又让人发出一声叹息。他们的感情真好，他们的处境也真难。

——一转眼，北极熊们陆续上岸快一个月了。其他北极熊已经出现消瘦、灰头土脸的状况，奥狄斯和亚历山大虽然也找不到食物，但它们还是那么白净。

——啊哈，果然是物以类聚，"熊以群分"。看来卫生习惯相同也是成为好朋友的条件之一。

——我真喜欢看它们俩，总觉得它们可以有完美的结局。其他北极熊度夏，总让我有种不忍心细看的揪心。

——精致的两只北极熊，希望它们可以好好照顾自己，不要遇到什么意外，保佑。

草丛里，乔七夕的运气挺好的，他找到了一种不知名植物，汁液涂在容易惹蚊虫的眼眶周围凉凉的。奥狄斯马上就感到舒服多了，心情自然也就好了起来。

没有了烦恼，它亲昵地蹭了蹭给它带来清凉的小北极熊，开始专心地思考接下来去哪里可以找到喂饱小熊的食物。

等待他们的路途非常漫长，且充满未知数。烈日、不再凉爽的风，还有海浪声声，陪伴着两只缓慢行走的北极熊。谁也不知道接下来会怎样，唯一可以肯定的是，他们会在彼此身边坚守，一起经历饥饿，一起寻觅食物。

没有了肉干的小桶装上了满满的不知名植物，以防之后路上遇不到了。

这样的日子乔七夕挺习惯的，因为他知道自己没有生命危险，他身上这身肥膘可以让他撑到冰雪再度降临。奥狄斯也一样，他们是幸运的北极熊。

是的，每次想起自己和奥狄斯的相遇，乔七夕都会无比感恩和庆幸。比如，睡觉前习惯性地回忆往事的时候，乔七夕就会突然想起这件事情，心血来潮地拱一拱奥狄斯。

彼时奥狄斯就算睡得迷迷糊糊，也会本能地回蹭他片刻，甚至清醒过来抱着他玩一会儿再入睡。敢情奥狄斯是觉得小熊无聊了不肯睡觉，需要哄一哄。在夏天还有这种闲情逸致的北极熊，大概也只有他们俩了吧！至于填饱肚子的事，自然是等玩够了睡爽了再做打算。

第二天，不知道是上午还是下午，总之乔七夕感觉饿得有些不想走了。啊，他想念鲸鱼肉的味道，想念海豹的味道，肉感比较柴的海象也行，最好都来点儿，总之能吃就行！太饿了，真的！

"嗷嗷嗷——"世道不公啊，食物都去哪儿了？

小北极熊饿出了脾气，忽然一下趴在地上撒泼打滚儿发泄，再也不肯向前迈一步。

奥狄斯闻声立刻停下脚步，回头看向小熊的眼睛黝黑深邃，似乎藏着无尽的心疼。它迈着粗壮的四肢走回乔七夕身边，发出低低的声音，顺便把乔七夕拱起来。

"呜呜。"好饿。乔七夕就是想发泄一下负能量，如果一直都乐观积极，他觉得会憋出毛病。

因为这是很现实的一个问题好吗？没有人在这种一饿饿好几天的情

况下还能一直笑着面对，至少也要发泄一下。

至于会不会给奥狄斯带来心理负担，呃，乔七夕觉得，一只纯正的北极熊应该不会受到其他北极熊吐苦水的影响。

一般而言，只有环境的变化和血缘关系能够对动物产生心理影响。当然，这是乔七夕自己的总结，没有什么严谨的科学依据。

胖胖的他赖在地上，睁着圆圆的眼睛观察了一下奥狄斯的反应。

奥狄斯会打孩子吗？不，对方仍然是那种平静的表情，细微的情绪变化隐藏在毛茸茸的脸庞之下难以窥探。不过相伴多日，乔七夕已经懂得通过奥狄斯眼神的明暗变化来判断对方的心情。

面对他的耍赖撒泼打滚儿，他猜奥狄斯大概有些无奈，兼之心疼。

除了发出低低的声音安抚，奥狄斯还低着头用鼻子拱他的屁股，希望他继续走的意思相当明显。

只有前进才能找到食物，留在这里只会更饿。

对于攻击力强悍的北极熊来说，这轻柔的力道实在温柔，甚至超过了一般母亲对待幼崽的级别。

自然界有些性格暴躁的母亲对待孩子的耐心十分有限，温柔的宠爱仅限于哺乳期。换一只母熊面对乔七夕这样的两岁孩子，他估计早就被打折腿了。

赖在地上的几百斤小可爱象征性地嗷嗷叫了两嗓子，然后结束发疯，骨碌起来，甩甩毛继续赶路。

不知过了多久，他们迈着疲惫的步伐来到了一片石滩。

宁静的石滩上，潮水退去后露出深深浅浅的水洼。这种水洼虽然其貌不扬，还有很多淤泥，但是有水洼就有鱼。

奥狄斯经验丰富，所以知道这里有鱼。乔七夕当然也知道了，他一直在期待这样的地理环境出现，早点儿出现他们也不至于饿成这副熊样。

爱干净的小北极熊在饥饿的驱使下，将自己白白的爪子踏进了淤泥里，安静地狩猎。

奥狄斯则去往水流更激烈的石块之间。目标明确的它静静地待在岩

石上，低着头伺机而动。它庞大的身影倒映在水面上，随着水流的波动，认真的脸庞影影绰绰。

鱼在水流中一闪而过时，奥狄斯快速地下嘴，一口咬住猎物，动作十分干脆利索。

几乎是同一时间，乔七夕也在浅水洼里叼起来一条鱼。只是他没有一口把鱼咬死，被他打横叼在嘴里的鱼生猛地摇头摆尾，无数泥点子像下雨一样，顷刻间甩满了他全身。

乔七夕都蒙了，闭着眼睛呆滞住的他在心里大喊："老子英俊洁白的形象！"

奥狄斯抓到鱼之后立刻回头寻找乔七夕，然后就看到了一只脸、小胸脯，哪儿哪儿都是泥点子的泥熊。奥狄斯也呆住了，嘴里的鱼差点儿没掉进水里。呃，大概是因为它从来没有见过灰头土脸的乔七夕，有点儿吃惊。

被鱼搞了一身的泥太难受了，乔七夕赶紧叼着鱼来到水边，一头扎进水里，让清凉的水将自己身上的泥冲走。这样一来鱼也被折腾死了，正好可以开吃。

饿了几天了，乔七夕看见大家嘴里都有鱼，就高高兴兴地享用自己的劳动成果。只是他没想到，等他吃完嘴里的鱼之后，奥狄斯竟然还叼着那条鱼，等他吃完就直接喂到嘴边。

这样怎么行？乔七夕再怎么样也不能接受这条鱼。被感动得稀里哗啦的他甩甩脑袋，让奥狄斯自己吃。

被拒绝后，奥狄斯有些不理解。在它的认知里，小北极熊现在处于很饿的状态，一条鱼并不能吃饱。不过做事情雷厉风行的它不会花很多时间去思考问题，既然乔七夕不接受这条鱼，它就三两口吃了，然后去抓下一条鱼。

湿了身的小熊在水里凝视了一下奥狄斯认真抓鱼的背影，心里产生了一种想微笑的冲动。

奥狄斯！真好忽悠。

煽情过后,乔七夕从水里起来,继续去探索充满宝藏的浅水洼,那儿对他来说比较容易获得食物。

约莫过了短短五分钟,奥狄斯又在哗啦啦的流水中抓到了一条鱼,目测比刚才那条更大更肥。

它踩着点缀在水边的岩石,脚步灵活地来到乔七夕身边,低头把鱼喂给小熊。

这一次乔七夕不再拒绝,因为他觉得再次拒绝的话,奥狄斯会很担心自己。一只连食物都喂不进去的熊,在对方看来离死也不远了。所以,他必须欣然接受,并且叫两声表示感谢。

奥狄斯顿了顿,舔着嘴巴不知道在想什么。总之,后来抓到比较小的鱼它就自己吃了,抓到体积大的鱼才喂给乔七夕。

整个下午,两只北极熊都在水边摸鱼。他们陆陆续续吃了几十条之后,终于有了饱腹感。

乔七夕一下午都是处于湿身的状态。唉,这顿饭他表示吃得好累哦。现在终于吃饱了,可以找一片稍微平坦一点儿的岩石,躺下来把毛晒一晒。

奥狄斯身子也湿了,毛发紧贴着身躯的它看起来精壮魁梧,浑身都散发着强大的气息,和小熊肥润的身体线条完全不同。

它坐在乔七夕身边,低头舔了舔自己的爪子,又舔了舔旁边的小熊,最后决定先把小熊舔干再打理自己。

折腾了这么久才吃饱,乔七夕早就困了。感觉奥狄斯在舔自己,他丢掉羞耻心劈开叉,将自己脆弱的肚皮都露了出来。

在无人机的摄像头下,小北极熊四脚朝天,黑黑的四只脚掌十分可爱,而强壮的奥狄斯则丝毫不嫌弃地舔舐着小熊。

啊,亚历山大真是一只爱撒娇又受尽宠爱的小熊,足以让其他小北极熊羡慕嫉妒。

## 第十九章

投入极地使用的无人机没有太大的噪声，其小巧玲珑的体积也不太会引起北极熊的注意。

实际上，很多野生动物即便看到了无人机的踪影，也会将它当成天上的飞鸟，只有在陆地上行走的摄像头才会遭到野生动物的玩弄。

此时，躺在岩石上叉开腿，露出肚皮享受奥狄斯舔舐的懒熊乔七夕，因为阳光刺眼一直是闭着双眼。因此他也没有发现，空中有一架无人机就在自己的头顶上方，正悄悄地记录下他备受宠爱的样子。

如果知道有一架无人机正在窥视自己的生活，乔七夕一定会马上一个鲤鱼打挺坐起来，首先将自己不端庄的胖腿夹紧，然后和奥狄斯保持距离。

可惜他并不知道。本着没人看见就不是事实的原则，乔七夕在空旷无人的野外悄咪咪地堕落了，松懈了，放弃了最基本的羞耻心。不仅大白天毫无压力地叉开腿，还臭不要脸地享受着奥狄斯一天三次的舔舐，以及睡觉还要抱抱。

乔七夕想说，这个他可以解释。主要是当北极熊真的太难了，他一个群居智慧动物，骨子里就有向往温暖和陪伴的天性，当然喜欢抱抱。

抱抱是精神支柱、生命之光，不然这冰天雪地的日子可咋过呀！

越来越有熊样儿的乔七夕蜷缩着两只爪子，仰躺在岩石上进入了香甜的梦乡。

不知不觉，他的理想已经从成为业界精英，变成了吃一顿饱饭，然后睡个好觉。他估摸着，奥狄斯的理想也是一样的。区别是等春季来临的时候，奥狄斯除了吃饭睡觉，应该还会想要一个媳妇。

流水潺潺，日丽风清。除了气温有些不友好外，奥狄斯似乎也喜欢现在的宁静。

稳重从容的它，目光沉静而睿智，似乎将周围的一切都掌握于心，没有什么能够让它慌乱的事情。而它看向自己捡来的小熊时，眼神则变得温柔。

奥狄斯舔舐了一遍困得睁不开眼的小熊，特别注重那两只在淤泥里泡了很久的熊掌。确定肉垫的缝隙里没有什么乱七八糟的虫子寄生，它这才放心，然后低头开始打理自己身上的毛发。

不同于对待小熊的温柔细腻，它对自己很是随便，很快就完事了。

赶路觅食，忍受饥饿，还要忍耐着找不到食物喂小熊的烦躁，这些天奥狄斯并没有睡过一个好觉。

这时填饱了肚子，奥狄斯也能挨着软乎乎的小熊，美美地睡上一觉。

当然了，气温还是太高了，浅水洼的淤泥都被晒得温度升高了。困在水洼里没来得及和潮水一起离开的小鱼翻着白白的肚子，如无意外的话，两天过后就会散发出腐臭味儿。

事实也的确如此，这里的潮水不会再上涨，水洼只会慢慢干涸。

岩石上的温度还是太高了，随着气味的散发，周围的苍蝇蚊虫也找上了他们。

被困扰的奥狄斯，醒来发出压抑低沉的声音，它甩动头部驱赶那些蚊虫。

乔七夕在这样的动静中醒来，感觉十分不舒服，因为他也感觉到了

不同寻常的炎热。这意味着酷暑已经真正降临，而他无可奈何。

这里到处都是光秃秃的，岸边只有一些矮矮的草丛，连个可以乘凉的树荫都没有。趴在草丛里更不是一个明智的选择，因为那里蚊虫更多。说句夸张的话，乔七夕害怕自己趴在草丛里睡觉会被蚊虫抬走。

好热啊！北极熊精密的保温系统这时候就像个累赘。

乔七夕爬起来，和奥狄斯一起离开了水边的岩石。虽然这个浅水滩有鱼，但是认真说起来，马上就要干涸的支流其实并不是一个适合常驻的避暑的好地方。他们得在最热的天气来临之际，找到一个更舒适的栖息地才行。

就这样，有计划有目标的两只北极熊再次依偎着，踏上了寻觅美好家园的路途，当然还有小黄桶。

乔七夕嚼了一把桶中植物，懒得用爪子去涂汁液的他，直接用舌头舔在奥狄斯的头和脸上，他的口水可是有特效的。

奥狄斯只觉得被小北极熊舔过的地方都凉丝丝的，很舒服。这能让它保持片刻的清凉，又可以驱赶走它讨厌的蚊虫。

乔七夕万万没想到，这养成了奥狄斯一个不好的习惯。那就是以后每到夏天感到热的时候，奥狄斯就觍着大脸戳在他面前，等着他舔。

唉，问题是对方脸大，忒费口水了。

这时候，岸上的其他北极熊也迎来了新的挑战，日子都不好过啊。

那一批曾在岸边分享搁浅鲸鱼的北极熊，大概在一周前已经尝到了饥饿的味道。除非它们的好运气接二连三，在离开火山泥海岸之后又遇到了新的食物，否则它们只能挨饿。

海岸边适合捉鱼的位置并不多，就算有也是稍纵即逝，或者早已有北极熊盘踞。势单力薄的带崽母熊，以及还没完全成长起来的亚成年熊遭受饥饿的概率比较大。

极地动物研究人员密切地关注着这群处境艰难的小天使。在适当的时候，他们会选择伸出援手。

不仅仅是乔七夕和奥狄斯被追踪，很多亚成年熊和带崽的母熊也成

了被追踪的对象，关注程度视情况而定。

一般人们会密切关注情况比较不乐观的对象，将它们列入随时需要帮助的行列，小心地跟进。

乔七夕和奥狄斯都不在此列，他们被关注的原因十分特殊新颖，那就是他们不寻常的友情和出色的颜值。

今年整个北极圈里最英俊洁白的成年熊，无疑是刚刚成长起来的奥狄斯。它在今年才被注意到，属于后起之秀。

最英俊洁白的未成年熊，自然就是和奥狄斯在一起的亚历山大。据说脾气温和可爱，是个善良的小天使。

极地研究者论坛上，还有亚历山大在救助站时和人类友好相处的照片。

乌黑闪亮的大眼睛，雪白蓬松的毛发，实在是太可爱了，看过照片的人几乎都会保留一份。

很遗憾他们接触不到传说中的亚历山大，能够天天和亚历山大在一起的只有强大英俊的奥狄斯。

研究站里，辛勤的工作人员整理着数据，不时发出一声声叹息，显然又是被今年的各种数据伤到了。

"今天跟进的两只亚成年熊情况都不太好。"年轻人拿出一张照片和同事讨论，"这是一只刚刚离开母亲的亚成年熊，无人机在荒芜的岸边拍到了它，走着走着突然就趴下去了。"

同事看了一眼，入目的是一只消瘦的亚成年熊，三岁左右的样子："看这个骨架，是一只雌性吗？"

"不是的，是一只雄性。"

"这——"得到答案的同事轻叹了一声，情不自禁地对比道，"两岁的亚历山大看起来都比它强壮。"

"这怎么能比？"年轻人摇摇头。

"那倒也是。"同事感慨，亚历山大的日子可以说是锦衣玉食，同龄的小北极熊里没有过得比他更好的。

"整理完了吗？"同事拍拍对方的肩膀，"走吧，下班了，我们去吃美食缓解一下受伤的心情。"

"好的。"年轻人笑着说，"顺便在吃美食的时候播放一下亚历山大和奥狄斯今天的视频，只有看到它们的时候，我才不会揪心。"

"哈哈哈，你可别忘了，亚历山大也饿了好几天。"同事说道。

"是的，但是它胖啊。"一个促狭的声音说道。

"哈哈哈，说的也是。"

两个勾肩搭背去吃美食的人笑成一团。当然，到了地方，他们还不忘跟大家分享今天的亚历山大和奥狄斯。

艰苦的北极生活、残酷的自然环境，一切都显得很压抑。渐渐地，这两只好好生活的小天使俨然成了大家心目中的安慰剂。只要看到他们仍然平安健康地活着，互相疼爱着彼此，大家心里就觉得甜甜暖暖的。这样在其他北极熊身上受到的伤，也能得到安慰和愈合。

残酷的今年夏天，如果说有一个奇迹诞生，那一定是奥狄斯和亚历山大的伟大友谊。

成对出入的他们，在离开浅水滩之后，走了两天又饿了。

不过乔七夕一点儿也不后悔，他猜那个浅水滩现在已经干涸得差不多了，迟早都是要离开的，不如早走为妙。

奥狄斯也饿了，但它看起来跟平时没有什么两样，依旧从容淡定，路线明确地赶路。

作为一只没什么经验的熊，对于应该向何方前进，乔七夕现在还说不上话，他只有当跟屁虫的份儿。

鉴于上一次，小熊饿狠了就撒泼打滚儿，大闹了一通，这一次奥狄斯好像分外周到，还没等他撒泼打滚儿就先哄他。

两只饿了的北极熊在一片矮灌木旁边的草地上翻滚玩闹，发泄对艰苦生活的负面情绪。

然而这种玩闹对乔七夕而言极其不公平，大北极熊一张嘴，可以咬住小北极熊的整颗头。

乔七夕想说:"起开,不知道男人的头不能碰吗?"

他饿得都没有什么力气撒野,好想告诉奥狄斯,爷累了,不想陪你玩。

究竟是谁陪谁玩啊?

有灌木丛,意味着林子里可能有成熟的浆果可以采摘。浆果在夏季不失为可以补充营养的好东西。

仔细地嗅了嗅,空气中的确有股甜甜的味道,十分刺激味蕾,乔七夕不由自主地咽了咽口水。他抛下奥狄斯,嘴馋地顺着那股香甜的味道探索。

所幸奥狄斯的脾气在小熊面前一向好到爆,倒也没有计较自己被无视。

鉴于小熊没有走远,奥狄斯趴在原地还能看到对方胖胖的背影,也就稍微错开眼放放风。

不过,奥狄斯这个盹儿打了还没两分钟,就听到嗷嗷的叫声,是小熊发出来的。还没清醒的它在本能的驱使下立刻就找了过去。

吃得苦中苦,方为"熊上熊"。在矮灌木丛里,乔七夕经历了一番被数十只蜜蜂组成的军队围追堵截后,终于叼着一块蜂蜜逃出生天。

蜂蜜太好吃了,香甜可口得很。

看见奥狄斯,他连忙激动地给对方递过去一块。

看,蜂蜜!滋补又有营养的好东西!在艰苦的夏季来点儿蜂蜜补补身体,没毛病。就是刚才左脸蛋子被蜜蜂蛰了一下,"熊上熊"现在感觉有一点点不对劲。

乔七夕的感觉是正确的,他的脸蛋子何止有一点点不对劲,再这样下去,简直都要不对称了。

不过这是后话,目前两只北极熊的注意力都放在了那金黄色的蜂蜜块上。

## 第二十章

蜂蜜啊，熊科动物的最爱。

其实，北极熊是陆地上的灰熊慢慢进化而成的，它们喜欢蜂蜜的天性与陆地上大多数熊一样。

即便是奥狄斯也是喜欢吃蜂蜜的。嗅到蜂蜜块散发出的浓郁香甜的味道，它也舔了舔嘴巴，把鼻子凑过去小心地咬了一口难得的甜食。

乔七夕高兴得转了个圈，眼巴巴地等待着奥狄斯的反馈。圆溜溜的眼睛里仿佛写着：怎么样？好吃吧？

蜂蜜最好吃了，他以前都没有发现蜂蜜这么好吃，难道是因为格陵兰岛上的野生蜂蜜品质更佳？也许，市面上的蜂蜜经过无数道工序酿制，已经少了原始的味道，的确不够原汁原味。

蜂蜜当然好吃，就连奥狄斯也没有抵挡住诱惑。不过它吃了一小口就不吃了，这是小北极熊的食物，它推回去让乔七夕自己吃。

来了来了，过度谦让的坏毛病又来了。

乔七夕真是拿这只疼自己入骨的北极熊没办法。哦，不，有办法。乔七夕先是咬碎蜂蜜块，糊了自己一嘴巴，然后凑上去再糊奥狄斯一嘴巴。这样奥狄斯就不得不伸出舌头清理，然后就会尝到甜甜的味道。

老子真是个天才。乔七夕用这样迂回的方式,和奥狄斯美滋滋地分享了这块好吃的蜂蜜。

他们两个你舔我一嘴,我舔你一嘴,这种亲密温暖的画面首先被收录到了摄像头中。

在夏季分享蜂蜜,啊,画面太美好了,观看的人心里也酥酥的。

——饥肠辘辘的夏季,它们居然找到了蜂蜜。好棒哦,感觉也甜到了我心里去。

——蜂蜜蜂蜜蜂蜜,没有什么比蜂蜜更能让熊科动物高兴的东西了,哈哈哈。

——今天的奥狄斯和亚历山大也是甜甜的,真好。

——虽然所有熊都在饿肚子,但是不知道为什么,看到奥狄斯和亚历山大就会觉得轻松一些。哇,吃蜂蜜真的太幸福了。

两只熊互相啃对方脸蛋子的一幕,不仅被放在论坛供成千上万人围观,还被远处的一只雌性北极熊看了个正着。

这块大陆上栖息的北极熊比其他地方要多一些,毕竟这个岛连岛徽都是北极熊。可见北极熊是格陵兰岛的标志。

途中偶遇其他北极熊并不奇怪,只不过这只雌性北极熊的身份稍微有些特殊。它并不是普通的北极熊,它是奥狄斯的母亲。两年前离开奥狄斯之后,仍然年轻力壮的雌性又在下一个春天邂逅了自己心仪的雄性。

不出意外,它再次怀孕,第二次当了妈妈。和第一窝情况不太一样的是,熊妈妈生了两只小熊宝宝,却只存活了一只。雌性小北极熊一岁左右,长得非常水灵可爱。

和大多数上岸度夏的北极熊一样,在这个清苦的季节,已经长途跋涉了有一段时间的北极熊母女看起来有些疲惫和消瘦。

嗅觉敏锐的母熊闻到了空气中香甜的蜂蜜气息，也闻到了一只强壮的雄性北极熊的味道。这原本是需要警惕不安的信号，然而这股味道母熊记忆犹新。它仍然记得，这股味道来自自己的第一窝孩子之一。

不错，被乔七夕猜对了。奥狄斯果然有其他兄弟姐妹，而且还是两个呢！

彪悍的熊妈妈第一窝就拉扯大了三个孩子，非常不容易，堪称奇迹。

其中要数奥狄斯的身体最为强壮，性格也最稳重。是的，它有其他兄弟姐妹没有的聪明个性，一直都很独立，因此也早早地离开了母亲，开辟属于自己的生活。

再后来，四只有血缘关系的北极熊散落在这片极地的四处，再没遇见过彼此。

这也是常态，因为整片极地十分辽阔，大到难以想象。而北极熊的数量满打满算也才两万多只，它们四只重逢的概率实在太小了。

直到现在，重新繁殖了第二窝幼崽的熊妈妈领着唯一幸存下来的小熊，竟然在路上和自己的上一窝孩子不期而遇。这不禁让它有些怀念。

相比四五年前的北极，现在的环境更恶劣了一些。

彪悍的熊妈妈能够在四五年前独自拉扯大三个孩子。四五年后，有了经验的它反而只能养大一个孩子。除了运气和其他不可抗力的因素，不得不说都是环境惹的祸。

领着小熊的熊妈妈停下来，并未扭头离开这里。它确信奥狄斯不会攻击它们，可是也没有贸然前进，因为眼前的这一幕让它很疑惑。

气味没错，记忆也没错。熊妈妈记得这个最早离开自己的孩子是雄性，而不是雌性，可是现在它蒙了。

那孩子身边领着一只亚成年小熊，也是雄性。难道是在狩猎？不，熊妈妈清晰地看到自己的孩子在舔那只未成年小雄性的脸蛋，并没有敌意。哪怕把原本的力道放大一百倍，也达不到狩猎的程度，所以熊妈妈十分疑惑。

舔完各自脸上甜甜的蜂蜜碎屑，两只心满意足的熊终于有心思关注起自己周围的情况。

一只带崽的母熊出现了，奥狄斯早已察觉。由于气味熟悉，它并未防御警惕。除此之外，它也没有多余的想法，哪怕对方是自己的母亲。

这就是奥狄斯的个性，不黏妈妈，断奶断得最早，离群也最早。

乔七夕也发现了母熊。他发现自己运气很好，总能遇到小熊崽崽。看看，现在又来了一只长相颇为清秀的独生崽。

鉴于大家都是未成年熊，他不具备从气味上分辨对方是雌性还是雄性的能力，只有经验老到的熊妈妈可以分辨出来。

其实已有好长时间没有遇到陌生熊了，在乔七夕的记忆里，上次遇到的熊还是胖胖的，这次遇到的熊已然有些消瘦和疲惫。

这很正常，毕竟夏季已经真正来临。或许这也正是他们自己现在的样子，乔胖子非常没有自知之明地想。

和母熊对视了几眼，奥狄斯率先移开眼睛，然后领着乔七夕继续前行。

哎呀，遇到再多可爱的熊崽子又怎么样，还不是可望而不可得。算了算了，乔七夕有些遗憾地收回目光，然后扭着大白屁股，顶着空空如也的小黄桶，转身跟上奥狄斯的脚步。

一开始，心情不错的乔七夕步伐非常轻快，嘴里哼着没有调的曲子。后来走着走着，他感觉自己的左脸蛋子越来越麻木，严重得连眼睛都受到了影响。诧异地用爪子碰了碰，小北极熊感觉自己的脸蛋子比平时多出了一块，准确地说是肿了。

左眼睛受到影响，眯成了一条缝隙，乔七夕哭唧唧地发出难受的声音。

奥狄斯回头，停下来看着小熊，它有一点儿茫然。最后，它站起来取下乔七夕头上的小桶，仔细端详脸肿了的乔七夕。

"呜呜呜——"乔七夕对着奥狄斯哭诉，大眼睛雾蒙蒙的。

有些北极熊可能一辈子也不会遇到被蜜蜂蜇肿脸这件事，比如说奥狄斯，所以它没有经验。这到底是怎么了？奥狄斯不太明白。不过从小熊的哼唧声中，奥狄斯大概知道对方很难受，所以它低头舔了舔小熊的鼻尖。除此之外，奥狄斯也不知道该如何安慰，或许饱饱地吃一顿的美餐可以解决这个问题。

能够获取食物的地方已经不远了，奥狄斯已经嗅到了特殊环境的气息，那是一种各种动物的味道交织在一起形成的腥臊味。

奥狄斯帮小熊叼着塑料桶继续前进。

既然假哭得不到更多的安慰，乔七夕还有什么好哭的呢？他一边收起能拿奥斯卡小金人的演技，一边好奇地回头张望。

貌似那对熊母子并没有走远，也不是说人家跟着他们，只能说大家的目标一致，顺路而已。

这很不错。其实作为一只爱热闹的熊，乔七夕十分欢迎脾气好的北极熊和他们当邻居，前提是大家别打架，打架伤和气！

然后乔七夕发现，自己的担忧是不存在的。当事多的小北极熊经不起劳累，停下来休息的时候，那对熊母女依旧在赶路，并且大摇大摆地从他们身边经过，那只熊妈妈甚至盯着他看了好几眼才移开视线。

干吗？长得帅一点儿就是惹"熊"注目，连带崽的母熊都为之倾心。可惜哥还是一只未成年的小熊，不喜欢时髦的姐弟恋。乔七夕心里想着，顶着自己肿了半边的大脸盘子往奥狄斯怀里躲了躲。

嘶——

这一躲就碰到痛处了，于是乔七夕终于明白过来，那只母熊凝望的可能不是他英俊的颜值，而是他肿了半边的猪头脸，讨厌。

他们在原地休息了一下，又起来继续赶路。他们走得还挺快，于是很快又超过了前面的熊母女。这是必须的，哦，不对，名校高才生乔七夕终于发现了盲点。

这不科学。第一，这只带崽的母熊为什么不躲着点儿奥狄斯走？第二，向来对他的安全问题十分上心的奥狄斯为什么不绕着这只母熊走？

你赶超我，我赶超你。品，仔细品！

接下来又发生了一件事,让乔七夕尤为浮想联翩。那就是在奥狄斯赶超熊母子的时候,那只熊妈妈突然抻长脖子,在奥狄斯屁股后面闻了闻。

啊,这……

众所周知,闻屁股在动物界是一个很特别的举动,指向性挺强——爱情,这还有什么好怀疑的呢?除了繁殖需求,乔七夕想不到别的内容。

只是,他做梦也想不到,熊妈妈只是想确认一下是不是自己的鼻子出了问题,把孩子的性别记错了?

事实证明,它并没有记错。

至于一只雄性北极熊为什么会抚养一只小北极熊,这么复杂的问题,别说以一只雌性北极熊的智商无法理解,就连智商高达两百的科学天才也无法理解,这实在是太罕见了。

目睹了刚才那一幕,擅长编剧的乔七夕已经开始在脑内上演一百集的浪漫爱情偶像剧。

荒芜艰苦的途中,被生活折磨得失去希望的单亲妈妈,对偶遇的英俊单亲爸爸,啊不是,是带着拖油瓶的稳重哥哥一见钟情。

下一集……

乔编剧仔细地观察了一下奥狄斯的反应。呃,奥狄斯没有什么特殊反应,虽然没有绕着单亲妈妈走,但也没有多看一眼,仿佛人家是空气。

也对,奥狄斯目前没有成年,还是个青少年,思想老正经了。

太不凑巧了,可怜的哟,在错的时间遇到了对的熊。

走着走着,奥狄斯似乎发现了哪里不对,原本应该跟上它的小北极熊似乎被别的东西吸引了注意。

是的,它回头发现,好了伤疤忘了疼的自家小熊正顶着半边猪头脸,津津有味地打量着熊妈妈。

而带崽的熊妈妈并不太温柔,它发出低低的声音熊了一下这只气味

陌生的小北极熊。没有恶意，只是身为妈妈习惯性的警告，让对方离自己远点儿。

奥狄斯却不依了，把嘴里的小桶一放，就过来跟熊妈妈交涉。

啪的一声，像极了塑料碰撞石头的声音。

小黄！

乔七夕顿时全身毛发一奓，赶紧丢下一切好奇心去营救自己的小桶。

啊啊啊，要是小黄有个三长两短，他跟奥狄斯没完。

## 第二十一章

　　伤疤是男人的勋章，小北极熊却不希望自己的小黄磕着碰着。

　　还好，这只塑料桶的厚度不错，材质韧性好，并没有因为奥狄斯的粗鲁而受损。

　　乔七夕抱着桶，松了一口气。不过这颗担惊受怕的心马上又提到了嗓子眼，他看到奥狄斯和单亲妈妈之间的气氛，不知何时变得剑拔弩张。

　　乔七夕就有点儿不明白了，这场面怎么就这么瞬息万变呢？难道是因为刚才熊妈妈吼了那么一下？

　　真是的，乔七夕叹了口气。各自都是大熊了，而且都有孩子，能不能成熟点儿？

　　怎么说自己也是矛盾的导火索，乔七夕跑过去，哦，他先安置好自己的小黄，把它放在战斗圈外，这才跑了过去。

　　这一边，奥狄斯和熊妈妈高昂着脑袋。它们互相对视，各自喉咙里发出频率不一的吼声，听起来像极了吵架。

　　实际上这是一种交流，奥狄斯在捍卫自己的威严，警告熊妈妈不能再做出刚才的举动，否则它将对它不客气。

熊妈妈或许收到了它的警告，但也不甘示弱地表示，它也会尽力捍卫自己的防线，没的商量。

这无疑是种挑衅。强大如奥狄斯，但凡眼前的雌性北极熊不是自己的母亲，它可能现在已经动手了。

事实就是，它们之间有一层血缘关系，除了威慑力满满的低吼，奥狄斯暂时还真不会做什么。

不过光是这震耳欲聋的阵阵吼声也足够令人耳膜震荡，头晕胸闷。更何况还是两只北极熊一起对吼，效果更是卓绝，如同开了一对大音响。

乔七夕瑟瑟发抖地看了眼那只小熊，发现对方虽然躲在熊妈妈身后，浑身的气场却十分淡定，仿佛对此司空见惯。

既然比自己小一圈的小北极熊都这么镇定，自己怎么有脸发抖？

乔七夕立刻重新定义了自己的角色，他蹭了蹭在熊那只熊妈妈的奥狄斯，发出两声娇滴滴，啊不，是软乎乎的叫声，劝奥狄斯算了，教训一下差不多得了，还真跟单亲妈妈计较啊？

小熊的撒娇瞬间拉回了奥狄斯的注意，它立刻停止了跟母熊的对吼，低头关注那只刚才被熊了的小熊。对方仿佛立刻换了一条声带，对小熊用温柔低沉的声音交流着，听得对面的母熊和熊崽一愣一愣的。

别说，乔七夕已经习惯了如此，奥狄斯会熊他才怪。

没事没事，他对着奥狄斯的英俊脸庞一顿舔舔蹭蹭。这个举动以前做起来毫不费劲，但此时因为肿了半边脸，以至碰到发肿的地方就疼。

一疼他就哼唧，他一哼唧，奥狄斯就心疼，奥狄斯一心疼，就没空管熊妈妈和熊妹妹。虽然这并不是乔七夕哼唧的本意，但意外地达到了目的，也算是殊途同归，办得漂亮。

熊妈妈和熊妹妹的确很茫然，两只北极熊呆呆地看着奥狄斯舔舐身边的雄性小北极熊。无尽温柔的动作，极力压制的嗓音……这还是刚才那只强大暴怒的雄性北极熊吗？简直不敢相信。

充满火药味的一幕被眼前温馨的一幕代替。奥狄斯安抚着被蜜蜂蜇

肿了脸蛋的小北极熊，用尽自己仅有的温柔。直到小熊不再哼唧喊疼，放宽心的它终于又惦记起了捕猎大计，领着小熊继续向前走。

经过刚才的凶险，乔七夕决定自己叼着小桶。因为脸蛋子肿了扣着桶会难受，所以还是叼着为妙。

跟上奥狄斯的脚步之前，他大胆地再看了一眼熊妈妈和小熊崽。真是遗憾，要是能交流就好了，他想邀请对方一起赶路。

这只非典型小北极熊抱着试一试的心态，突然咿咿呀呀，冲着熊妈妈和熊妹妹输出了一顿熊言熊语，然后就撒脚丫子跑了。

其实，就算乔七夕不这样做，他们依然会同行。

熊妈妈的目的地和奥狄斯一致，双方都在寻找一个可以捕猎的地方。这是所有北极熊的目标，只是选择的方向会有所不同。从这一点来说，这两只熊不愧是母子，它们的很多行为的确都非常相似。

乔七夕回头瞅了眼，发现单亲妈妈还跟在后面，他心里是高兴的。既然对方可以和奥狄斯和平相处，那么跟着他们很大程度上会避开一些危险。

接下来的路程，两大两小四只北极熊始终一路同行。

无人机航拍下两只偶遇的成年北极熊之间不同寻常的交涉过程，人们不禁产生了一点点探究的欲望。

为什么奥狄斯会愿意和那只母熊同行？难道那只母熊是另一个亚历山大？

不，应该不可能。假如仔细分析对比的话，会发现奥狄斯对待那只母熊采取的只是不反感的无视态度，根本连对待亚历山大百分之一的友好都没有，所以母熊不可能是另外一个亚历山大。

还有一种可能，它们也许是亲子。人们对它们之间的关系进行猜测，觉得最有可能的就是亲子，这似乎也是唯一的解释。

距离奥狄斯看中的捕猎目的地大概还有两天的路程，他们都饿了。特别是母熊和小雌熊，这几天非常疲惫。幸而，两天的路程还在能忍受的范围内。

耐力和冷静是北极熊妈妈教给孩子们的第一堂课,因为这是它们赖以生存的重要品质,几乎没有第二条路可走。

在路上的短短两天,四只北极熊以家庭为单位,两两一组,各自为政。两位家长默契地保持一定的安全距离,各自照顾好自己的孩子。

也许对于那对熊母子来说,这次同行只是一次自然界再单纯不过的邂逅。

对乔七夕来说,他们之间已经产生了深厚的革命友谊。是的,再过两天就可以让小熊和小熊一起玩的那种。

小北极熊趴在熊妈妈的背上,晃着小脚丫子打盹儿真可爱,好像天边的云朵,又像甜丝丝的棉花糖。要是能摸一摸,抱一抱,顺便再亲一下,那该多好啊。

每次看到小北极熊,乔七夕都是这么想的,可惜不行。

乔七夕在睡觉时间从奥狄斯的怀里探出头来,趴在奥狄斯小山一样高大的身躯上,偷窥后面的小北极熊一家。

咦,他忽然想到,自己可望而不可即的亲近小熊的理想,奥狄斯每天都在享受。啊啊啊,越想越气的小北极熊,嗷呜咬了奥狄斯的背部一口。

奥狄斯正打着盹儿,此时还没完全失去意识。它留了根神经看孩子,被咬一口却是始料未及的。虽然有些不解,但奥狄斯也没有生气。按照它简单的逻辑思维方式,它觉得乔七夕可能是饿了。

片刻后,奥狄斯抬起爪子将身上的小家伙弄下来,然后把对方拢到怀里,抱得严严实实,还用下巴压住。

这样一来,小北极熊全身上下就只有用来呼吸的鼻子露在外面,啊对了,还有那块多出来的脸蛋子。

面对堪比泰山压顶的可怕困境,乔七夕备觉离谱。自从炎热的夏季来临之后,奥狄斯已经有相当长一段时间没有这样压着他入睡,那和抱着一个小暖炉没有什么区别。

今天熊妈妈引起了奥狄斯的警惕,为了避免自己睡着的时候,小北极熊会到处乱跑，它索性将乔七夕压住。

非常无奈且没办法，乔七夕想要亲近小熊的不死之心瞬间被奥狄斯简单粗暴地摁灭，连动弹的余地都没有。

大概只有这种时候，乔七夕才会感叹寄人篱下的悲伤。话说回来，有骨气的离家出走和没骨气的继续悲伤，乔七夕大概率会毫不犹豫地选择悲伤。

没有夜晚的极昼期间，北极熊们一天仍然要保持五个小时以上的睡眠，这是它们的习惯。睡眠也是消除疲劳、补充能量的有效方式，假如受了伤，它们也可以通过睡眠来加速伤势恢复。

乔七夕的脸蛋子第一天有点儿肿，第二天非常肿，到了第三天，也就是他们抵达捕猎地点的这一天，则开始慢慢地消肿。

真是太好了，乔七夕已经对顶着这张猪头脸继续蹦跶不耐烦了！这不仅耽误他的日常生活，还耽误他和小熊崽建立友谊。

话说，这个能够捕捉到猎物的海湾属于一条流域面积可观的支流。河床不算深，浅蓝的海水在阳光的照射下，温度会比深海高。

带崽的白鲸尤其喜欢在这里聚集，数量十分庞大。从空中俯拍这条支流的照片，能清晰地看到白鲸的身影，有密集恐惧症的人可能会对照片产生抵触。

白鲸数量可观，却并不意味着容易捕捉，饿了有一段时间的北极熊想要在这里抓到一条能够解除饥饿危机的白鲸，还需要一些运气。

北极熊妈妈拥有丰富的经验，面对近在咫尺的猎物，它显得那样不慌不忙，沉静理性。也许它知道，激动毫无用处，接下来还有一场硬仗要打。

片刻之后，这只熊妈妈在海面上找到了适合捕猎的岩石，只见它在上面静静地趴着，等待机会的来临。

一岁的小北极熊有些拘谨地等在岸边，哪怕附近的奥狄斯没有关注它，但奥狄斯强大的气息仍然令它感到胆怯不安。

观察着海面的奥狄斯领着乔七夕继续深入支流的深处，和熊妈妈错

开了捕猎地点。

身材高大的北极熊无声无息地踩上水边的岩石,跟在它背后的小北极熊也伸出了试探的小脚掌。不过越往外海水就越深,于是乔七夕只能在浅水区域等待,看着奥狄斯的背影。

每次奥狄斯狩猎的时候,乔七夕就觉得奥狄斯帅炸天,又神秘又帅气。那种耐心冷静,运筹帷幄,最后一击即中的果决利落令人移不开星星眼。

乔七夕觉得,如果奥狄斯是人的话,一定是个性格内敛又靠谱的气质型高挑帅哥。

夏季并不冰凉的海水里,奥狄斯熊掌下的礁石没在水下很深,海水几乎没过了它的胸膛。

之后的二十多分钟里,它一动不动,就这样蹲在海中央等待机会,偶尔皱一皱鼻子嗅探敌情。

说起来,奥狄斯的狩猎方式也是熊妈妈教导的。不过在捕猎方面,它雄性的身份赋予了它更好的天赋和条件。

和熊妈妈比起来,奥狄斯更快地捕捉到了食物。令人食指大动的血腥味在汹涌的海面上蔓延开,惊动了附近的一群海洋生物。

满脸还带着煞气的凶狠的巨型北极熊,一口气将白鲸从深水处拖到岸边。

这一次,乔七夕算是全程近距离目睹了奥狄斯捕猎的过程。可是他仍然觉得不可思议,难以复制。

那么大一条白鲸!需要快狠准地一口咬住,有点儿难度啊。

奥狄斯将食物放在岸边和小熊分享,作为觅食主力的它十分慷慨。在撕碎猎物之前,它甩了甩身上的水迹,脸上湿答答的样子仍然十分性感帅气,但奥狄斯自己可能并没有这种感觉吧。

乔七夕关心地看着狩猎归来的奥狄斯,一边检查对方的情况,一边在心里啧了一声。还有几个月,这只强大英俊的雄性北极熊就会成为一只幸运母熊的伴侣。

乐呵呵地想着这些，乔七夕乖巧地蹲在地上，抬头用大眼睛笑眯眯地看着奥狄斯。

他的心里美滋滋地幻想着，奥狄斯的今天就是自己的明天。

用爪子抹了一下脸庞的奥狄斯低下头，和小熊对视了一眼，然后帅气的脸庞就凑了过去。它伸出粉色的舌头，二话不说就开始舔乔七夕。

小北极熊在心里呐喊："啊——不要舔左边，那边好疼。"

反射性地将右脸转过去，又挨了一顿舔的乔七夕一愣。不是，他脸上又没有沾水，奥狄斯为什么要舔无辜的他。

乔七夕想说："奥狄斯，停下！没发现你舔错对象了？"

可是奥狄斯并没有理会他的熊言熊语。乔七夕叹了口气，首先稳住自己的下盘，别一会儿给舔摔倒了。

等这只熊帅哥终于转移注意力打理自己滴水的性感脸庞，他才趴在猎物上开饭。

乔七夕本想着，撕开猎物肚皮这点儿小小工作量，自己就可以搞定。谁知奥狄斯很快就挤了过来，对方从他背后出击，两三下将白鲸撕成几块，最鲜嫩的肚皮肉仍旧让给他吃，十分霸道野蛮，不愿意吃都不行。

乔七夕想说："奥狄斯啊奥狄斯，你以后拿这个招数去疼你媳妇儿吧！我用熊格保证，全北极的雌性北极熊都会爱你爱得深沉的。"

可是，不可以这样对待一只放荡不羁爱自由，喀喀，简单来说就是不爱吃肥肉的无辜小熊。

## 第二十二章

挑食的小熊应该庆幸，北极熊没有虎鲸和海豚那样可以交流的回声定位系统，否则他此刻内心的每一句"我不想吃肥肉"都会传遍北极，那他就出名了。

乔七夕当然知道多吃肥肉的益处，所以他希望奥狄斯多吃点儿，不要尽着小的，自己也要多多补充脂肪。目前这个家的顶梁柱依旧是奥狄斯，食物这样分配没毛病。

哎呀，一家"熊"不说两家话，是兄弟就吞了这块肥肉，小北极熊把自己不爱吃的肥肉叼到奥狄斯的嘴边硬喂。

极地的北极熊纯粹得像一张白纸，哪能把小熊的举动往坏里想。奥狄斯所感受到的很简单，就是小北极熊把好肉让给自己吃。

一再地推让之下，奥狄斯终于吃了乔七夕喂的肥肉，丰富的脂肪对它来说味道好极了。享受完毕舔舔嘴巴，奥狄斯用幽深的眼睛注视着乔七夕，好看的大眼睛就像会说话一样，闪动着令乔七夕陶醉的细碎星河。

奥狄斯的好看是毋庸置疑的。乔七夕很欣赏它，见状也眯着眼睛，笑盈盈地看回去。

乔七夕高兴还有另外一个原因，啊哈，肥肉都被他悄咪咪地喂给奥狄斯了，剩下的瘦肉他很喜欢。

渐渐地，奥狄斯似乎也发现了，自己在小熊的殷勤和微笑中一不小心就把有限的脂肪都吃完了。小北极熊只能吃口感和营养次一点儿的瘦肉，它挺懊恼地蹭了蹭对方没受伤的那半边脸。

乔七夕吧嗒吧嗒吃着肉叹气。不是他说，奥狄斯真幼稚啊，吃个饭都要和自己腻歪三千遍，唉。

幸福的小熊已经吃上了肉，普通北极熊家庭的小熊还在岸边等待妈妈捕猎归来。

附近传来的血腥气似乎让小雌熊更加饥饿了，否则它也不会战胜自己对奥狄斯的惧怕，情不自禁地靠近围观。

乔七夕看着那只一小步一小步匍匐过来的小家伙，心中一软，仿佛已经听到了对方咕咚咕咚咽口水的声音。

这么小的熊宝宝，跟乔七夕的身材相比无疑饿得有些脱相。唯有眼睛，还是那么大，那么亮，真是一只可爱的小生灵啊！

它的靠近会引起奥狄斯的抵触吗？

乔七夕在这一刻无比提心吊胆，他已经决定，要是奥狄斯有吃小熊的预兆，他就勇敢地站出来，牺牲自己，营救小熊。

幸而，奥狄斯对待小熊的态度似乎还行，只是掀起眼皮看了一眼，也没有发脾气什么的。

这个结果乔七夕并不意外，似乎早就预料到了。如果奥狄斯讨厌小熊的话，他们就不会一路同行。霸道凶悍如奥狄斯，不会允许有陌生北极熊和自己瓜分捕猎场所。既然对方能够在奥狄斯的眼皮底下活动，乔七夕认为，奥狄斯对熊妈妈和熊崽崽有好感，至少不会伤害它们。

两只熊吃得只剩下一点儿细碎的皮肉，算是吃饱喝足了。心满意足的乔七夕舔着爪子心想：我敢不敢做件大事儿，比如投喂熊崽崽。

他敢？

不，他不敢，熊妈妈看起来好凶，不是乔七夕嘴碎专门在背后嘀

咕,他觉得当这只熊妈妈的宝宝太可怜了。有一说一,一路上乔七夕可是瞧得清清楚楚、真真切切的,这妈当得还没有身为雄性的奥狄斯一半会疼崽。三分吧,最多了。

一句话说白了,小熊好可怜。

乔七夕寻思了挺久,终究于心不忍。他毅然用小黄桶收集起自己和奥狄斯吃剩的碎皮肉,拿给一旁的小熊吃。

机灵的一旁的小熊看见乔七夕过来就躲了起来,等到乔七夕走了才上来吃肉。那狼吞虎咽的架势,一看就知道饿了好些天,吃起来都不带停歇的。

话说乔七夕慷慨送肉,还挺担心奥狄斯会不会有过激反应,于是他就不着痕迹地用自己"高大"的身躯挡在奥狄斯面前。要是奥狄斯生气,他……他就撒撒娇。

对方还是个孩子嘛,北极熊界未来的花朵。再说,救"熊"一命胜造七级浮屠,平时应该多做点儿善事,没准儿下辈子能投个好胎呢?

乔七夕靠着正在清理爪子的奥狄斯,鸡贼地抱住对方的大腿,用自己几百斤的身躯随时准备充当绊脚石。

他的确是这么想的,下辈子还是不要当北极熊了,当路边的一棵树,或者动物园里的一只小动物就不错,屠宰场的小动物就免了。

乔七夕带着饱餐后特有的慵懒困倦蹭了蹭奥狄斯,就歪着脑袋睡着了。

抱着大腿的小北极熊,软乎乎的身体往下滑去。奥狄斯适时伸出手臂捞住他,然后动作十分自然地躺下,抱小熊,舔左脸蛋子,所有动作一气呵成。

这时,上游的熊妈妈也开张了。它叼着猎物来到下游的岸边,找到了自己的孩子,但发现孩子已经吃上了好心熊分享的肉。

如此罕见的情况无疑令熊妈妈有些疑惑,不过它也没有多想,毕竟它身上还残留着对奥狄斯的记忆。

分享食物只存在于亲子之间,所以熊妈妈一直没搞懂,自己生出来

的那只雄性北极熊为什么会生了一只小北极熊。尽管如此，它却接受了这个事实。

匍匐着下来，撕开猎物的肚子，这只雌性北极熊习惯性地吃掉脂肪，这是天性使然。因为它必须保持足够的营养和能量，否则它无法生存，小熊也将无法生存。

乔七夕说得对，熊妈妈并不溺爱小熊，通常在小熊一岁左右就会让它自己撕咬猎物，学习捕猎及打架。总之，熊妈妈会在有限的时间里教小熊学会各种生存技能，然后赶走它们。

这就证明，动物的母性是有期限的。熊妈妈对小北极熊的爱会随着时间慢慢变淡，这是写进基因里的天性。

埋头吃得七分饱的熊妈妈抬头看了眼附近的树荫，那是它的上一窝孩子之一，现在已经是一只强壮威武的成年熊。

这不是重点，重点是对方怀里的小熊看体格已经两岁出头了吧，严格来说已经到了离巢的年纪。

一脸茫然的熊妈妈估计在想，个头挺大了，咋还这么黏熊呢？也不知道奥狄斯啥时候会把对方赶走。

睡梦中的受宠小熊忽然感觉自己头皮一阵发凉，于是他赶紧转了转脑袋，深深地埋入奥狄斯的怀里。

饥饿疲惫了好些天，终于填饱肚子的他们需要一个长长的美觉，来弥补精神和身体上的亏损。

条件允许之下的北极熊和人类一样，每天需要七八个小时以上的睡眠时间。

不用再为食物担忧，北极熊们在舒适的环境中放松身心，陷入踏实的睡眠。

这阵子以来，极地动物惨淡的夏季现状充斥着论坛，每次更新内容都让人触目惊心。即使保护机构已经非常努力地不停工作，但仍然会发生一些意外。非自然减损的情况不可避免，人们很想说自己已经尽力了，但真的没有底气问心无愧地说出这一句话。该做的，可以做的，依然还有没做好的。人们的环保意识还是太薄弱了些,提高人们对自然环境的重视程度仍然是一项浩大的工程。

论坛上又有了一个关于奥狄斯和亚历山大的新帖子:奥狄斯一家和新邻居。

经常曝奥狄斯和亚历山大的楼主发出一张非常治愈的照片。只见两两一组正在睡觉的北极熊们互相保持相安无事的距离,在新的常驻地点成了名副其实的邻居,这更加坐实了它们之间是亲子关系的猜测。

——不错不错,长途跋涉的北极熊们终于找到了适合捕猎的海湾,接下来可以安心养膘了。

——奥狄斯终于找到落脚地了呀,亚历山大都饿瘦了。

——新邻居!这是不是侧面说明奥狄斯和亚历山大是真的很友好呢?它们竟然会与其他北极熊分享捕猎场所。

——那只母熊还带着小熊崽,要说是异性相吸也说不通,只能说奥狄斯真的是一只不普通的熊。哈哈哈,我好想给它发一张"好熊卡"啊!

——就想问问奥狄斯,这么热的天抱着一个小火炉热不热?

——就想问问亚历山大,这么大个崽了,还抱着家长睡觉羞不羞?

——妈呀,你们的关注点都歪到西伯利亚去了,只有我替亚历山大高兴吗?它终于有小伙伴啦!

——楼上想太多,不同妈生的小北极熊是不可能玩到一起的。

——我的关注点也很歪,话说这辈分咋算?如果那只熊妈妈真的是奥狄斯的妈妈,咱们亚历山大是不是要管那只小熊叫叔叔或姑姑?

——唉,每次都要科普。亚历山大是奥狄斯捡的弟弟,不

是儿子好不好。

——是的，它们没有血缘关系。亚历山大除了要敬着点儿奥狄斯，北极这片的所有北极熊它都可以不理。叔叔姑姑什么的，没有必要。

——今年听过最好听的笑话，亚历山大敬着点儿奥狄斯，哈哈哈，调皮捣蛋心眼多的亚历山大不折腾奥狄斯就不错了。

——我感觉亚历山大有超好的运气和亲和力，饿着谁都不可能饿着它。哈哈，就算没有奥狄斯，也会有别的大佬疼它、宠它。

——楼上小心被奥狄斯追杀，亚历山大只能是它的。

——是的是的，想拿麻袋去偷亚历山大，不知道亚历山大喜欢什么颜色的麻袋？

——让奥狄斯帮你问问吧，顺便把你的头拧下来。

论坛上的网友们分析得很对，这四只幸运的北极熊会在岸边安然住下，把这里当成度夏的临时家园。

试想，有白鲸出没的海湾，岸边还有可以乘凉的树荫，无疑是一处再理想不过的避暑胜地。

北极熊妈妈还可以在这里教导小北极熊练习捕猎白鲸的技巧。毕竟这是一件迫在眉睫的事情，每一只熊妈妈都迫切地希望自己的幼崽尽快成长起来，这样离巢的时候才能减少孩子夭折的概率。

就连人类记录在册的数据也表明，在北极这地方，没有一个家长会像奥狄斯那样溺爱孩子。

## 第二十三章

海风轻柔地吹拂着，吹得岸边的矮灌木丛树叶沙沙作响。

原本这是个再好不过的睡眠时间，然而才过去了七个小时，远没有到乔七夕自然醒的时候，他就被一阵打架的动静吵醒了。

睁开眼睛一看，奥狄斯好端端地卧在自己身边沉睡，说明打架的主角之一不是它。

或许奥狄斯也听到了噪声，但两只白白的耳朵都没有动弹一下，显然自动隔绝了外界的影响。

一向对周遭的事情比较有好奇心的小熊直起脖子看向动静传来的方向，然后就看到熊妈妈在揍小北极熊，准确地说，应该是在教小熊练习搏斗技巧。

都说北极熊最大的天敌就是北极熊，小北极熊在成长期间当然要学习如何跟北极熊搏斗，这是必不可少的生存课程。

乔七夕看到这只熊妈妈十分凶悍，它对待小熊似乎没有"掌"下留情，大掌直接就抡了下去，有那么几下直接把小熊摔了出去。乔七夕看得心里一抽一抽的，十分揪心。

嘶，不疼吗？小熊还那么小呢，两者的体形毫无可比性，对打起来

小熊就只有挨打的份儿!

乔七夕抽着眼角不忍直视。他就想问问,究竟是这只熊妈妈的个性问题,还是所有北极熊妈妈都这么狠心呢?"男妈妈"呢?

顶着还没完全消肿的猪头脸,乔七夕心有戚戚地颤抖着。尽管还没有睡饱,但他听着小北极熊被摔打的声音无法入眠。

大抵是同为未成年小北极熊的原因,他害怕自己也会被奥狄斯摔来摔去。那什么,学习搏斗技巧是当然要的,摔来摔去可不可以不要?

这时,奥狄斯醒了过来,似乎也是被周围的动静吵醒的。它的眼眸里还带着尚未消退的睡意,显得比平时多了几分无害,暂时没有极地王者的那股威慑力。

奥狄斯醒来的第一反应就是收拢自己的手臂,它抱了抱待在自己怀里的乔七夕,又低头舔了舔小熊脑袋上的毛发,这才算彻底清醒了过来。

乔七夕当抱枕多日,早已习惯了奥狄斯的起床顺序。平时他挺不配合,但今天被一旁打孩子的动静给影响了,于是破天荒地不仅没有不配合,反而主动地往奥狄斯的怀里靠。

那啥呀,奥狄斯,一旁在打孩子。乔七夕想说的是:"我这么听话可爱,吃得还少,你可不能打我。"

平时乔七夕不蹭奥狄斯都一天三顿地被奥狄斯追着舔,这会儿主动撒娇,当然马上遭到一顿有力的舔舐。

蹭了半天,互相涂了彼此一脸的口水。乔七夕终于吃了颗定心丸,相信奥狄斯接受了自己的糖衣炮弹,至少暂时不会有摔打无辜小熊的念头。

有了一旁做对照,倒也给乔七夕敲响了一记警钟。他知道,练习各种生存技巧得尽快提上日程才行。之前是因为赶路、饥饿,没有条件练习,重点是奥狄斯也不上心,居然没有一点儿要教他捕猎的意思。现在有了条件,他感觉得重视起来。

小北极熊迈出了学习捕猎的第一步,他起身伸了个懒腰,离开了奥狄斯。眼中还带着困意的他来到烈日下的水边站着，踢了踢胳膊和腿，算是做了几组热身运动。

不管有没有成功率，准备还是要做的。乔七夕才不想承认，自己对下海抓白鲸还是有点儿脚颤，这是个高难度的挑战，害怕是很正常的，这个没有什么不好意思承认。

乔七夕站在岸边，凝视了一会儿汹涌的海面。咳，他觉得自己需要做一下心理准备。

过了良久，他才终于伸出脚掌，踩着点缀在海面上的岩石一步一步往海中央走去。慢慢地水位就高了起来，没过了他的半条手臂。这时，他回头看了一眼，惊愕地发现奥狄斯就在自己的后面，正静静地注视着自己。

呃，刚才可能是他太紧张了，根本没有发现这件事。

奥狄斯之所以跟来，可能是为了保驾护航吧，他想。说白了就是怕他突然掉海里淹死，或者被白鲸拖进海里之类的。

乔七夕被自己的想象弄得叹气，算了算了，要围观他狼狈失手的画面就围观吧。

大北极熊眼皮底下的小北极熊回过头去。首先，他需要把一切复杂的情绪摒除，心中只剩下一个明确的目标——捕猎。

作为极地王者，北极熊拥有超强的感官系统，光是靠敏锐的嗅觉就能知道猎物在哪里。

此时，他并不需要急着去感知猎物在哪里，只需要把自己的存在感降低，再降低，等待猎物从面前游过的那一刻，发挥出超强的爆发力咬住猎物即可。

所以说，小北极熊首先要学会的是耐心。捕猎过程有可能是半个小时，也有可能是一个小时，甚至更久。

比起小北极熊，乔七夕拥有人类的理性，等待的耐力他并不缺乏。他最大的毛病不是没有耐心，而是觉得水里游来游去的白鲸好可爱呀，唉！

降低存在感乔七夕做得挺好的，很快他面前就有白鲸游来游去，背

脊上冒着小水花，阳光一照，甚至有小彩虹，简直超级梦幻。

近距离欣赏活着的白鲸，小北极熊看得眼睛都直了。而大北极熊估计疑惑得够呛，这么好的机会，竟然还不下嘴，是不是要示范一下？

蹲在后头的奥狄斯看了一眼小胖熊的背影，又看了一眼水里游来游去的白鲸，那眼神就好像在说："你果然不会。"

没有希望就不会失望，奥狄斯抬头望了望天。

无人机在湛蓝的空中掠过，招惹了大北极熊的一丝目光，但也仅此而已，奥狄斯的注意力仍然放在学习捕猎的小北极熊身上。

它终于忍不住了，抬起爪子碰了一下小北极熊的背。

乔七夕压力很大。好了，知道了知道了，在抓了在抓了。他也知道自己磨蹭得够久的，可他就是下不了嘴啊！这有什么法子？

第一次总要有一点点心理准备的。经过奥狄斯无声的催促，乔七夕才准备进行下一步。

对不起了，小白鲸，我要出招啦，你看好。

乔七夕张嘴扑下去之前觉得自己的准头还不错，这一击没有十拿九稳，也能伤敌八百。

实际情况却是他一嘴下去白鲸早跑了，拥抱了个寂寞，哦不，海水。

咕噜噜地呛了几口海水，他蔫蔫地浮起来，小眼神瞅着岩石上的奥狄斯，还挺委屈。

好在奥狄斯似乎没有嘲笑他的意思，对方举动还挺暖，低下头舔了舔他浸了水的脑袋。

乔七夕不知道的是，小北极熊第一次捕猎白鲸的成功率几乎为零。即使是当年的奥狄斯也一样，没有那么容易就独立起来。

甩了甩头上的海水，小北极熊从海里爬上岩石，打算再接再厉，厚着脸皮继续等待下一次机会。

他总结了一下刚才失败的原因，不外乎是自己动作太慢了，一动就惊动了白鲸。对方已经跑掉了，自己却连尾巴都没碰着，属实有点儿丢脸。

奥狄斯又退回了刚才保驾护航的地方，十分有耐心地守着这只正在学习捕猎的小熊。

风在吹，浪在涌。

乔七夕第六次扑进海水里依然扑了个空，而且第六次不仅扑了个空，他感觉自己还被一条白鲸撞了一下腰，导致他在海水里翻了个跟斗，两只脚掌在水面上扑腾了一下，好不容易才翻过来浮出水面。

不是他吹，如果北极熊有眼泪，现在这片海已经上升几厘米的水位了。呜呜呜——

奥狄斯哪儿知道小熊在海水里让白鲸给欺负了，这会儿接收到小北极熊撒娇的信号，它似乎觉得这场学习该结束了。

奥狄斯跳进海水里，两条粗壮结实的手臂拥抱着小北极熊，将小北极熊带到岸边。

这个喊停的信号乔七夕当然也接收到了，委屈过后就是满满的羞愧。

啊，六次！整整六次！一次也没有碰到过白鲸。唯一的一次还是对方撞的自己，这让他怎么面对？

除了趴在岸上装死，避开奥狄斯十分关心的目光，乔七夕不知道自己还能干点儿啥。反正在奥狄斯眼里，他应该已经是一只无药可救的废熊了，除了菜，还是菜，好扎心。

然而事实好像并非如此。到了岸上，奥狄斯依然很有耐心，仔细地舔舐他的毛发。仿佛并不介意他连续六次都扑了个空，还被白鲸撞了个跟头，依然对他还是像以前那样，捧在掌心里疼爱。

越是这样，乔七夕就越觉得自己应该更加努力，不能辜负了奥狄斯的一片拳拳爱护之心。下海捕猎就先告一段落吧，仔细总结一下今天失败的经验，改天再战，这个安排很合理。

等身上的毛发晒得半干，乔七夕重新站了起来，目光坚毅地看着奥狄斯。讲真的，他想试一试自由搏击。刚才的无数次失败和狼狈不堪已

经彻底地激起了乔七夕想要上进的决心。不想继续当废物，就一定要付出被摔来摔去的代价吧。

有点儿怕，但不影响。

毛还一缕一缕的小北极熊环顾四周，只见他缓缓地退后几步，先规划一下搏斗的场地。

那么问题来了，乔七夕仰着脑袋心想，第一招是应该偷袭奥狄斯吗？还是先让对方知道，自己即将开打呢？

鉴于没有经验和流传下来的说法，乔七夕绷着严肃的脸蛋子，和对方四目相对了片刻，想着奥狄斯应该从自己的眼神中看到了暗示。

然后乔七夕压低重心，嘴里嗷嗷叫了两声，后腿刨了刨土就冲了过去。

蹲在阳光下的奥狄斯一开始是眯着眼睛的，随着小北极熊渐渐冲过来，它的眼睛越睁越大。

乔七夕做梦也没想，当自己以每小时六十公里的速度气势汹汹地冲过去的时候，奥狄斯会是这种反应！

奥狄斯想也没想地站起来，张开双手完美地接住了他这颗熊球。

撞进奥狄斯怀里的那一刻，乔七夕感受到了八百公斤的奥狄斯的下盘究竟有多稳。

简单点儿说，小几百斤的肉弹以每小时六十公里的速度撞过去，对方竟然纹丝不动，还有没有天理了！

奥狄斯的强悍更衬托出自己的弱小，乔七夕一时间有些挫败和小崩溃。扑进奥狄斯怀里的他，没忍住，开始用熊掌攻击对方的胸膛。

据说一熊掌拍下去能有好几十公斤的力道，他这双小熊掌就算力量减半，也能让对方吃点儿苦头。

接下来的剧情走向理应是奥狄斯的脆弱部位遭到攻击，震怒后一巴掌拍在小熊身上，直接将小小熊打飞。

可是乔七夕想多了，剧情一点儿也没有按照他的预想发展。他的小熊掌没有给奥狄斯造成伤害，至少可以肯定，奥狄斯的表情看起来不像

是受到了攻击的样子。

身形庞大的成年北极熊又眯起了眼睛,黝黑的眸子安静地俯视着怀里撒野的小熊。

经过一段时间的努力,乔七夕终于发现一个相当严重的问题,是不是奥狄斯压根儿没发现自己在跟它打架?又或许对方觉得这是在撒娇,或者玩闹?

想想也是有可能的。啊,这……

乔七夕躺倒,肿起来的那半边腮帮子被激得发疼。

既然熊掌没办法给对方造成伤害,那就用嘴巴咬,乔七夕凶巴巴地想。然后他歪头一嘴咬在奥狄斯的其中一条手臂上,力气当然比平时磨牙要大一点儿,但不至于破皮那种。

小北极熊尖尖的乳牙扎在皮肉上,奥狄斯似乎终于有了一丝丝痛感。

只见奥狄斯微微动了动眼皮,眼神更加幽深了起来,貌似还带着一点点困惑。

乔七夕转着眼珠子想了一下,哦,对了,自己好像忘记了"撂狠话"。

据他观察,北极熊们打架之前,互相咆哮是必不可少的环节。

"嗷呜!"乔七夕有样学样,踮高脚掌冲着奥狄斯熊了一下,然后静静地等待结果。

奥狄斯的眼皮又动了动,给人一种若有所思的感觉。下一秒,风云变幻,它忽然低头张嘴,冲着小北极熊就是一声低吼。

频率低到吓人的咆哮声瞬间在周围传开,比乔七夕听过品质最好的音响还要牛,声音直接震荡到他心里,甚至灵魂里去,他唯一的感受就是恐惧。

等乔七夕回过神来,他发现自己已经一屁股蹲儿坐到了地面上,两条胖腿正在隐隐约约地颤抖着。

成年北极熊对小北极熊的压制力,简单直接而又明了。就算乔七夕拥有成年人的灵魂，也控制不住身体的本能反应，露出了惧态。

他先为自己的狼狈和胆小恼羞成怒。可恶，奥狄斯怎么能这样，真的太过分了吧？然后不由自主地想，北极熊与北极熊之间是有很大区别的吧？总之，奥狄斯肯定是很强的那一种。

这么一想，自己被对方的吼声吓到腿软好像也情有可原。

乔七夕坐在地上东想西想，没发现头顶上一片阴影笼罩。奥狄斯已经注视他良久，眼神蕴含着担忧。

也许，奥狄斯察觉到了乔七夕想要进步的打算。假如它是一名合格的家长，它应该会有一百种方式将小北极熊训练成才。但它不是一名合格的家长，它只是一只没有育儿本能的雄性北极熊。

不过，奥狄斯会的东西绝对比其他雄性北极熊和雌性北极熊多得多。别的北极熊可能一辈子也不会刻意把小北极熊吓得炸毛，然后再慢慢哄，奥狄斯却会。

它静静地看着小北极熊捕猎失败，把对方拥上岸之后，又以恐怖的吼声将想要练习搏斗技巧的小北极熊吓哭，最后温柔地舔舔毛，抱着惊惧疲惫了一天的小熊入睡。

## 第二十四章

在奥狄斯"行凶"过后有意的温柔安抚之下,惊惧交加,兼之疲惫了大半天的乔七夕终于陷入了睡眠。

不过在睡着之前,他的心中很不平静。一直以来习惯性地接受了奥狄斯无微不至的呵护,差点儿让乔七夕忘记了奥狄斯的真实身份——一只天性喜欢独来独往的冰上王者。它的战斗力是毋庸置疑的,骨子里是好胜且凶残的。

雄性北极熊之所以喜欢对小北极熊下手,除了饥饿还有一个显而易见的原因,它们天生就知道扼杀身边的一切威胁和竞争,哪怕是一只还没成长起来的小北极熊。这是野兽的本能,写进基因里的潜在意识。如同小猫咪还没睁开眼睛就会寻找猫妈妈的乳头一样,这是它们的遗传记忆,几乎是与生俱来,难以消除。

奥狄斯富有穿透力的一声低吼不仅差点儿吓尿了乔七夕,还提醒了他一件事情:作为雄性小北极熊的自己,未来会是奥狄斯的竞争对手。

这不是不自量力,是真的。在奥狄斯眼中,他就是个抢夺生存资源和繁殖资源的竞争对手。一直没有咬死他,反而还养着他,本来就是一件匪夷所思的事情。

但这种反常的现象会维持到什么时候呢？

不得不说，乔七夕的推测方向是对的，他的想法和大多数研究人员的结论相同，都认为这段非主流友谊的转折点将会是奥狄斯的初次发情期。

夏季到春季已经不远了，也许不到半年后，奥狄斯就会发现自己做了一桩亏本的买卖，养了一只压根儿毫无用处而且还要挤压自己生存空间的对手，然后怒而将他扫地出门，或许扫地出门之前还要打一顿。

啊，害怕。

今天战战兢兢靠在奥狄斯怀里睡觉的小熊有了心事。因为那震耳欲聋的一吼，乔七夕觉得自己和奥狄斯之间不可避免地产生了隔阂。怎么说呢？就是貌合神离，同床异梦吧。奥狄斯提防着即将长大的他会成为竞争对手，他则提防着奥狄斯啥时候会幡然醒悟，弄死自个儿。

想一想就好惨，古代的君王和臣子，可不就是这样吗？太惨了。

乔七夕想着想着就睡着了。

再次醒来，阳光依旧普照大地，海风还是那样带着点儿微热，隔壁的熊妈妈和小熊崽不知道去哪儿了。

自己身边也没有奥狄斯的身影，是的，只有他一只熊趴在树荫下，独守空旷的睡觉地盘。

这是很少发生的事情。看吧，一旦有了嫌隙，他马上就会失宠，接下来肯定就是被扫地出门。

乔七夕唰的一下扭头，在周围寻找自己的小黄桶，那是他能够带走的唯一一件私有财产。

找到小黄后，他松了一口气。

在找小黄的过程中，乔七夕看到了奥狄斯的身影。对方在海面上蹲守着，安静地等待着猎物。

原来奥狄斯是去捕猎了，对方那庞大的背影给了乔七夕一丝安全感。

可这样是不对的！

乔七夕略微失神地望了望奥狄斯的背影，眉头微皱。唉，其实他不想这么依赖奥狄斯啊，而且，他是一只小气极了的"假"熊。

昨天光顾着害怕，都忘记生气了。现在回想起来，乔七夕觉得很难过！奥狄斯怎么能吼他，还那样凶残，现在想起来仍然心有余悸。

小气极了的小北极熊侧躺在树荫下，认真地抱着自己的脚掌想了想，自己离开奥狄斯之后能生存下去吗？独自熬到冬季的概率又是多少？

拍了拍自己胖胖的肚皮，乔七夕觉得有搞头。跟在奥狄斯身边的日子虽然很安逸，但不利于自己早日独立。想要早点儿成为"熊上熊"，出去历练是个不错的选择。

当然了，乔七夕必须承认，突然兴起离家出走的念头，一方面也是因为自己小气并且往死里矫情。有智慧和思想的他始终不能把感情寄托在全靠本能生存的奥狄斯身上，这对它不公平，对方本来就没有义务承载他的期望。

既然分开是一件迟早的事情，是自己和奥狄斯之间注定的宿命，不如趁现在一拍两散！

好的，就这么合情合理地做出了决定，乔七夕深吸了一口气，心想：再见了，奥狄斯，今天我就要去远航了，和我的小黄。

小北极熊放开被自己不知不觉啃湿了一块的脚掌，一骨碌爬了起来，去叼自己的小黄桶。

海风和海浪的噪声显然给这只小熊增添了成功偷溜的概率。

为了不惊动正在捕猎的奥狄斯，乔七夕使出了捕猎的那一套，他轻手轻脚，无限降低自己的存在感，轻轻地叼起小桶，轻轻地……

唔，远航的方向还未曾决定。

乔七夕抬起圆乎乎的脑袋，迎风望了望支流的入海处。啊，他想去对岸，然后远走高飞，可是入海处水面较为宽阔，游过去费劲。

支流入海口再往上？那个方向通往内陆，水面逐渐变窄，游过去不那么费劲。然而内陆的危险不可忽视，没有战斗力的小北极熊可能会遭

遇不测。

思量复思量,乔七夕决定重返来时的支流入海口。但这样可能会遇到熊妈妈和小熊崽,也不知道自己独自从对方眼皮底下经过会不会挨揍。

可是世间哪有万全的法子,干就是了,叼上小黄桶的小北极熊蹑手蹑脚地走了。

这时,奥狄斯那双圆圆的、冷静锐利的眼眸正专注机警地盯着海面,准确地说,是盯着海水中那些游来游去的白鲸。

不同于小北极熊有八成把握就冲的莽撞,它习惯了有十成的把握才动手,这样一来可以节省很多时间和精力。

再者,距离上一次饱腹时间并不是很久。奥狄斯其实不太饿,它只是担心小熊饿了,所以趁着对方还在睡觉就出来捕猎。

天性简单没有太多情绪的奥狄斯怎么也想不到,在它专心捕猎的空当里,它捡的小熊会一声不吭地离开。

在没有抓到白鲸之前,奥狄斯的所有注意力都会在海面上。除非后面传来异样的动静,否则它不会轻易分神。

得益于奥狄斯的专注,乔七夕悄咪咪地离开了北极熊的视野范围。在路上,他果然遇到了熊妈妈和对方的小熊崽。不过它们对他视而不见,并没有怎么样。

那可太好了。

乔七夕在岸边雀跃地迈开了小步伐。这一刻,他感觉自由在向自己招手,辽阔天地在为他高歌,就连路边的小草仿佛也在向他的勇敢决定弯腰致敬。

风在吹,心中的小马在啸,阳光它那么美。

哗啦一声,本来就不平静的海面上溅起一片水花,一道白色的庞大身影用异常灵活迅捷的动作扎进海水里。

水中的鲸鱼群惊慌失措,四处乱窜。

其中只有一条白鲸是奥狄斯的目标,其余的就算撞到身边它也不会

多看一眼，因为它对自己看上的那条白鲸势在必得，无须再分心去捕捉其他白鲸。

不同于乔七夕每次一头扎进水里都要闭上眼睛，奥狄斯是不会闭上眼睛的。所以每次捕猎过后，它的眼球会有一丝泛红。为了减少海水对眼睛的伤害，唯一有效的办法就是提高捕猎的成功率，这一点奥狄斯天生就懂。

四岁以后，它捕捉白鲸失手的概率就小了很多，但今天它失手了。

身形庞大的北极熊从海水中浮上来，哗啦一声冲出水面，然后赶紧甩干净头上的海水。

从奥狄斯的表情和眼神中看不出来它刚经历了一次失败的捕猎之后是什么心情，但从它回眸凝视海面的举动中不难猜到，它内心感到不甘和无奈。

也许自己还是太着急了一些，急着从海里咬杀一条白鲸拖上岸边，去喂养那只还在酣睡的小熊。

奥狄斯从海水里爬起来，湿漉漉的透明毛发紧贴着精壮的身躯。阳光照在脸上，令它不由自主地收缩瞳孔。

它伸出舌头舔了舔嘴边的海水，打算换一个位置继续狩猎。

在此之前，这只有耐心的北极熊一边踩着海水中的岩石缓缓移动，一边抬头望向岸边的树荫。接着它的眼睛就睁大了些，同时有些茫然。

在它的记忆里，乔七夕应该正在树荫下酣睡，但现在那里并没有小北极熊的身影，包括对方非常喜欢的小黄桶，也不在岸边了。

继续狩猎还是回去看看，两个选项之间，奥狄斯仅仅犹豫了一秒钟，抬爪就向岸边走，并且速度越来越快。

结果他们睡觉的树荫下空空如也，没有小北极熊的身影。抬头望向四周，目光所及之处依然没有小北极熊的身影。

这是一件不寻常的事情，当然也很难理解。

奥狄斯虽然茫然，但它不会考虑太多有的没的。光凭气味就能追踪目标中的北极熊，它顶着一身湿漉漉的毛发，立刻向乔七夕离开的方向

跑去。

当奥狄斯的身影在熊妈妈眼前一晃而过时,这只熊妈妈和自己的孩子茫然地盯了一会儿那只远去的北极熊。

要说这对熊母女的经历也是足够特殊了,毕竟别的北极熊一辈子也不可能碰到这种事。一只雄性北极熊去追赶另一只离家出走的雄性小北极熊,很离谱。

然而无处不在的无人机一如既往地把这一幕记录了下来。

论奔跑的速度,乔七夕暂时能力有限,他在奥狄斯不留神的时候偷偷摸摸地跑了十公里。没错,足足十公里!但根本没有逃出北极熊鼻子的雷达范围。

奥狄斯追赶上他只花了不到半个小时,准确地说是二十五分钟。

看到小熊的背影,奥狄斯就慢了下来,用不解又小心翼翼的眼神专注地看着前面的小熊,没有发出任何声音。这是北极熊围堵目标时下意识的举动,由此可见奥狄斯对乔七夕的定位是它的所有物。

乔七夕在奥狄斯离自己十米远的时候终于发现了奥狄斯的身影,他脑子里顿时嗡的一声,第一反应就是——撒脚丫子跑!

被惊动的小熊慌张地逃跑,奥狄斯立刻追过去,十米的距离在它眼中很容易赶上,事实也正是如此。

乔七夕还没有规划好逃跑路线,就感觉一道阴影笼罩过来。哦不,是一阵劲风先吹过来!吹乱了他的头发,也吹乱了他的心。

冲到小熊身后的奥狄斯还是刹了车的,否则乔七夕可能会被它庞大的身躯直接压扁。不过这一道酷刑可以免除,另一道酷刑却不可避免。

奥狄斯下意识地咬住乔七夕的后颈皮毛,身体往下压,以此将对方牢牢地困在身下。

乔七夕的小黄桶在争执中无辜地摔出去老远,碰撞的声音听得未来的"熊上熊"心里在淌血。

后颈皮被咬得好痛哦,乔七夕一瞬间又痛又茫然,奥狄斯为什么要这样?刚才冲过来逮他的奥狄斯身上的气势好凶,好像很生气的样子,

是因为他离家出走吗?

不应当!少了一个埋头吃饭的废物要养,奥狄斯难道不应该高兴吗?为什么他走了要生气呢?

这些问题,不出意外对方一个也回答不了。

这不是重点,啊啊啊,疼。

"呜呜噫噫——"北极星没有眼泪,北极熊却真的哭了。

奥狄斯因为这呜呜噫噫的抽噎立刻放松了叼着小熊后颈皮的牙齿,然后迅速地舔舐刚才被它咬过的地方。

没有受伤,也没有破皮,它并没有用很大力气。

但乔七夕还是很大动静,不知道的还以为他脖子断了。

奥狄斯低头贴着乔七夕的脸,试图探头看看对方的眼睛,或者只是通过敏锐的嗅觉在分析小熊的状况。总之,它有些手忙脚乱,这种情况是它这辈子都没有遇到过的。

一只假哭的小北极熊,以及对方为什么要离开等问题,奥狄斯无法理解,除非它哪一天拥有了人类的智慧,否则它终究只是依靠本能在生存和处事。

乔七夕突然不假哭了,因为他也在考虑这个问题:奥狄斯为什么要来追自己,是舍不得吗?

不知道,可是不得不承认一件事,奥狄斯做了好多与本能不符的事情,比如养活一只小北极熊。

作为那一只走狗屎运被养活的小北极熊,乔七夕慢慢地转过身来,对上奥狄斯漆黑专注的眼睛时才发现,原来对方一直都在看着自己。

四目相对,眼神交流,乔七夕依旧看不出来,奥狄斯究竟在想什么。

眨了眨眼睛,小北极熊假意挣扎了一下。然后他换来的就是泰山压顶,奥狄斯直接趴下来压住了他。

这会儿别说是挣扎了,连喘气都费劲!

好了,乔七夕知道了,奥狄斯这是怕自己跑了。

"呜呜噫噫——"

娇娇软软的哭声一出，身上的"泰山"顿了顿，把空间放开了一点点。

"呜呜噫噫——"小北极熊得寸进尺，想要更多的活动空间。

奥狄斯垂眸，看看被自己压制的小熊，过了片刻，还是上当受骗，松开了更多的空间。

知道奥狄斯还是心疼自个儿的，乔七夕心里倒是解气了一些，毕竟自己这一出也把对方吓得够呛，可也没有完全解气。想要他完全消除心中的芥蒂，可以，他以迅雷不及掩耳之势忽然咬了一口对方的手臂，还是那个位置，那个力道！不，这次咬得更狠！

奥狄斯眼睛一眯，感受到了疼痛，但这一次它没有用那种恐怖的吼声吓唬小熊。北极熊的记忆能力和逻辑能力很不错，或许它已经领悟到小北极熊逃跑的原因。那种吓唬小熊的行为，一次就够了。

奥狄斯没有任何反应。

难道不是疼的缘故，而是"撂狠话"惹的祸？

乔七夕松开嘴，凶巴巴地瞪着奥狄斯的脸庞。他想了想，决定"复制粘贴"昨天的那句狠话："嗷呜！"

这一次，奥狄斯依旧毫无发飙的迹象，甚至低头舔了舔他的嘴巴，似乎还带着鼓励的意思，让他不高兴可以多说几句。

乔七夕感觉自己怕不是疯了，不然怎么会从一只北极熊的眼神里解读出这么复杂的意思，肯定是自己疯了。

不过对方也确实没有再凶，算了算了，就当它知道错了吧，还能跟北极熊计较不成？乔七夕在心里大度地开解自己，然后抬头也舔了舔奥狄斯的嘴巴，释放出握手言和的信号，这是动物之间表达友好最直接的方式。

奥狄斯漆黑的眼睛微微泛着光，它似乎高兴极了。被乔七夕主动舔舐过后，它非常热情地立刻搂住小熊一顿腻歪。

很快乔七夕脸上被不容拒绝地涂满了奥狄斯的气味。接着不仅是脸

上，还有身上，平时会舔舐的地方全都被奥狄斯用力地照顾了一遍。那份热情和小心呵护，让乔七夕觉得自己又好了。

原来兜兜转转了一圈，多想的是自己啊，奥狄斯才没有那么多念头，很直接纯粹。

小北极熊紧紧地贴着奥狄斯的胸口，感受着对方跟人类不一样的心跳频率。

是的，跟人类不一样。但现在他们两个是一样的，没错吧？

无论过去怎么样，反正这一分这一秒他们就是同伴，相依为命，信任彼此，无须那么多担忧和猜忌。

乔七夕蹭了蹭消停下来的奥狄斯，对方毫不犹豫，直接回给他一顿蹭，最后的小眼神似乎在问他："够了没？"

## 第二十五章

时日不短的相处，终究会让已经变成北极熊的乔七夕对同类的肢体语言越发敏感。因此他可以肯定，自己对奥狄斯意思的解读并非臆想。

只不过有一些意思过于复杂，连乔七夕自己都不敢相信这就是奥狄斯想要表达的东西。他只敢相信浅显的意思。例如，此时此刻，奥狄斯用眼神问他："还需要继续舔毛吗？"

小北极熊一激灵，连忙支棱起头上的毛，摇摇头，表示够了够了。

温热潮湿、劈头盖脸的用力舔舐，他今天，哦不，这个星期都不想再经历。

离家出走事件雷声大雨点小地落幕，乔七夕舔了舔自己的爪子，然后从奥狄斯的怀里挣扎出来，因为他想起了一件重要的事情。

"嘤嘤嘤。"思及小黄桶的遭遇，乔七夕快步跑向小黄桶"遇害"的地点——一个逼仄的石头坑，目测不深，但无从下脚。

奥狄斯立刻跟了上来，为了回应小熊的嘤嘤嘤，这只北极熊的喉咙里发出阵阵浑厚的低音，犹如市面上音质最上乘的低音炮，本意是为了安抚。

凑过来俯视那只落难的小黄桶，似乎感同身受的奥狄斯低头舔了舔

小熊的耳朵,然后就抬腿迈进了坑里。

乔七夕眨了眨眼睛,趴在坑上,他紧张兮兮地看着奥狄斯营救小黄桶。

好在奥狄斯身材高大,进到这个坑里对它而言轻而易举,毫无难度。

奥狄斯两只前爪迈进些许,一低头叼住小黄桶,接着后退回地面上,就这么叼着小黄桶凝视了乔七夕片刻。

目测小黄桶平安无事,太好了。

乔七夕内心雀跃,正准备高高兴兴地接过小桶,顺便谢谢奥狄斯伸出援手。然而还没有等他有所行动,奥狄斯就一扭头,叼着桶往他们落脚的方向走去。

咦,奥狄斯?

乔七夕迈开步伐追了上去,心中有点儿哭笑不得。那是他的私产,奥狄斯一般不会碰的,除非他偷懒逼着对方帮他拿。现在又没有逼着它拿,对方却表现得这么殷勤,依然是认错的表示吗?

奥狄斯跑过来花了二十五分钟,现在慢吞吞地走回去可不止二十五分钟。感觉自己已经很长时间没有吃饭的小北极熊望着远处的海面吞咽口水。

再次路过熊妈妈圈出的地盘时,他们收到了两道注目礼。

离开的时候乔七夕没胆儿和对方打招呼,现在有奥狄斯镇场子,他大大方方地也瞪了回去。当然,看向小北极熊的目光相当温和。

乔七夕心里嘀咕:要不是你妈看着,哥早把你摸秃了,就像奥狄斯对我一样。

出来半小时,回去一小时,都是自个儿造的孽。小熊感觉自己腿酸肚子饿,只有躺着才能舒服些。所以今天的学习任务不得不暂停,这不能怪他啊。身心受到冲击了,懒到家的小熊躺在树荫下给自己开脱。

瞅了瞅天,这天儿真蓝。抱着脚掌抠了抠,又看看去捕猎的奥狄斯——还有大佬养着,"熊生"真不错。

"要脸不？"内心深处的那道声音如是地问。又问，"万一有一天奥狄斯生病了起不来，你能像对方养活你那样养活他吗？"

两道灵魂拷问瞬间让乔七夕觉得在这儿闲得抠脚有罪。他一骨碌爬起来，抖抖毛发，找奥狄斯学习捕猎技巧去。

海面上，奥狄斯缓慢地移动着，正在寻找蹲点儿的好场所。本该在睡觉的小北极熊忽然靠近，引起了它的注意。看得出来它很迷茫，或者说它并不希望乔七夕凑这份热闹。两只熊一起狩猎，并不见得成功率会更高。

粗神经的小北极熊没有领会它的意思，依旧坚持过来。待在快要淹没脑袋的海水里，为了鼻子不进水，乔七夕只好以站立的姿势踩在岩石上。众所周知，四条腿支撑胖胖的身体会轻松一些，两条腿支撑胖胖的身体等同于增加运动量。

奥狄斯也不好驱赶小熊，它有点儿无奈地动了动鼻子，似乎接受了身边有个拖油瓶。

捕猎不是儿戏，失败就会饿肚子。

但凡奥狄斯有熊妈妈的一丝"心狠手辣"，这会儿乔七夕已经嗷嗷叫着回岸上乖乖待着去了。

问题是奥狄斯很骄纵他，宁愿冒着捕猎失败的风险，也没有做出驱赶的动作。

好在乔七夕很乖，待在水里一动不动。在藏匿自己这一方面他还行，算是个好学生，身上唯一会动的就是眼睛了。

小北极熊纯真漂亮的大眼睛一会儿跟随着水里的游鱼转来转去，瞳孔随着心情缩小放大；一会儿偷偷观察旁边的大北极熊，啊，奥狄斯身材好壮，个头真高。

对方眼睛一眨不眨地盯着水面，眉宇间暗藏肃杀的气势，超帅的。

也只有这时候，乔七夕才会想起"冰上王者"这个头衔，又狂又拽。

自己偷偷看奥狄斯，那奥狄斯也会偷偷看一旁的小熊吗？

乔七夕心里一旦有了这个疑惑，目光就再也不分给海里的游鱼。他目不转睛，每分每秒都在看着奥狄斯。

一分钟，两分钟……十分钟过去了。

测试的结果出来了，在乔七夕的意料之中。那就是捕猎中的奥狄斯很专注，只会把精力放在捕猎上，根本不会看他一眼。

奥狄斯厉害！

就这样，乔七夕盯着奥狄斯，奥狄斯盯着白鲸，时间静静地流逝。

经历了上一次的捕猎失败，这一次又有小熊在身边干扰，奥狄斯显然比之前更加谨慎，不想再出现捕猎失败的情况。

一个百分之百会成功的机会摆在奥狄斯面前时，它才出击。

乔七夕盯着奥狄斯看，他想看看，奥狄斯攻击之前会有什么征兆，以及什么情况下才会出击。

尽管目不转睛，但是奥狄斯扑进水里的那一刻，乔七夕还是感觉自己平白无故漏看了几帧画面，他看到奥狄斯转眼间就在水里咬住了一条白鲸。

那条倒霉的白鲸奋力挣扎，甩动粗大的尾巴。这不是重点，重点是战圈不知不觉竟然来到了自己身边，无辜的小熊挨了白鲸一尾巴！

啪的一声，比童年时母亲扇的耳光还响亮。

我谢谢您嘞！

乔七夕受到这一记猝不及防的尾巴攻击，整只熊显得那么茫然，接着身体不受控制地摔进海水里，咕噜咕噜当即就灌了几口海水。海水又涩又咸，滋味儿相当不好受。

乔七夕七手八脚地在水里找方向感，顺便目睹了奥狄斯在水下撕咬白鲸的全过程。那叫一个凶残，白森森的獠牙令小熊感到不寒而栗，也让他非常庆幸自己不是奥狄斯的猎物。

乔七夕这会儿反而不急着浮出水面，他大胆地游过去，趁着白鲸还没有死透，用这条倒霉的白鲸当作练习捕猎的对象，也凶残地上去咬了一口。

白鲸在水中时很滑，唯有尖利的牙齿能擒住它们。

看见乔七夕的举动，奥狄斯在水里眨了眨眼。下一秒，它缓缓地松开嘴巴，放了这条半死不活的白鲸。

众所周知，水生动物即使死了还能窜出去老远呢。这边儿奥狄斯一松口，白鲸就跑了，牙齿还咬住白鲸的小北极熊立刻被乱窜的白鲸给带跑了！

忽然遭遇这种场面，乔七夕觉得自己没有被吓尿，反而紧紧地咬住猎物不松嘴，表现已经可圈可点。可是作为一只未来的"熊上熊"，自我要求不能这么低。

乔七夕努力克服对深海的恐惧，张开四肢拼命划动，试图与白鲸逃跑的力量相抗衡。

这场拉锯战，在小北极熊使出吃奶的劲儿之后，双方终于勉强势均力敌。那么接下来，不是小北极熊熬死白鲸，就是白鲸熬死小北极熊。

不过，这样生死一线的情况是不会出现的。一道白色的身影游过来，在白鲸的致命部位狠狠地补了一口。

奥狄斯咬这一口的时候，眼睛专注地看着手忙脚乱的小熊。

乔七夕说不上来是什么感觉，可能这就是被鄙视了吧！

捕猎技巧高超了不起了？个高力气大了不起了？

乔七夕不着痕迹地瞪着奥狄斯心想，等我长大了也跟你一样强，等着瞧。

等到白鲸不再挣扎，小北极熊终于借着海水的浮力十分吃力地将白鲸拖出水面。

而奥狄斯作为辅助，只是静静地看着小熊忙碌，它并未参与拖拽。

不过，离开海水的浮力之后，白鲸的重量难倒了乔七夕。

奥狄斯浮上水面来，看到一个三番五次也没办法将猎物拖上岸的可怜兮兮的"肉球"。乔七夕背部都快绷出肌肉的轮廓来了，即便如此，他也还是没办法将白鲸拖上岸。

"嘤嘤嘤。"小北极熊立刻回头求助后面上来的大北极熊。

对方眯了眯眼，向他游了过来。

不知道为什么，乔七夕感觉奥狄斯的心情不错，是因为被求助了吗？

奥狄斯来到小熊身边，先舔了一口小熊的鼻尖，然后才咬住猎物拖到岸边，那游刃有余的稳健动作可以说是令乔七夕十分羡慕了。

要知道，可爱在力量面前一文不值。

折腾了这么久，终于可以开饭了。乔七夕趴在白鲸背上，臭不要脸地抽了抽鼻子，擤了擤里面的海水，心想，今天的猎物，自己也是出了一份力的。

厉害厉害。乔七夕非常自得地自己夸赞完自己，仰头有些得意扬扬地瞅着奥狄斯，像极了小时候考满分的小学生拿着考卷回家见到父母的样子。

奥狄斯目光温和地回视着他，顺便低下头舔了一口白鲸伤口上的血液。

哎呀，不知道为什么，奥狄斯穿透力十足的眼神看得乔七夕老脸一羞，顿时垂下眼帘，专心啃咬猎物背部。

奥狄斯鼻子动了动，下一秒，它依旧不死心一般，撕咬了一块脂肪喂乔七夕。

真是的，看到肥肉的这一刻，所有气氛一扫而空，只剩下挑食小熊的碎碎念。

因为这条白鲸的体量较大，他们并未吃完，还剩下四分之一。

奥狄斯不停地撕咬肉块，送到小熊嘴边。说句不知好歹的话，乔七夕都快被对方喂吐了。他瞅着地上那条还没吃完的白鲸，打着嗝，想，好像这条白鲸吃不完是他的错似的，难道不是因为两天前刚吃过，自然不会像饿了一个星期那样胃像个无底洞吗？

乔七夕将嘴巴埋进两只爪子里装死，吃不下，真的一口也吃不下了。

奥狄斯叼着肉，反正它有大把的时间，倒也不着急。偶尔它还抬头

看看四周，扭扭脖子，想起来了再喂一下。

　　这会儿乔七夕做梦都是饱饱胀胀的。他诚心起誓，如果可以的话，他愿意捐赠自己身上的十斤肥膘，帮助忍饥挨饿的北极熊。虽然自己填饱了肚子，但是乔七夕没有忘记，这块大陆上其实还有很多受饿的北极熊。

　　不是每只北极熊都像奥狄斯一样强大优秀，自己现在过得好，只不过是比较幸运罢了。每年都有一些北极熊过得不好，也有一些北极熊过得较为顺利，跟着奥狄斯的他就是属于比较顺利的那一部分。

　　俗话说自己吃饱了饭，也别忘记还在挨饿的同胞。每次乔七夕抱着圆滚滚的肚子，都会担心一下其他北极熊的状况，然后祈祷这个夏天快点儿过去，温度不要再上升了。

　　奥狄斯都快被热成傻子了，明明热得慌，却还贴着他睡觉，让他也感觉到了炎热。

　　一同祈祷这个夏天赶快过去的还有很多人，他们都是真正关心极地动物生存环境的人。

　　最高气温马上就要来了，格陵兰岛的一些海岸上，成群的海狮在烈日下晒太阳。獠牙和成吨的体重让饥饿的北极熊即使路过它们身边也不敢觊觎，即便海狮宝宝是解除饥饿的良药。

　　还没找到度夏胜地的单身北极熊漫无目的地游荡着，看起来万分无奈。不管是炎热的气温，还是饥饿，它们都无法应对。

　　岛上的救助机构今年夏季也救助了一些情况较为严重的北极熊，不出意外的话，今年入冬才会把它们放归。

　　忙了一天，终于下班了，经常放奥狄斯和亚历山大相关消息的楼主在论坛上聊了聊自己最近的工作情况。

　　同好们对他带来的消息简直如饥似渴，通过他的描述才知道一些最新情况。

　　有几只一直追踪下来情况不乐观的北极熊被机构救助了，真是太好

了。但他们最想看到的还是奥狄斯和亚历山大的最新情况，那两只胖子现在在海岸上干什么呢？

关于奥狄斯和亚历山大的故事，当然要重新开一帖：奥狄斯正在教亚历山大捕猎。

大家最关心的环节终于到了，楼主很欣慰地宣布新的进展——奥狄斯终于有了教亚历山大捕猎的想法。这太不容易了，之前的奥狄斯巴不得连肉都替亚历山大嚼碎。

至于具体是怎么教的，大家看完视频之后内心都久久无法平静，非常疑惑兼震惊。

在座的都是看过不少纪录片的资深人士，他们不记得母熊这样教过小熊。奥狄斯这哪里算是教，明明就是一边捕猎一边带孩子，没办法而为之。

——为什么我从奥狄斯的所作所为中看到了敷衍的意味？

——就这就这？我可以说它不是在认真教小熊吗？

——虽然但是，奥狄斯好宠啊！

——亚历山大调皮出去玩耍，被奥狄斯逮回来了，哈哈哈。

——恕我直言，有奥狄斯这样的导师，亚历山大一辈子只能是这个熊样。

——唉，我只能说一句慈父多败儿。我知道它们不是父子！不要抬杠！

——好笑归好笑，但希望大家重视起来。亚历山大都两岁了，雄性北极熊果然没有育儿意识，亚历山大应该被一只母熊抚养。

——但这时候上哪儿去找一只母熊来抚养亚历山大，两只没有血缘关系的北极熊走在一起本来就是个小概率的事情。

——它们俩的情况的确只能走一步算一步，希望亚历山大

自己争点儿气。看到奥狄斯叼着肉追着喂,我就对它毫无期望了。摊手,让我想到了隔辈育儿。

——成也奥狄斯,败也奥狄斯。

——可怜的亚历山大,被喂得睡遁[①]。

——不,它可能真的吃困了,哈哈哈。

人们做梦也没想到,除了要给北极熊们解决高温和饥饿问题,还要解决这种非主流的亲子教育问题。

全论坛的极地关注者都知道,一只雄性北极熊狗拿耗子捡了一只小北极熊,却不按照正常的方式去抚养对方,不教捕猎,不让干活,追着喂肉……一直过分溺爱。

这很愁人,照这个方式继续抚养,即使养上十年,小北极熊依然不会独立。乔七夕只会被养成一只没有捕猎能力,过分天真单纯的北极熊,说白了就是一只"爸宝熊"。

好笑归好笑,但这真的是一个严重的问题。

---

① 网络用语,指以睡觉为借口逃避。

## 第二十六章

不管人们的心中如何担忧，北极熊们在陆地上的生活依旧是那么无可奈何。忍受着高温和饥饿，它们腾出有限的精力为自己尽量寻找果腹的食物，或者宁愿静止不动，试图依靠身上的脂肪等待冰雪降临。

聪明的海鸠卡着北极熊们的吃饭时间闻风而来，叽叽喳喳地分享着奥狄斯和乔七夕吃剩下的食物残骸。三次一过，它们便记住了这个新增的觅食场所。

吵闹的海鸟与空气中食物残骸的腥气不出意外地引来了新的觅食者。经过两个多月陆地生活的洗礼，这些远道而来的北极熊个个面容疲惫，身形消瘦，眼中已然没有了天真活泼的光芒。

所幸运气之神并没有离它们而去，在白鲸群离开这片浅海之前，这几只灰扑扑的大家伙终于赶上了。是的，灰扑扑的，特别是面门和鼻梁上那一块，简直就是漆黑一片。

要是和它们相比，乔七夕就会发现自己是多么英俊洁白，当然还有奥狄斯，都是妥妥的"熊"中龙凤。

一共三只雄性北极熊陆续到来，疲惫的它们已经不能对熊妈妈和小熊崽造成威胁，不过谨慎的熊妈妈还是带着小熊前往奥狄斯的领地暂时

躲避风险。

那三只北极熊的目的很明显，就是浅海中游荡的白鲸。经过长途跋涉，它们已经饥肠辘辘。然而近在咫尺的美餐急不来，需要慢慢图谋。

无人机注意到了这一幕，镜头下这三只北极熊散落在海面各处，互不干扰。饥饿的它们即将发挥出各自擅长的捕猎技巧，不久之后或许能够获得一顿久违的美餐。

乔七夕本来蹲在树荫下无聊地打哈欠，忽然看见小熊母子散步过来，不由得眼前一亮。

小熊邻居，你好呀，吃了吗？

不知道是不是乔七夕的错觉，多日不见的隔壁小熊似乎长大了一些，个头也高了，是因为最近吃饭比较频繁吗？

啧啧啧，小熊果然还是要吃饭才长个儿。想到这里，乔七夕不由得低头瞅了瞅自己的腰围，还是瞧不出来自己长胖了或者长个子了没。唯一可以确定的一件事，就是自己比那只小熊似乎高壮两倍，这就意味着他其实已经不是个宝宝了，能算是亚成年熊了吧。

然而那又怎么样？奥狄斯依然整天当他是个宝宝，除了捕猎不能分神，其余时候几乎不错眼珠地看着他。

现在，熊妈妈唐突的到来惊动了守在乔七夕身边浅眠的奥狄斯。

比新来的任何一只北极熊都要高大的庞然大物睁开双眼，残留着一丝睡意的它很快就清醒过来，然后起身伸了个懒腰，拉伸筋骨。

奥狄斯做这个举动和猫科动物有些相似，熊和狗属于同科，与其说像猫科动物，倒不如说是犬科动物的本能。

这么一想，奥狄斯和狗竟然是近亲，乔七夕笑死。

在奥狄斯伸懒腰的时候，它的视线已经注意到了入侵地盘的熊母女，以及那些从上游飘过来的陌生北极熊的气味。

看它抻长脖子的动作就知道了，它在探察情况。

带崽的熊妈妈和奥狄斯也是母子，它们遥遥相望。这个举动在乔七夕眼中是一种无声的商议，母熊在试探奥狄斯的态度，奥狄斯则在捍卫

自己的立场。虽然没有声音，却沟通无阻。

最终结果和乔七夕猜的一样，带崽的母熊止步不前，停留在奥狄斯的领地边缘，这就是它们之间商量的结果。

乔七夕不由得为自己的解读能力感到自豪。他这北极熊才当了四个多月，就已经可以大致解读很多北极熊的行为语言。看来再过半年，他和奥狄斯之间的交流一定会更加顺畅自然。

新来的三位邻居倒也没有给乔七夕的生活造成实际影响，虽然他已经通过灵敏的嗅觉得知了新邻居的存在。

同时，乔七夕也并不反感有陌生的北极熊找到这儿来。相反，这里有相对充足的捕猎机会，可以降低饿肚子的风险。多一只来猎食，就可以减少一只北极熊饿死的可能性，他是相当喜闻乐见的。

白鲸游入浅海支流中逗留为季节性行为，这意味着这片北极熊天堂并不会长久存在。等到白鲸群游回深海栖息，他们也将踏上另寻食物的路途。

奥狄斯深知此道，它会在有限的时间里尽量猎取食物，喂饱自己和嗷嗷待哺的小熊。

八月中旬，这片海岸上的气温升高了，眼看着已经超过去年的纪录，达到了让北极熊们坐立不安的地步。

即将游回深海的白鲸变得越来越难抓了，耐心蹲守一整天也未必能够成功。

跟在奥狄斯身边学习捕猎的小北极熊对目前的情况略有所感，他不知道奥狄斯是否焦虑，总之学习了这么久还没有成功捕猎过白鲸的他焦虑得都开始掉毛了。当然了，这是季节性问题，实属正常。

换毛的季节里，奥狄斯身上也是一堆毛疙瘩。岸边较粗的一棵树的树干，以及那些凹凸不平的岩石地面，成了奥狄斯用来辅助褪毛和挠痒痒的工具。显然这些身上的毛疙瘩令奥狄斯很不舒服，嘴巴能够到的毛疙瘩都已经被它撕扯了下来。

只会吃饭的小北极熊这时候显然派上了用场。看见奥狄斯难受得在

地上滚动，小北极熊把嘴巴凑上去，帮对方清理还没脱干净的毛疙瘩。

感受到拉扯的力度，奥狄斯忽然静止不动，抬头看着乖巧地帮助自己的小熊。

帮对方撕扯身上的毛疙瘩，这个举动一般在两只北极熊之间是不会发生的，它们的遗传记忆里也没有这样的意识。

不过奥狄斯并没有拒绝，它只是安静地任凭小熊在它身上动作。

这个季节是北极熊肚皮上的毛发最稀疏的季节，因为它们需要降温。

乔七夕耐心地清理完奥狄斯腹部上的旧毛，舔了舔隐约能看到皮肤的脆弱部位，这里很快又会长出一层新的密集的细小绒毛用来过冬。

奥狄斯仰躺着一动不动，似乎非常享受小北极熊的周到服务。每当小熊停下来时，它才会用"期待继续"的目光看向小熊，即使不会说话，却浑身都是语言。

乔七夕这不是停下来用爪子清理嘴上的毛吗？在舔了，在舔了。

有一说一，奥狄斯的腹部肌肉可真结实，一点儿肥胖感也没有。

虽然乔七夕没有舔过自己的肚皮，但他可以想象到自己和奥狄斯之间的差距，也就隔着三个半北极吧。

一边努力一边发散思维的乔七夕心想，不知道奥狄斯舔他肚皮的时候是什么样的口感。哎呀，肯定挺腻的。

今时不同往日，世道似乎越发艰难。在奥狄斯这里当完"童工"，对方还想搂着他睡觉。

可他怎么睡得着呀？这都半天没吃饭了。耐心地等奥狄斯先睡着，乔七夕偷偷摸摸地去水边趴着，没准儿能等到一条瞎了眼的白鲸。

他真的很想在这个夏季成功抓到一条白鲸和奥狄斯分享。最近他的上进心和决心，论坛上的网友们都看在眼中。可是亚历山大，身为小熊抓不到白鲸真的是常态，没必要一天二十四小时都盯着海面。那样奥狄斯可能会以为自己失职，没有喂饱你。被追着喂食的噩梦难道你忘了吗？

论坛上标题为"亚历山大今天抓到白鲸了吗？"的帖子里，楼主曝出一张小北极熊独自狩猎的图片。在这张俯拍照里，海面上只有一只熊——充满上进心的亚历山大。

——哦嚯，看这只努力的小汤圆，一点儿棱角都没有。
——怎么回事？周围没有奥狄斯的身影，我就说它带娃不靠谱。
——不是的，奥狄斯在休息。
——看来大家都误会了，奥狄斯前不久才捕捉到了一条白鲸，它们现在不饿，估计亚历山大只是想学习狩猎。
——孩子好争气，老父亲流下了欣慰的眼泪（虽然它一次也没有成功，笑死）。
——不管结果怎么样，这份努力值得表扬。不过还是要说一句，亚历山大像极了我们班上一个很努力的同学，每天来得最早走得最晚，但成绩，唉……
——楼上这个"唉"就很有灵性了。
——你们不要这样说亚历山大，这年头最重要的是什么？不是成绩，而是态度！
——不是的，这年头最重要的是背景。不明白？那我直说了，我想要一个奥狄斯这样的爹，呜呜呜，老公也行。

随着越来越多人关注奥狄斯和亚历山大的生活，不少网友表示非常喜欢奥狄斯这只沉默冷静的大家伙。它稳重可靠，强大且有安全感，对亚历山大简直好得令人嫉妒。特别是女士，她们几乎很难抵挡这种魅力。

浅海岸边的情况正如人们所猜测的那样，奥狄斯醒来看见乔七夕趴在海面上，没有犹豫地走了过去。

它似乎以为小北极熊饿了，过去舔舐了一顿对方的头和脸。之后便进入狩猎状态，去给小熊抓白鲸吃。

乔七夕的眼神朝旁边瞟去：来了？

又一次，乔七夕遗憾自己不能说话，在这里守了半天的他忽然好想吐槽一下！海里的白鲸真是越来越少了，而且个个都机警得要死，不管怎么游荡都离他远远的。当然了，因为这片区域的白鲸几乎都被奥狄斯撵过，白鲸也不傻，慢慢地不就有了警惕心吗？

话说，守在这里练习狩猎的小北极熊此刻的心情有点儿复杂，怕它不来，又怕它来。被追着喂肉的噩梦，小熊怎么会忘记呢？万一奥狄斯下一秒就抓到了白鲸，不凑巧是条胖乎乎的白鲸……

乔七夕想到这里，一阵哆嗦。想来想去，他想到了一个好办法。

奥狄斯捕猎喜欢十拿九稳，一般的机会它不会轻易下手。嘻嘻，乔七夕心中笑了笑。接下来的时间里，有八成的机会他就冲，这样一来就轮不到奥狄斯出手了。

不过这样做是有"后遗症"的！三次一过，奥狄斯看他的目光都像在看一根搅屎棍。

这场闹剧终止于搅屎棍折腾累了，终于不再捣乱，只在旁边静静地围观强者出手。

乔七夕没想到的是，接下来的这一条白鲸会是他们在岸边的最后一顿美餐。吃饱过后睡了一觉，等再去岸边学习的时候，他发现白鲸的踪影全消失不见了。仿佛一日之间，白鲸全部回到了深海里，往昔热闹的浅海回归宁静。

啊，这……乔七夕有点儿反应不过来。太突然了！是发生了什么事吗？

奥狄斯似乎早有预料，它对这片栖息了将近一个月的海岸并不留恋。发现白鲸群已经离开浅海，它也招呼小北极熊离开。为避免小熊不跟自己离开，奥狄斯聪明地叼上了小熊喜爱的小黄桶。

挟天子以令诸侯？乔七夕的脑海里蹦出这样一句，最近他脑子里总是出现这些奇奇怪怪的东西。被自己逗得哭笑不得的乔七夕小跑着跟上奥狄斯的步伐。

相较于奥狄斯对旧家的毫不留恋，乔七夕则对这片海岸有着浓烈的归属感。现在忽然要离开，他心情有点儿低落，毕竟能稳定生活谁愿意当一个漂泊的浪子。但可能这就是生活吧，有饭吃的时候撑得快吐了，没饭吃的时候又担心下一顿饭在哪里。不过，只要和奥狄斯在一起，乔七夕看着奥狄斯庞大可靠的背影高兴地心想，在哪里似乎都不寂寞。

小北极熊快步跑上去，用自己的小屁股撞了一下奥狄斯的大屁股。

哟嗬！兄弟。对于前路，他现在充满期待呢。

受到可爱的碰撞，奥狄斯唰地扭头，凝视着这只心情雀跃不已的小熊，目光熠熠生辉。

乔七夕警惕地心想：我这么可爱，奥狄斯会不会想一屁股坐死我？还是离对方远点儿吧。小心思特别多的小北极熊快快乐乐地跑到了前面。

奥狄斯当然不会想一屁股坐死他，只不过是追上去舔了他一顿。

乔七夕趁机将自己的小黄抢了回来，戴在头上。行走江湖，怎么能不带个三级头①呢？万一踩到坑摔倒了，还能保护脑壳！

在肚子饿之前，小北极熊都保持着这样的精神头，一路上数他最开心。

奥狄斯始终是中心点，它静静地看着以自己为中心在周围探索的小北极熊。

野外的地势并不平坦，偶尔需要攀爬，过坑，蹚水。遇到一个比较高的岩石坡，奥狄斯轻轻松松就上去了。它回头看着下面的小熊，发出低声的呼唤。

乔七夕一看这高度就知道自己上不去，他抬头晃晃脑袋，不行不行，这个地方得绕着走。

站在上面观望了片刻，奥狄斯挺茫然地望了望四周，最后又把视线放回小熊身上。它从坡上下来，重新又爬了一回，似乎在说："很简单，你看。"

---

① 网络游戏用语，一般指《绝地求生》《和平精英》中最高级别的头部防具。

乔七夕只想说:"看你个熊头。是天底下没有平坦的道路了吗?非要挑战这种崎岖的路径!"

奥狄斯舔了舔嘴巴。和小熊僵持不下的它显得有些无可奈何,最终又一次从坡上下来。

这时,乔七夕还以为是自己的非暴力不合作成功了。结果下一秒,来到他身边的奥狄斯张开大嘴,一口咬住他的脖子,是的,整个脖子,然后就往坡上带!

"嗷——"忽然而至的惊吓,兼之脖子上传来的钝痛,让乔七夕发出猪叫般的声音。他的叫声顿时响彻这片宁静的大地。

所幸这个过程很短,也就两秒钟罢了,奥狄斯已经顺利地将他叼上去,小心地放在平坦的地上。

匍匐在地面的小北极熊则泪眼婆娑,嘤嘤嘤,他感觉自己的脖子好像断了,被叼住脖子腾空而起的感觉有点儿太恐怖了。

怎么说他也有小几百斤,虽然对八百公斤的奥狄斯来说就像拎一只小猫般简单。

第一次被奥狄斯这样叼着走的乔七夕害怕地转了转脖子,发现什么事都没有,这才收起自己的尿相。

奥狄斯试探地走了两步,回头静静地看着小熊,目光充满了溺爱和耐心,还有哄他跟上的意思。

奥狄斯是不是闻到好吃的了?乔七夕从地上爬起来,用爪子抹了抹眼泪,啊哈,没想到吧,他又假哭了。

根据双方对彼此的了解,他怀疑奥狄斯找到了好吃的,不然不会目标这么明确地带着他翻山越岭。不过这里光秃秃的,乔七夕觉得没有多大的期望。跟着奥狄斯离开海岸往陆地上走的小北极熊,已经做好了一周不吃饭的打算。在野外生活就要有在野外生活的觉悟,天天都想吃饱饭,真当自己是"熊上熊"呢?

一大一小两只北极熊在草坡上慢慢地走着。也许走了五十公里,也许走了八十公里,总之走了得有三天左右。

无人机不知道他们要去哪里，不由得有些担忧这两只小天使的未来。

跟随奥狄斯寻觅了三天后，一栋人类的木屋出现在乔七夕的视野里，这是他回归自然之后首次看到人类的建筑。

乔七夕的第一反应不是惊喜，而是担忧。毕竟奥狄斯中弹住院还历历在目呢，那都是偷猎者的残忍手笔。话又说回来，奥狄斯的嗅觉那么灵敏。它敢来这里，说明这里已经没有人类的踪迹。

乔七夕愣住了，不会吧，奥狄斯的目标是这座小屋？

乔七夕十分心虚，我的熊哥哥，不能因为咱们是熊就为所欲为，这样不好吧，不过里面散发出来的鱼腥味儿该死地诱人。

## 第二十七章

格陵兰岛地广人稀，有时候人们会在郊外选一块风景优美的地段建造房子，用来当作度假的去处。

奥狄斯看上的这座小木屋亦是如此，属于当地人的临时度假住所，平时处于闲置状态。主人过来的时候一般会带上大量的食物，而这些食物一般都吃不完。随着气温升高，人类留下的食物散发出浓郁的味道，就被奥狄斯闻到了。

身为被偷猎者暗算过一次的北极熊，奥狄斯对人类自然是保持高度警惕。但它似乎确定这里没有人类的气味残留，因此才敢带乔七夕过来觅食。

大北极熊在前面大摇大摆，时而回头低声呼唤有点儿尿的小北极熊。那声音听在乔七夕耳朵里就好像在说："来呀，老弟，吃饭都不积极，你是不是思想有问题？"

没问题！只是……乔七夕咕咚咽了一下口水，非常犹豫。奥狄斯作为一只纯正的北极熊当然没什么心理压力，它已经走到了人家的门边。

啊，那么只能赶鸭子上架了！

顶着小黄桶的小北极熊站起来观望了片刻，好像对周遭的环境放下了防备心，最终也跟了上去。最后一段路是跑过去的，因为臭不要脸的奥狄斯已经打开门进去了。好在对方吃香喝辣也不忘好兄弟，竟然在门边等他，感动。

乔七夕的四只脚掌小心地踏上木质台阶，听着木板发出吱呀的声响，便不由自主地看向奥狄斯的脚下。好家伙，格陵兰人的木地板真结实，没有偷工减料。

五十平方米左右的小木屋一目了然，北极熊进来之后，一股食物变质的味道扑面而来。似乎是肉类。在最近的高温下，它们发出了北极熊们容易捕捉到的气味。

奥狄斯可能是第一次来到人类的住所，没有经验。只见它走向桌面上摆放的一堆鱼干，鱼干似乎之前是冻上的，现在已经融化了一段时间，发出浓郁腥臭的味道。

身材高大的奥狄斯低头在桌上叼起一根尝了尝味道，发现还能吃就叼了一根新的去找乔七夕。回头发现小熊已经不在原地等候，奥狄斯立刻环顾四周寻找，最后在一堆纸箱面前看到了小熊胖胖的背影。奥狄斯低低地喊了一声，走过去喂食。

小北极熊听见"监护熊"的呼唤，立刻顶着一嘴红艳艳的番茄酱回头看奥狄斯。相较于鱼干，乔七夕对这里的番茄酱、水果罐头、夹心饼干，还有糖果更感兴趣。

"呜呜——"看到这些久违的食物，乔七夕备感亲切，一时间有些激动。

乔七夕喜欢这里，发出了快乐的声音。

番茄酱甜腻发酸的味道令奥狄斯皱了皱鼻子，但这并不是不喜欢的意思，动鼻子是为了在空气中获取更多味道的信息。

什么能吃什么不能吃，在野外生存的北极熊会谨慎判断。奥狄斯放下嘴里的鱼干，就着乔七夕的鼻尖尝了一口番茄酱的味道，酸酸甜甜的，像夏季的浆果。

这些食物都是能吃的，奥狄斯估计没有尝过。乔七夕这只假"熊"迫不及待地和自己的小伙伴分享，他很干脆利索地开了一罐水果罐头。

这里必须详细介绍一下他是怎么开的，首先用两只爪子抱住罐头，然后歪头用犬牙拽拉环。连人类都可以轻而易举拉开的罐头拉环，一只北极熊想打开自然很简单。

聪明的小北极熊将这罐水果罐头殷勤地送到奥狄斯面前，希望对方尝一尝。

喜欢吃蜂蜜的大家伙天生都长着一个嗜糖的舌头。罐头打开的瞬间，奥狄斯嗅到了糖分充足的气味，同时注意力也被这个小小的罐头盒子吸引，但怎么吃才更方便是个问题。

没有想很久，乔七夕眼睛往上瞅，立刻抬爪摸了摸头。养"黄"千日，用"黄"一时，这不就派上用场了吗？

乔七夕把小黄桶摆在地面上，水果罐头全部倒进去。一时间小木屋里充斥着乔七夕开罐头的声音，还有潇洒扔空罐头的响声。

目睹了小北极熊开罐头获取果肉的举动，也许是开罐头本来就不难，奥狄斯也学会了这门技巧。

对果肉也很感兴趣的它就地坐下来，动作很利索地捧起一个罐头，用嘴巴甩掉拉环和盖子之后，捧到嘴边舔了舔里面的果肉。舌头舔到果肉时，甜味在味蕾上绽放，滋味十分不错。

这一罐不知道有没有过期的水果罐头给奥狄斯带来了快乐，它似乎还挺喜欢。

在路上步行了三天，两只北极熊都已经是饥肠辘辘，甜食无疑是很美味的食物。

乔七夕不再继续开罐头，他已经倒了小半桶。他差点儿忘了，凡是进了这个桶的食物，奥狄斯都会认为是小熊的，对方绝不会碰。既然这样，剩下的就留给奥狄斯品尝吧。

接下来的时间里，他们满足地品尝着罐头，享受着北极熊无法抗拒的甜甜的味道。

很久没有吃人类食物的乔七夕美滋滋地独享着桶中的果肉，肥厚甜蜜的黄桃果肉一口下去连嚼都不需要嚼，直接吞了。

至于那根臭鱼干，此刻正可怜巴巴地横躺在地板上。也许等到罐头吃完了，嗜甜的北极熊们才会想起它来。

两只北极熊进食没有节制可言，一箱水果罐头很快就被乔七夕和奥狄斯吃了个精光。胃口像无底洞的两只大家伙感觉自己只是吃了一道开胃小菜，饥饿感仍未消退。

奥狄斯的视线终于掠过了地上那根臭鱼干，不过这时，小北极熊又有了新的动静。

一阵翻箱倒柜之后，一箱夹心饼干被倒在地上。

啊哈！是不是很惊喜！

罐头吃完了，还有夹心饼干，香橙味的，中间涂了厚厚的一层糖霜。

乔七夕也看到了那根臭鱼干，但是说实话，这座小木屋里的食物比想象中的多，再怎么着也轮不到那根臭鱼干，留着最后吃吧。

夹心饼干的味道奥狄斯也能接受。实际上北极熊并不挑食，在没有食物的恶劣情况下，别说是甜甜的夹心饼干，饥饿的北极熊就连人类的垃圾桶也会翻来覆去地寻找，仿佛只要是吃的就行，何况只是隐隐有点儿臭味的鱼干。

事实也的确如此，其实多数捕猎技巧欠佳的北极熊经常会吃变质已久的腐肉，哪怕腐肉已经臭不可闻。

相对而言，奥狄斯未曾狼狈到只能吃腐肉度日。它高大壮硕，是北极圈的捕猎好手，性格有些高傲，又爱干净，妥妥的一只不屑捡腐肉吃的精致北极熊。

臭鱼干也没有那么臭，仅仅是天气变热后开始有点儿反潮。暂时还能在屋里找到其他食物的两只北极熊将这些臭鱼干抛在脑后，继续挖掘其他食物。

乔七夕在厨房的柜子里找到了大香肠，包装完好，似乎还没过期。

他高兴地拿了一根，两只熊掌固定食物，再歪头用牙齿撕开包装，自己先吃了第一口。味道非常不错，肉量十分充足，像极了俄罗斯人制造的大香肠，除了有点儿咸并没有别的毛病，好吃。

这边的奥狄斯也吃起了大香肠,对吃的东西,它的态度可比小熊积极得多。因为吃饱是第一要务,身强体壮有能量,才能养活小熊。

小北极熊连吃了两根手臂粗细的大香肠,心满意足。就是嗓子眼儿有点儿齁得慌,他开始在屋里翻箱倒柜,寻找解渴的饮料。

非常幸运,乔七夕在柜子上找到了玻璃瓶装的汽水,他摸索着开了一瓶。他的牙齿就是一个天然的开瓶器,可以轻而易举地获取瓶子里面甜甜的汽水。

这像是准备给孩子喝的,放在一起的还有酒。这并不奇怪,寒冷地带的人们怎么能离得开酒?!

不过乔七夕对这些烈酒并没有兴趣,他坐在地板上微微喘着气,肥硕的身体靠着柜子,乖乖地喝着橘子味儿的汽水。刚才的一通翻找把他累得不轻。

奥狄斯将剩下的香肠都吃了个精光,乔七夕猜测它也许也被齁到了。这时它眼睛四处扫了扫,盯上了乔七夕圈在腿间的几瓶汽水。

啊,这……奥狄斯也想喝汽水吗?好吧!大香肠的确是怪咸的。

乔七夕正想着忍痛割爱两瓶,把自己心爱的汽水让给奥狄斯尝尝味道,然而奥狄斯很快就盯上了其他目标。也是玻璃瓶子,不过不是汽水,而是格陵兰人的酒。

乔七夕眼角抽了抽,难道奥狄斯要喝酒吗?啊,他想阻止来着,万一喝醉了怎么办?不过他也没有有效的方式阻止奥狄斯,对方看起来对酒的气味有点儿感兴趣,谨慎地探索一番之后,竟然喝了起来。

奥狄斯竟然喜欢喝酒。捧着橘子汽水的小北极熊打了一个嗝,然后在心里祈祷,可千万别喝醉了,一会儿还要离开这里呢。

然而吃饱喝足就犯困的自己眼皮慢慢地沉重起来。糟糕,看来得在这里睡一觉了。犯困的小北极熊吧唧着嘴,用自己顽强的意志力将瓶子里所剩不多的汽水喝光,这才蜷缩在地板上呼呼大睡起来。

他不知道奥狄斯是什么时候回到身边的,只隐约闻到一股酒味靠近,然后一个湿答答的舌头在舔舐他的嘴巴、鼻子,还有脸蛋。简直像

极了酒后开始耍流氓的人类，他心想。

意识有点儿模糊的奥狄斯抱住酣睡中的小熊，将对方的脸庞舔舐了一遍。这只喝了一瓶酒的庞然大物没有醉，它只是有一点儿酒意上头，看起来心情很不错。看来这种酒后飘飘然的感觉不仅人类喜欢，连动物也无法抵抗。

喝汽水喝困了的乔七夕这一觉睡得特别舒服，特别有安全感。可能是因为他睡在了久违的室内，四面挡风，不受日晒，身边还有天然的靠枕，在睡梦里给他温柔的爱抚，这就是最大的安全感。

继两个多月前刚上岸时的梦，今天睡在屋里的乔七夕又做了有关人类的梦。那是一个非常日常的梦，乔七夕梦到了以前的校园生活，身边都是熟悉的面孔，同学和老师的名字仍然那样清晰。还有工作后的场景，老板人很好，下班后喜欢带他们去吃好吃的。算是一个温暖的梦，没有离别的不舍，也没有不再联系的遗憾，他觉得现在的生活也不错。

豁达的乔七夕记住了一句话：事与愿违的时候，一定是老天另有安排。那么，奥狄斯就是老天给自己的安排吗？

奥狄斯这一觉也睡得很踏实，酒精让它陷入了深度睡眠，这可以让它的身体和精神得到很好的恢复。

小木屋里很安静，作为一栋远在郊区的建筑物，这里没有电。只有跟踪他们的无人机拍到他们进入屋里的一幕。

也许过去了八个小时，也许过去了十个小时，乔七夕在奥狄斯的怀里悠悠地醒来。他蜷缩着爪子，打了一个哈欠。

环顾四周，一片狼藉，有点儿像聚会狂欢过后没来得及收拾的现场。啊哈，没错，是两只北极熊的狂欢，不仅有美食，还有酒。

乔七夕仰头看向酒后的奥狄斯，英俊的大家伙正沉沉地睡着，脑袋靠在墙上。而他们睡觉的地点看起来还有点儿隐秘，即使有人进来，也不能第一眼看见他们。看来不管在哪里入睡，奥狄斯都会谨慎考虑，习惯隐藏自己。

这一觉睡得太棒了，乔七夕咂巴着嘴巴，举起爪子伸了个懒腰，然

后趴在奥狄斯的怀里继续赖床。

他既不用上学,又不用上班,叫他起来做什么?

北极熊的一觉,人类的一个轮班。

楼主整理今天的数据,顿时被自己看到的东西弄得哭笑不得,同时还有些担心。奥狄斯和亚历山大怎么去了内陆,还闯进了人类的小木屋!

虽然他知道北极熊很聪明,肯定是确定木屋里边没人才会进去的,但是已经过去这么久了,两只大家伙还是没有出来,这怎么能让人不担心?!

"今天奥狄斯和亚历山大闯进了人类的木屋",新的标题出现了。至于今天的图片,则并没有贴出来,楼主害怕泄露两只大家伙的行踪,给对方招来麻烦。

——目前它们已经进去十几个小时了,还没有出来,我很担心它们。

——闯进小木屋?我的天,祈祷里面没人。

——祈祷里面没人,这样对人对熊都好。

——没出来啊,看来木屋里面的食物还真不少。

——北极熊无利不起早,肯定是屋里有吃的东西它们才进去的,我觉得不用太担心。

——应该是找到好吃的了,吃饱了顺便在里面睡一觉,哈哈哈。

——近年来,越来越多的北极熊被发现进入人类活动的范围寻找食物。唉,这些让人揪心的大家伙。

——这个夏天,奥狄斯和亚历山大应该没怎么饿着。再过不久极夜来临,天气会变得凉快起来的。

——极夜快来吧,虽然我不喜欢一觉睡醒还是天黑的感觉,不过为了它们,请极夜快来吧。

是的，极夜快要来了，再过一个月左右。

这个夏天，奥狄斯和亚历山大的确没怎么饿着，过得比大部分北极熊都要顺利。

在小木屋里醒来，奥狄斯酒意全消，全身慵懒，半眯的眼中还透着心满意足的惬意。动了动身体，滑到地面上换成平躺的姿势，奥狄斯一边抱着还在睡回笼觉的小熊，一边舔了舔爪子。

最近天气炎热，野外总是高温不降。此时屋顶挡住了太阳的直射，相对凉快一些，这让奥狄斯的心情得到了很大缓解。饱餐一顿之后，它不再理睬屋里剩下的食物，除了柜子上小北极熊不爱喝的酒。

乔七夕睡醒之后，仍然像只小松鼠一般往嘴里塞着饼干等零食，毕竟他的想法是赶紧把食物吃掉，然后离开这里。

反观奥狄斯，好像没有尽快离开木屋的想法。因为木屋凉快，外面太热了，而且他们也不知道下一站应该去哪里。

唉，乔七夕吃了一口饼干，觉得前路渺茫，没有未来。

饼干碎屑掉落在他毛茸茸、胖乎乎的肚皮上，好家伙，这个位置他自己可不好清理。而且还有糖块凝结在毛发上，相当埋汰。

乔七夕正在想着如何清理才好，奥狄斯的脑袋就探了过来。对方灵活的舌头卷走了他肚子上的饼干碎屑，还有沾在毛发上的糖。

备受宠爱的小熊还能说什么呢？只能两腿一蹬躺平，继续吃。

奥狄斯的确不再觊觎小熊的食物，但将小熊的肚子清理了一遍的它忽然抬头将嘴巴凑到小熊的嘴边。

"唔？"乔七夕以为奥狄斯想吃自己嘴里的小饼干，于是慷慨大方地让给对方，拿去吧，不客气。

然而奥狄斯显然只是在逗小北极熊玩罢了，它轻轻地叼着小饼干，又还给了乔七夕。

能不能别这样？故意捉弄人吗？

有时候，乔七夕会刻意忽略奥狄斯所表达的意思，比如现在的举动。啊，肯定是自己理解错了，北极熊才没有这么复杂的思想。

## 第二十八章

乔七夕依然习惯以人类的思维去看待动物的情感表达，这显然是错误的。

乔七夕回过神来，羞愧地张嘴接过奥狄斯的馈赠。也许在奥狄斯眼里，这是一种增进感情的"亲子"互动，一直以来受到对方悉心照料的自己理应重视彼此的情感交流。

小北极熊心里门儿清得很，如果这种交流会让奥狄斯感到愉悦，那么何乐而不为呢？

敛去所有不该有的理解，乔七夕将嘴巴拱入饼干袋子里。他叼起一块新的小饼干，亲昵地喂至奥狄斯嘴边。小北极熊圆圆的天真的明眸，左边一只写着"感恩"，右边一只写着"爱您"。

奥狄斯接受了小熊的心意，吃掉了这块带有真挚感情的小饼干。吃完后它感到很高兴，舔了舔鼻子。充足的睡眠时间和饱腹感，以及小熊的陪伴，简单明了地满足了奥狄斯的所有追求。至少现阶段而言，它已经感到很满足。

在过去的记忆中，这只北极熊是孤独的。出生成长，离开母亲，独自漂泊。它的一生一眼就能看到头，现实中有太多这样的例子了，而它

的一生大概与普通雄性北极熊不会有太大差别。

早点儿繁殖或是晚点儿繁殖，在壮年遭遇意外死去或是凭借运气熬到最后，这些都是迟早的问题。不过一次命运的转折改写了奥狄斯的"熊生"，一如命运的转折也改写了乔七夕的人生。他们相遇了，出乎意料地成为朋友，一起养伤出院，又一起闯荡这块辽阔无垠的北极大陆。

单行线变成了双行线，不断地交织，摩擦出温暖耀眼的火花，不仅温暖了自己的内心，也温暖了许多关注两只北极熊的人。

在小木屋里又待了两天，乔七夕总算看出来了，奥狄斯这是打算在这里度一个长长的假期。

不过乔七夕心虚地看看满地的包装残骸，不得不承认这些食物都是自己吃的。自从第一天来到这里饱餐一顿之后，奥狄斯似乎没有再碰食物。

这样可不行。对方不吃了，自己也要控制食量。

外面天气炎热，在这里避暑的确不错。小北极熊开始清点余粮，算好每日摄取的分量。他发现省着点儿吃，也不是不能吃到九月份。

秋老虎的威力在这里是一只纸老虎，一旦秋季来临，极地气温会急速下降，但这时候的海水依然达不到结冰的程度，只是会让北极熊们感到凉快罢了。

日子算着算着就有了盼头，小北极熊信心满满，把爪子搭在窗户上看着外面湛蓝的天空。哇，一个夏季就快过去了，真是有惊无险又一年。

俗话说，生活得有仪式感，那么秋天该干点儿什么呢？乔七夕望了望桌面上的一堆臭鱼干，这些天他没有动，奥狄斯也没有动。

他又望了望躺在阴凉处无聊蹭痒痒的奥狄斯。秋天当然是该贴秋膘了，不然怎么挺过冬天呢？

而奥狄斯已经三天没有进食了。假如人类的孩子三天不好好吃饭，那相当好办，教育一下就好了。可是奥狄斯三天不好好吃饭，就不知道该拿它怎么办了。

乔七夕想了想，走到桌边叼起一根臭鱼干，又到柜子上抱起一瓶烈酒。此时只用两只脚掌走路的他，圆润可人的身形摇摇晃晃，屁股一扭一扭的。

奥狄斯已经听到了小北极熊的动静，它还在挠痒，注意力却已经不在挠痒上，而是在小北极熊身上了。

被这双漂亮的眼睛注视着，不由得让乔七夕有一种心悸感，只能说动物的眼神实在太纯粹真挚了。

乔七夕直接表明来意，把臭鱼干和酒一并塞给奥狄斯，仿佛知道奥狄斯从来不会拒绝自己，即使是无理的要求。

事实也正如乔七夕想的那样，在他的强硬要求下，好吧，是他凄凄切切的撒娇下，就是似乎奥狄斯再不进食就要死了的那种调调的撒娇，奥狄斯最终愿意接受小熊送到嘴边的臭鱼干和烈酒。

确实已经饿了的北极熊轻易地撕开一条手臂粗的鱼干，大口嚼碎，再配上一口格陵兰人的烈酒，不失为一顿美味惬意的下午茶。

乔七夕见状殷勤地搬运了三条过来，他不喜欢吃返潮的臭鱼干，可是看见奥狄斯吃得很美味的样子，于是也抱了一根歪头撕咬起来。

味道也就那样，但是能填饱肚子。

或许鱼干在奥狄斯眼里是好东西，烈酒也一样。它就像追着乔七夕喂白鲸的脂肪一样，试图给乔七夕喂酒。

实不相瞒，看见洋酒瓶口出现在自己面前的时候，乔七夕差点儿没被吓尿。喂，太过了吧！这是他远远没想到的场景。经历过被一只北极熊追着喂肥肉就好了，现在还要经历被一只北极熊灌烈酒，那就有点儿离谱了，是不是喝完还要抱着一起宿醉？嘤嘤嘤，他不想。

乔七夕立刻摇晃脑袋表示自己不喝，您自己喝就好了！真的。

收到类似于对方抵触吃肥肉一样的拒绝，凭奥狄斯的聪明它应该是懂了，没有勉强挑食而又娇气的小熊。它仿佛也习以为常似的，自己就靠着木屋的墙壁潇洒地喝了起来。

眼睁睁看着一只北极熊捧着酒瓶子喝酒还是挺不可思议的，但是乔

七夕可能对奥狄斯有男神滤镜,他依然觉得奥狄斯很帅,即使是酗酒的样子,也是闪闪发光的,总之太好看了。

有一说一,有些动物确实很爱喝酒。社会新闻和网络平台也不乏关于这些可爱的动物界酒鬼的报道,令人感叹动物也有像人类的一面,或者是人类像动物的一面?这很难说清楚。

接着,乔七夕发现自己想错了一件事情。即使奥狄斯不拉着他一起酗酒,但是当对方自己酗酒之后,依然会对无辜的他发酒疯。

可恶,被奥狄斯摁在地上肚皮朝天的时候,乔七夕感觉自己像个破布娃娃,弱小、无助、可怜。

"呜呜噫噫——"喊破喉咙都不会有人来营救他。

不过小熊还是象征性地扭动了一下胖胖的腰,如果那叫腰的话。

奥狄斯把头颅低下,舔舐干净小北极熊眼角莫须有的眼泪,接着是小熊身上的其他位置,就像它平日里帮对方清理毛发一样。只不过今天更为仔细用力,带着几分被乔七夕归罪于酒精的灼热。

皮皮皮,皮都要破了!下次一定要阻止奥狄斯喝酒。

刚才还觉得奥狄斯酗酒挺帅的小熊被摁在地板上摩擦之后,果断收回自己之前的错觉。

乔七夕在这里善意地提醒大家,千万不能随便让和自己出去玩的同伴醉酒,要不然就会有对方把酒疯撒在自己身上的风险。

不过这样一位相依为命的小伙伴,他也不能拒绝,不是吗?而且想想,这瓶酒还是他塞到对方怀里的,真闹心。

有了前车之鉴,臭鱼干配烈酒这样的食谱,乔七夕将其划掉。以后只有臭鱼干,没有烈酒。论及心眼多,一千个奥狄斯也比不上一个亚历山大。

宿醉后的奥狄斯再次睁开眼睛时,木屋里的烈酒就全被乔七夕藏起来了。按照奥狄斯有些隐忍的性格,它也不太会自己去翻箱倒柜地找来喝。

反倒是乔七夕觉得自己好残忍,在这个食物贫乏的季节,吃不饱肚

子就算了，酒也不让喝，奥狄斯好惨一熊。

　　贱兮兮的小熊终归敌不过自己的良心，隔三岔五地拿出一瓶酒给奥狄斯快乐一下，然后自己再体验一顿被舔破皮的折磨，以及被呼吸都是酒气的奥狄斯压着睡觉的折磨。

　　中途他偷偷摸摸地挣扎着想要出去上个厕所，不小心弄出动静被对方察觉，于是立刻被咬着脖子叼回去，似乎哪儿也不能去。这就是喝了酒的霸道奥总，平时不是这样的。

　　憋尿可以说是相当难受了，被压在底下的小汤圆差点儿生出了尿奥狄斯一身的想法。幸而第二次就逃跑成功了，乔七夕在小木屋外面随便找了一片草地，舒服地释放。

　　动物总是习惯隐藏自己的粪便，不过乔七夕十分敷衍，他随便用爪子扒拉了几下周围的草屑，甚至没有起到掩盖物体的作用，更何况气味。

　　时不时到小木屋转悠的无人机终于拍到了小熊的踪影。

　　噢，小北极熊独自出来上厕所，真是难得的珍贵画面。

　　步入九月份，好消息是一日之间天气极速转凉，坏消息是臭鱼干已全部吃完，烈酒也全部喝完，小木屋的食物宣布清零。

　　他们要离开小木屋了，乔七夕能够带走的东西是一桶水果硬糖，带在路上吃。虽然饥饿，可是如果来一颗甜甜的水果糖，就会觉得生活很美好。

　　在路上的很长一段时间，奥狄斯都觉得小熊的嘴巴脸蛋是甜的，因为每次舔对方都会舔到一嘴的甜味。

　　而乔七夕也明显感觉到，从小木屋出来之后，奥狄斯舔自己的频率越来越高了。心机奥狄斯，想蹭糖！然而作为一只善良有爱的小熊，他除了心甘情愿地被蹭，难道还能吃独食不成？后来他又发现奥狄斯十分别扭，直接剥一颗糖给对方反而不喜欢，只喜欢舔他嘴边的甜味。

　　乔七夕无语，有些熊真是一身的臭毛病。

　　天气凉了，走在路上再也不觉得炎热，除了没有食物，什么都好。

走着走着，乔七夕已经习惯了，甚至乐观地欣赏起周围的景色来。

真美呀，秋日的海滩上起了一层蒙蒙的白雾，一群海象庞大肥硕的身体被笼罩在其间，重重叠叠，犹如奇妙幻境。

人类很难观察到这样天时地利人和才能看到的美景，奥狄斯和乔七夕却可以闲庭信步地游荡其中，甚至觊觎一下这些胖胖的海象，不过他们也只是看看。

乔七夕抬头看着似乎只是单纯路过的奥狄斯，无数次感慨，要是没有对方带着，他自己敢从这些海象身边路过吗？不敢。

奥狄斯终究没有向攻击力强的海象下手，对方成吨的体重和长长的獠牙都是威胁，想要偷袭它们的幼崽很难。

它的目标是这道寂静海湾中的鱼，虽然不能吃个满足，但可以让饿坏了的小熊解解馋。

乔七夕还在成长期，从木屋出来之后没怎么吃东西，因此消耗了身上的一部分脂肪。加上正在抽条，进入秋季的他看起来有了清俊的模样，身上的稚气赫然少了几分。

不过对奥狄斯来说，他仍然是一只需要呵护照料的小熊。

小熊来到水边，看了看自己现在的模样。脸蛋和五官长开了一些，很好，已经初具极地王者的气势，假以时日一定可以威震北极圈，成为一代传奇北极熊。

唉，好吧，摸着良心说实话，乔七夕还是更喜欢奥狄斯那款长相，真正的霸气帅气，而非自己这款奶油小熊，眼神毫无杀气。

他当然知道，对方身上的杀气也并非与生俱来，都是通过后天的搏杀才积累下来的。

成为酷哥北极熊的唯一路径是什么？拼搏，厮杀！拼搏，自己去水里抓鱼；厮杀，吃饱之后和奥狄斯练练爪子。

宽大壮硕的背部受到小北极熊的撞击，奥狄斯缓缓地回头瞅了瞅，然后又转过去继续舔爪子。

乔七夕气得跺脚，但不能因此放弃，他跑到更远的起跑点，发起更快的助跑，然后，扑！

"嗷呜呜！"还假意要咬对方。

奥狄斯背上挂着一只"凶狠"的小北极熊，依然毫无反应。原因很简单，它们北极熊从不这样打架。

乔七夕无可奈何，只好放弃了和奥狄斯互动，不再勉强对方和自己这只菜熊搏斗。他的目光瞄上了沙滩上的一块礁石，把那块礁石视为假想敌。

当小熊的注意力全部放在礁石上时，在旁边静静注视着他的庞然大物反而不甘寂寞。

奥狄斯信步走来，抬了抬爪子，将小熊推倒在地。

乔七夕难以置信，一代传奇就这样败了！他躺在沙滩上，脑海里想起一句台词：你对力量一无所知。

"呜呜噫噫。"靠着秘密武器，凶残的对手放开了他。

小熊再次爬起来扑向大北极熊，对方只需要用一只熊掌就将他按于地上，让他动弹不得。

"呜呜噫噫。"幸好他的秘密武器不需要冷却，可以反复不间断使用！

当然，渴望进步的小熊也知道，这个秘密武器只对奥狄斯有用，奥狄斯真好。

这场"厮杀"持续了一段时间，有没有进步不知道，疲惫倒是真的。小北极熊打了个哈欠，趴在小伙伴的怀里沉沉睡去。

降温带来最大的好处，无非是两只喜欢抱抱贴贴的北极熊终于不再畏惧高温，安心地享受舒适的拥抱。

此时，这块苍茫冰冷的北极大陆上正在经历极昼和极夜的交替。

阴天来到了，这几天水面上总有一层化不开的缥缥缈缈的白雾。

失去阳光普照，昔日明亮的海滩不再光鲜，阴沉和灰暗将取而代之，预示着另一个时期的来临——极夜。

备受宠爱的小熊从温暖的怀抱中探出头来，眨了眨迷茫的大眼睛。

这时天黑了，乔七夕来到北极半年，熬过了一个极昼，终于迎来了第一个夜晚。

小北极熊抬头望着星空，带着久违的心情感叹，啊，是夜晚！然而他扭头望了一眼海面，就顿时被这阴森鬼气的环境吓了一跳，身上的毛发都乍了起来。

夜晚的海滩这么恐怖的吗？一阵潮水声哗啦哗啦涌过来。不知道为什么，乔七夕就想到了《午夜凶铃》中棺材在海上漂泊的场景。

啊啊啊！"脑补"的恐怖片情节把自己吓得够呛，乔七夕连忙将脑袋重新缩回奥狄斯怀里埋好。他嘤嘤嘤地祈祷，快点儿天亮，上天保佑快点儿天亮吧。

忽然他僵住，想了想：什么时候天亮来着？呜呜噫噫，好像是明年的三月份，不活了。

相较之下，奥狄斯似乎习惯了极昼和极夜的交替，夜晚的来临它并不在意。接着，它敏锐地感受到了小熊的惧意。为什么要害怕？奥狄斯显然是不能理解的。不过它知道一件事，让小熊情绪稳定是它的责任。

它喜欢小熊释放出愉悦的气息，恐惧它则不喜欢。

受到奥狄斯的爱抚和舔舐，乔七夕不由自主地想，奥狄斯小时候也怕黑吗？它的妈妈也会这样安抚它吗？

极夜来临，小北极熊将面临新的挑战，怕黑的他将要步入黑漆漆的海里捕鱼。

小北极熊多么希望极夜是一场梦，梦醒之后还是大晴天，然而梦醒之后天依旧很黑。

他屁颠屁颠地跟在奥狄斯身后，和对方始终保持肢体接触，一刻都不能分开。

奥狄斯也许察觉到了小熊很黏自己，但它并不介意，甚至感到愉悦。奥狄斯最近表达愉悦的方式就是用牙齿轻轻地咬小熊的耳朵、脸蛋、爪子等部位。就连捕猎的时候，它偶尔也会分心关注小熊，只不过不是在小熊目不转睛地看着它的时候。

幸而现在是夜晚，无人机已经减少出来观察的频率，否则就会拍下两只北极熊密不透风地挤在一起捕鱼的画面。

眼看着半天抓不上来一条鱼，小北极熊总算还有点儿自知之明地嘀咕自己，这么黏人事多，好害怕奥狄斯会清理门户。

他不知道的是，奥狄斯才不会因此嫌弃他。

话又说回来，但凡是这块极地上的任何一只雌性北极熊遇到乔七夕这样的崽，也许对方早就大义灭亲，把他扔了重新来过。

这么一想，奥狄斯的负担也太重了点儿吧。良心发现的小北极熊决定迈出克服困难的步伐，去水的另一边捕鱼。

不过他才动了动脚掌，就被奥狄斯咬了一口，然后舔了舔毛。

乔七夕心中顿时翻译出一句话：乖，别闹。

错觉，一定是错觉。

## 第二十九章

极夜的来临对一部分极地动物而言是个好消息，这意味着有更多的捕猎机会；对另一部分极地动物来说却是个坏消息，因为它们是被捕猎的对象。

天上飞的动物如北极枭、北极猎鹰和秃鹰，属于夜视能力良好的一类猛禽，能够在极夜中生活得如鱼得水。与之相反的则是北极驯鹿，夜视能力有限，很容易成为其他北极食肉动物猎杀的对象。

至于站在极地食物链顶端的北极熊，白天还是黑夜似乎对它们并无影响，除了一部分浑身上下都是毛病的北极熊，比如备受关注的亚历山大，谁也不曾想到一只北极熊竟然会怕黑。

一只怕黑的北极熊正在经历极夜。

极地研究者论坛上，以"极夜来了，拍不到奥狄斯和可爱的亚历山大了"为标题的帖子里，人们正在一边庆祝极夜的来临，一边发出惋惜的探讨声音，不能继续追踪动物的行踪和可爱的身影实在太可惜了。

不仅仅是奥狄斯和亚历山大，还有其他很多动物。论人气，奥狄斯和亚历山大的确是目前人气最高的，两只北极熊最先在论坛里收获了一批

粉丝。喜欢是会传播和感染的，这批粉丝在其他平台非常积极地转发关于奥狄斯和亚历山大的故事和照片，帮两只可爱的北极熊积累了更多粉丝。

通过一个夏季的发酵，奥狄斯和亚历山大隐隐有一种要成为北极"代言熊"的趋势。

关注两极环境的有志之士非常高兴，也非常激动这两只北极熊吸引了全球各地的目光。他们希望奥狄斯和亚历山大更出名，让更多的人愿意去了解北极熊及两极的环境，让更多的人一起为了这些可爱的小生命，每天鼓励自己多做一件为环保工作添砖加瓦的小事。

其实积极推广奥狄斯和亚历山大的志愿者们挺担心的。哎呀，这样下去，世界各地的人们对北极熊的印象会不会停留在白白胖胖和干干净净上。看看亚历山大的精神面貌，这哪儿像是受过一点儿苦的呢？明明比家里的宠物还要珠圆玉润。

"关于亚历山大减肥营业的可能性"这个帖子里，人们在正在积极热烈地讨论着。

——事情是这样的，我是一个定期发表北极相关文章的大学教授。这几天我发了两则关于奥狄斯和亚历山大的消息，顺手贴了两张小可爱的照片，接着有人留言说，这两只北极熊让他们觉得北极的生活还可以，我……

——我也是，我是挪威人，个人社交账号每天都有人留言，说这两只北极熊长得太好了，是不是我们国家圈养的，说我们国家真有钱。

——奥狄斯和亚历山大是格陵兰岛出生的北极熊！

——我就知道会有这个困扰，亚历山大看起来比我过得还好，让它当形象大使真的会让人觉得北极熊过得很好。这也不能怪别人，任何一个人看到一只白白胖胖的小动物，都会猜测它一定过得很滋润，没毛病。

——问题是灰头土脸、瘦骨嶙峋的北极熊不可能出圈，笑哭。出圈的只有亚历山大这种讨人喜欢的，可是把它推出去又太容易让人产生北极生活很好的错觉。摊手，这是谁的错？

——奥狄斯的错。呃，也不算错吧，我希望全天下的妈妈都有它一半会养崽。

——奥狄斯，一只让所有雌性北极熊惭愧无比的"男妈妈"。

——所以各位讨论得如何？

——不如何，亚历山大减一两肉，今晚奥狄斯就入室灭你的口。

——想要亚历山大瘦下来，你得从奥狄斯的尸体上踏过去。

——应该说，奥狄斯根本不想让小熊出来营业，即使站在人类的角度我也相当理解它。

谁希望自己看顾的宝贝每天被这么多人关注，所以这个话题除了证明奥狄斯看小北极熊看得很紧之外，似乎别无他用。

看，连论坛上的人们都知道奥狄斯把小熊看得很紧，甚至偶尔挟"小黄桶"以令"小熊"，像极了孩子不吃饭把玩具藏起来的妈妈，满满的都是爱。

乔七夕身为当事人，倒是不曾品味到被管制的束缚和不愉快，反而因为最近天太黑，他特别喜欢和奥狄斯贴在一起，当然对方也没有嫌弃就是了。

在海湾停留了数日，觉得自己很不行的乔七夕终于适应了极夜，或者说是习惯了这片海湾的夜晚，熟悉了就不会害怕。

恰好水里鱼不少，有灰鳟鱼、胡瓜鱼、长身鳕鱼，都是北极熊们喜欢的食物。在夜色的掩盖下，这些平时躲在海水深处的鱼终于出来活动了。

虽然说乔七夕的捕鲸技术不怎么样，不过在抓鱼方面还不错，属于一只熊独自生活也不会饿死的那种。

夜空星河璀璨，瑰丽迷人，像一幅亮眼的画卷，以此证明极夜的天空并不黑暗。

乔七夕之所以害怕，是因为海面上始终笼罩着一团化不开的雾气，朦胧中透着诡异。加上海水的声音，看不到尽头的四周，像极了拍鬼片的场景，因此令他害怕。

不过现在他已经习惯了，敢离开奥狄斯身边，游到更远处的海水里抓鱼。

一条味道好极了的胡瓜鱼被乔七夕叼在嘴里。他喜滋滋地浮出水面，游到附近的礁石上趴着，享受自己的劳动成果。

歪头吃到一半，眼尖的乔七夕发现远处的水面上一颗白白的熊头游了过来，他第一反应就是奥狄斯。他吐出还有一半的鱼，想着把鱼尾巴留给奥狄斯吃。

不过很快乔七夕就发现不对了，奥狄斯应该在后面那块水域，不可能从这个方向过来，所以这只北极熊不是奥狄斯。

研读过《孙子兵法》的小熊立刻叼起半条鱼，转身一头扎进海水里，回去找大佬。只要他游得够快，危险就追不上他。

黑漆漆雾蒙蒙的海面上，奥狄斯哗啦一声从海水里浮起来，嘴里叼着一条还在扇动尾巴的海鱼。它正想去寻找小熊，就感到一颗肉弹射进怀里，让它抱了个满怀。

低头一看，是熟悉的小黄桶，湿漉漉的嘴里叼着半条鱼的小熊正是它要去找的那只。

奥狄斯眯了眯眼睛，还没来得及给小熊喂食，就察觉到了远处游来的陌生入侵者，显然有别的北极熊看上了这块抓鱼的好地方。

趁着对方还没有接近，奥狄斯抱着小熊向岸边游去。如果是独自觅食，它不介意和另一只北极熊分享这片海湾，或者直接打一架赶跑对方，可是此刻它并非独身。

自从身边有了小北极熊，奥狄斯打架的次数直线下降。必要的情况下它会露出獠牙解决问题，如果没必要就直接带着乔七夕离开。

他们在另一块礁石处上岸，海风吹得乔七夕成了眯眯眼。

对于奥狄斯遇到冲突直接抱着自己跑路这种解决方式，乔七夕举起自己的两只小熊掌表示赞同。大家都是死一只少一只的濒危动物，何必喊打喊杀，和和气气才有更多鱼吃。这片海域待不下去，那就去附近别的海域。

乔七夕抱住那条鱼的尾巴，抬头舔了舔奥狄斯睫毛上的水珠。只要和奥狄斯在一起，无论去哪里都可以。

哦，差点儿忘了，小北极熊羞涩地把剩下的那半条鱼送给奥狄斯吃。虽说只有半条了，但很难得的！要不是想起来得早，估计连半条都没有了。

问题是，奥狄斯吃了他给的半条鱼，却把自己刚捕捉到的那一条给了他，乔七夕怎么算都觉得自己赚了。

等小熊吃完，奥狄斯抱着小熊又一头扎进了海水里，游向另一片海域。

也就是说，乔七夕要离开自己好不容易熟悉起来的环境，去往一个新的环境。谁知道新环境会有什么哟！

陌生的景物陆续出现了，小北极熊的胖腿开始颤抖，心脏开始怦怦地跳，连眼睛都不知道应该往哪儿放，万一看到恐怖的东西就不好了。

在水里游了一段时间，他们顺利上岸，在沙滩上抖了抖身上的海水。接下来的路程是陆地，要走夜路。

乔七夕二话不说，贴紧奥狄斯。

乔七夕熟悉的夜晚是灯火通明的人类聚集地，荒郊野外的夜晚可能仍需一段时间去适应。

奥狄斯将有些发抖的小熊护在身边，又凑近脸庞，脸贴着脸嗅了嗅，似乎在确定对方身上没有什么别的问题之后，才开始专心走路。

奥狄斯的目标是相当明确的，它想尽快找到下一个可以捕捉食物的地方。在冬季来临之前，尽量能有充足的食物。

星光点点，他们相伴在路上行走，除了偶尔传来的动物叫声和海浪

声，一切都是寂静的，这是一种相当奇妙的体验。

小北极熊慢慢地静下心来，一步一步地向前走着，他感觉自己融入了这天地之间。

来北极工作的那段时间，他并未觉得自己属于这块大地，就好像这里只是人生的一个过渡阶段。工作的闲暇时间他也会到处去观赏美景，是的，就像欣赏别人家的东西一样，以客人的目光观赏。

可是现在好像不一样了，极地不再是一个过渡的地方，而是栖息的家园，虽然这个家园的夜晚属实有点儿恐怖。

"嗷——"乔七夕觉得气氛太安静了，赶路太无聊了，他决定和奥狄斯唠唠嗑。

嘻嘻，沉默寡言的酷哥愿意搭理他吗？

"吼——"奥狄斯果然是愿意陪他叨叨的，很快也低低地回应了一声，嗓音仍然是那么浑厚。

硬要区分的话，乔七夕觉得自己是正太音，很奶。奥狄斯妥妥的是霸道总裁音，听得他胖腿一软。

"嗷——"走累了的小北极熊打了个哈欠，发出一声困了的声音，眼角也沁出了一丝丝湿润。

十分钟内，奥狄斯找到了一个适合睡觉的地方。它用自己庞大的身躯挡住唯一的风口，让小熊待在半密封的位置，这样对方会睡得安心一点儿。至于小黄桶，则被孤零零地放在外面。

一颗小熊头钻出来，将下巴搭在奥狄斯的胳膊上，美滋滋地欣赏天上的星星，就当是给自己的睡前福利。关于星星的故事太多太多，要是能给奥狄斯讲讲故事那该多好，孤陋寡闻的北极熊除了吃就是睡，应该没有听过那么多精彩有趣的故事。当然了，北极熊应该也不在乎这个，它们对人类的食物可能更感兴趣，大香肠、水果罐头、小饼干，咂巴咂巴嘴，明年要不再去一趟小木屋吧！

趴着趴着，小熊就睡着了。

奥狄斯抬起头舔了舔已经熟睡的小熊的脸蛋，然后将对方轻轻拢进

自己的怀里蹭了蹭，也闭上了眼睛。

虽然没有那么多丰富精彩的故事，但它的生活并不无趣。除了填饱肚子、寻找适合生存的地点这些与其他北极熊无异的活动，它还有一只古灵精怪的小熊陪伴左右。

话说，以前是一觉醒来烈日当空，现在是一觉醒来不见天日。

感觉真新鲜啊，无论睡多久仍然觉得天还没亮似的，还可以再睡一会儿。睡醒了却不想起来的懒熊躺在奥狄斯的怀里抠脚，任谁也看不出他惬意呆萌的外表下正在天"熊"交战中。

"起来赶路吗，小熊？"

啊，不，他不想起。

可是那道声音又说："你现在是一只快要独立生活的大熊，须知一寸光阴一寸金。"

哦，小熊翻了个身继续抠脚，真是不好意思，类似的警世名言他从小听得太多，都自带免疫功能了。

"养奥狄斯的大计一日未成，你终究是个垃圾菜熊。"

熊身攻击？这就不能忍了，乔七夕情绪一上头，立刻起床成功。

"嗷嗷嗷。"小熊起床第一件事就是打鸡血自我鼓励，有朝一日他终究可以养奥狄斯！

如同往常一样，小熊起来奥狄斯也会跟着起来，它会把小熊扯进怀里先舔一顿。对北极熊来说，这只是日常的洗漱，就跟洗脸刷牙一样单纯。

接受一遍北极风味的被动洗漱，不想给奥狄斯舔毛的乔七夕着重舔了一下奥狄斯的脸就算完事儿，然后他们再次出发，前进。

前路漫漫，披星戴月地走了一周，两只北极熊终于找到了新的落脚地。

除了石头和寥寥几棵矮灌木，周围一片荒芜，应该不会再有别的北极熊来凑热闹。

容易对地域产生归属感的乔七夕祈祷，希望他们能够在这里顺利地待到冰封期。

奥狄斯看中了这里的一个岩石洞，也不能说是岩石洞，只是几块巨大的石头堆砌在一起正好形成了一个空间。

它忙里忙外，将里面的沙子和杂物清理出来。没有工具，只是用熊掌和嘴巴。

这是临时住所吗？乔七夕好奇地凑过去围观。因为里面太窄了，睡觉可以，但活动的话显然不够。奥狄斯温和且礼貌地将小熊推出去，一副"乖，自己去玩儿，别打扰我干活"的样子。

乔七夕一直跟着奥狄斯糙惯了，差点儿忘了北极熊也是会筑巢的。不过一般只有雌性北极熊才会这样做，因为雌性北极熊需要给小熊一个安稳的巢穴。雄性北极熊则没有这样的需求，作为单身汉的它们在哪儿睡觉都一样。

奥狄斯忽然积极筑巢，难道是被自己激发出了母性？

乔七夕低头看了看自己，也不小了。最近身体开始抽条，身高长了许多，估计到冬天的时候还能再蹿一蹿。

庆幸在奥狄斯的尽力投喂下，他摄入了足够多的营养。相比起其他饱一顿饥一顿的小北极熊，他长得很快，也很健康。

不过有地方住，乔七夕可太高兴了，立刻和奥狄斯一起布置住所。

巨大的石头之间留了一些缝隙，秋季的海风容易灌进来，乔七夕抱来一些大小适合的石头将缝隙堵住。

他的举动感染了奥狄斯，很快奥狄斯也开始搬运石头替房子添砖加瓦。

两只北极熊的石头房子一个小时后完工了。

乔七夕在里面高兴地打滚儿，继有资熊以后，他现在是有房熊了。

高兴完出来看看，奥狄斯正不停歇地在海边捕鱼，真是只勤劳朴实的好北极熊。

将来哪只幸运的雌性北极熊，啊不对，雄性北极熊并不会一直照顾雌性北极熊。唔，乔七夕寻思着，似乎没有什么办法能一直赖着奥狄斯，雄性北极熊都是风一样的单身汉。

## 第三十章

晋升有房一族的乔七夕美滋滋地想,不出意外,自己以后应该还有二十几年好活,这座石头房子完全可以成为自己和奥狄斯的不动产,以后每年夏天都可以在这里住上一段时日。只要奥狄斯不跟自己散伙儿,那么这座房子就是两只熊的共同房产。

这么一想,自己年纪轻轻房产都置办到北极圈来了,厉害厉害。更厉害的是,这房还是海景房,出门就面朝大海,夏季景色应该很不错。

不过乔七夕有些不确定,自己辨识路线的能力是否有奥狄斯那么精准。说句实话,现在他连来回的路线都不太记得,只隐约记得他们中间停靠了五个岛屿,或者是六个?

乔七夕忽然发现自己干啥啥不行,难免有些羞愧。不过他也没有自省太久,很快就重拾信心向海边小跑过去,至少在抓鱼这方面他还是拿得出手的。

极地的猎鹰是臭名昭著的偷袭者,它们仗着自己飞行速度快,时常从别的动物嘴里抢夺食物。例如,北极熊手里的鱼、北极狐嘴里的老鼠,甚至是狼看中的猎物。

气场强大的奥狄斯则很少成为猎鹰敢截和的对象,毕竟强大的雄性

北极熊可不好惹，一不小心就会被拔光鸟毛。

个头小、气场弱的乔七夕就不一样了，他唯一杀过的猎物仅限于几斤重的海鱼，身上可是一点儿杀气也没有，猎鹰盯上他嘴里的鱼也是意料之中的事。

在海里认真捕鱼的小北极熊丝毫没有感觉到危险的靠近，他憋着一口气从水里叼上来一条鱼。初具锋芒的尖牙已经横穿了鱼的身体，舌尖尝到了血腥味，但这条鱼他想送给奥狄斯吃。

小熊叼着鱼移动的片刻工夫，一只猎鹰如箭矢般急速地从黑夜中冲刺出来，咻的一下从小熊眼前掠过。

"嗷！"乔七夕感到鼻子上一痛。

小熊受到惊吓的叫声在海面上回荡开，一下子惊动了附近的奥狄斯，它立刻焦急地寻来。

乔七夕喊叫倒也不完全是因为疼，主要是受了惊吓。毕竟他本来就害怕这个鬼气阴森的环境，突然窜出不知名的东西当然会被吓得惊叫，等他反应过来的时候发现嘴里的鱼已经被拽走了。

也就是说，刚才抽冷子暗算他的不是什么超自然的鬼东西，而是抢夺食物的鸟类。

乔七夕莫名松了口气，没鬼太好了。不过！下一秒他就火冒三丈，生气生气生气，气得两颊都鼓了起来："嗷嗷嗷！"

乔七夕冲着抢劫犯飞走的方向痛骂！

诚然，乔七夕平时对小动物很有爱心，周末还会买罐头去喂流浪猫。可是现在大家都是小动物，呜呜呜，他不想惯着对方，凭什么？他的鱼啊！

奥狄斯花了二三十秒钟从远处十分焦急地游到小北极熊身边。它抵达现场时，立刻看到自己担心的小熊奄奄一息地浮在水面上。

这吓到了奥狄斯。

呃，其实乔七夕只是没有控制自己的身体，他浮在海面上生无可恋地随波逐流，满心想的是自己好不容易抓到的那条鱼本来应该被奥狄斯吃掉的。

"呜呜嘤嘤——"好生气，动物界的毒打来得太猝不及防了。

反应过来后，奥狄斯用双臂将小熊拢在自己怀里，用灵敏的鼻子在对方身上仔细查找受伤的位置，温热的舌头也不停地舔舐小熊因为情绪不佳而微张的嘴巴。那儿还有残留的海鱼血液，奥狄斯再熟悉不过。

仔细找了半天，奥狄斯终于找到了小熊的伤口，那是鼻子上的一道伤痕，沁出了少许血液。要说这道伤口也不大，如果稍不注意都发现不了，可能过两天就好了。若是用人类的长度单位来衡量的话，大约是一厘米不到。

不过奥狄斯还是格外重视，它不停地在小熊的伤口上舔了又舔，浑身上下都散发出心疼的气息，以及对加害者的愤怒。两种情绪互相交织，用一句话来形容就是又气又着急。假如那只猎鹰还在的话，奥狄斯肯定会想尽一切办法将那只猎鹰撕碎，然后拔其毛，吃其肉。

乔七夕倒也没有这么大的戾气，他只不过是被抢了东西感到生气，还是不想真发生见血的事情的。

奥狄斯的情绪太浓郁，连正在伤心的乔七夕都感受到了。他将注意力拉回现实之后，看到了奥狄斯愤怒的表情。唔，原来北极熊不是没有表情，只是平时太佛系了。等等，这不是重点，重点是奥狄斯也生气了，为了一条鱼好像不值当，这只是小问题罢了。

乔七夕立刻抱住处于狂怒边缘的小伙伴，赶紧蹭蹭脸蛋。别，只是一条鱼的事，不至于动怒！真的，奥狄斯，身体要紧，别气坏了身体。

发现奥狄斯比自己更在意，乔七夕立刻将小情绪抛在脑后，抱住对方一顿舔。他不知道的是，奥狄斯之所以生气才不是因为那条鱼，而是因为那只猎鹰抓伤了他。虽然伤口不足一厘米，但是小熊流血了。

这时乔七夕早已忘记了鼻子受伤的事，他心里只装得下奥狄斯，希望奥狄斯恢复好心情。

在一起相伴的时间也不短了，小北极熊深知如何讨奥狄斯欢心。经过刚才的抱抱，奥狄斯的情绪的确慢慢地稳定下来，心中也不再惦记那只伤害乔七夕的猎鹰。

它低头，十分怜爱地再次舔了舔小熊的伤口。北极熊也会恐惧和慌张，刚才小熊"奄奄一息"地浮在海面上就让奥狄斯产生了这种情绪。现在对方重新恢复活泼好动，因此也安抚了它的情绪。

啊，没事就好，刚才奥狄斯的状态可真是吓死人了。虽然那种尖锐的怒气不是冲着乔七夕，但近在咫尺的小熊还是毛发都立了起来。

他不死心地想要再抓一条鱼给奥狄斯吃，于是一头扎进海水里。这时，盐分充足的海水溅到鼻子的伤口，一阵刺痛传来，他这才记起自己在刚才那场短暂的交锋中光荣负伤。

他试图向鱼群聚集的远海游去，但是一股力量将他托上海面，然后抱住他霸道强势地往岸边回游。小熊远航的计划被打断，同时也从这种强制干涉中读出了对方的意思：受伤就不要下海了，回去歇着我养你。

嘶，能不能不要这么霸道总裁？咱们只是两只北极熊。可恶，海风吹得眼睛涩涩的。奥狄斯怎么能这么好呢！真是令熊费解。

霸总奥狄斯将小熊送回新居门口，依依不舍地蹭了两下，转头又去海边了。

奇奇怪怪的小熊脑子里浮现出奇奇怪怪的话语：我双手抓鱼就不能抱着你，抱着你就不能下海抓鱼养活你。

凝望着奥狄斯的背影渐渐消失在海水中，乔七夕眨了眨眼睛。

这时，他心中泛起了不一样的情感，酸酸涩涩的，带着一点点震撼。

以前乔七夕看动物主题的电影时每看必哭，看亲情、爱情类的电影反而很少感动，可能是因为动物的感情总是带着奉献和牺牲精神吧。为了自己守护的对象，千千万万遍，义无反顾。还有就是真实，动物的情感从不骗人，喜欢和反感都是一目了然。

啊，回想起过去几个月风餐露宿的点点滴滴，小北极熊抽着鼻子心想，奥狄斯一定很喜欢自己这只魅力无边的小熊，不然呢？

小熊站在房子外面抒情了一下，让海风吹干了些许身上的毛发，然

后就美滋滋地进了屋。有房子为什么要在外面吹冷风呢？真是不明白那些没房的家伙是怎么过的。

乔七夕在房子里待了没多久，奥狄斯就回来了。夜色下一团庞大的阴影笼罩过来，却不会让小熊产生半分害怕，因为对方嘴里叼着一条肥硕的海鱼，第一时间就送过来喂他。

拒绝当然是不可能拒绝的，吃饭不积极，思想有问题。不过小北极熊只吃了鱼头下面的一截儿，鱼头和剩下的半截鱼身就扔在地上，看也不看。

奥狄斯舔了舔嘴巴，视线在小熊和鱼之间来回，催促的意味十足，然而乔七夕就是不吃。眨着眼睛茫然地四顾了下，奥狄斯显然拿这只挑食的小熊没办法，最后自己趴下吃了剩下的鱼头和鱼尾。

乔七夕这时才向奥狄斯靠过去，好了，不要再去捕猎了，困了，睡觉。为了挽留这间房子的另一个主人，小北极熊依偎到奥狄斯怀里，两腿一蹬开始装睡。

再给奥狄斯一个脑子，它也不可能知道小熊在套路它。它以为小熊真的要睡了，因此打消了再次出门捕猎的念头。

入住新居的第一个晚上，两只北极熊都睡得格外香甜。房子除了有些缝隙没堵上，隐隐有些漏风，其余一切都好。

寒冷的秋夜，刺骨的风吹遍极地大陆。诚然北极熊不怕冷，但寒风的威力有时候比寒冷更为可怕，待在房子里的确安稳舒适。

乔七夕醒来听见外面呜呜的声音，像极了风在哭泣。

强风到了，也许很快就会过去，也许会持续一段时间，详细的情况只有人类知道。现在这些数据再也无法从网络上获得，预测天气只能靠直觉和第六感，还有灵敏的鼻子。

鉴于乔七夕是一只半路出家的北极熊，他有可能会丢失这些优势，这不是他努不努力的问题。

发现自己对强风的来临毫无察觉，小北极熊叹了口气，没有哪一刻像现在这么让他觉得当动物真不容易，特别是没有房的动物。

感谢稳妥的奥狄斯,在狂风肆虐之前布置了一个温暖的家。

在强风过去之前,奥狄斯也不出去了。它安静地窝在房子里,要么睡觉,要么舔舐乔七夕,要么陪乔七夕玩耍。

至于玩耍的内容,那当然是相当幼稚的。

不能捕猎的天气本来是奋发上进的好时机。鉴于房子里的空间有限,激烈的搏杀变成了贱兮兮的撩拨。

比如,趁着奥狄斯打哈欠的时候,将熊掌塞到对方嘴里。奥狄斯错愕了片刻,开始舔舐这只撒娇小熊的脚掌。

又如,爬到奥狄斯的背上,用自己几百斤的体重试图压扁对方。这个重量对于奥狄斯而言毫无负担,并且它也不觉得小熊的举动陌生。小北极熊喜欢挂在妈妈的背上被妈妈背着走,也许小熊只是记住了这些往昔的片段。

奥狄斯的脾气也太好了吧,要不怎么说乔七夕闲得慌又贱兮兮的,因为他不干人事。

最后一次,他把屁股坐在奥狄斯的脑袋上,寻思着这次应该会翻脸吧?

乔七夕的直觉非常准确,但凡他把这种直觉用在正途上,也不至于到现在还是一只菜熊。

奥狄斯扭头一口咬住小熊的胖腿,将对方从自己头上扯了下来,然后压在胸膛下面一顿轻咬。

肋骨处受到对方的牙齿富有节奏的磕碰,传来一阵痒痒的感觉。不好意思,那是乔七夕的痒痒肉。

他顿时嗷嗷地扭动熊躯,努力脱离奥狄斯的惩罚。

无聊的强风天,他们同样无聊。

俗话说无风不起浪,风大浪也大,澎湃汹涌的海浪声不绝于耳。小熊多么害怕自己的新居进水,好在房子离岸边还有一段距离,海浪冲不到这儿来。

过了几天,小熊又有了关于新居的新的体验和感受。海景房除了有

点儿吵，没有别的毛病。

人类的气象站早已监测到，这几天极地部分区域的风力比较强。从事保护工作的人员自然时刻注意着北极的气候变化，并为此感到担忧。这次强风天气的覆盖面积颇广，预测会有不少动物受到影响。奥狄斯和亚历山大也栖息在这个范围内，不知道两只北极熊会如何度过。

这样的天气下，无人机已全面撤回，只留下陆地观测摄像头。不过想要用陆地摄像头观测北极熊的生活是不可能的，它们的破坏力极强，一旦发现会动的摄像头在身边活动，这只摄像头必损无疑。

网上同样也有很多人为极地动物感到担忧。

——风很大呢，为极地上的小动物们祈祷。

——其实它们的雷达比气象台还要敏锐，如果能顺利发现躲避的地方其实还好。

——你们忘了吗？去年强风期拍摄到一只头很铁的北极熊，人家直接趴在光秃秃的地上，用爪子把头抱住硬挺。

——哈哈，不好意思，我直接带入了奥狄斯。

——这位头铁的北极熊很可爱呀。

——以它们的吨位，风确实吹不动，它们可以任性。

——单身北极熊头铁一点儿没问题，可是奥狄斯带着小熊，以它对小熊的宠溺劲儿，不做任何措施我觉得是不可能的。

——应该是找地方躲起来了。

——我是救助站的工作人员，监测到奥狄斯和亚历山大的定位一动不动了很多天，确实是躲起来了。

过几天风力弱了点儿，无人机重新出行，果然在海边拍摄到了两只窝在石头洞里的北极熊。

"真是两只聪明的大家伙。"整理数据的工作人员笑道，"让人白

担心一场。"

"咦,你仔细看这里。"同事指着有人工痕迹的石头房子的局部,"这里有一块颜色不同的石头,应该是特意放上去的,目的是为了堵住石块之间的缝隙。"

"这是谁做的呢?"总之不可能是这两只北极熊,难不成是居无定所的因纽特人?

"当然不可能是北极熊了。"对方笑道,"雄性北极熊是不会筑巢的,只有准备繁殖的雌性北极熊才会筑巢。假如有一只雄性北极熊帮助雌性北极熊筑巢,那它一定是这块大陆上最好的北极熊准爸爸。"

"说的也是。"和他谈话的人点点头。

雄性北极熊都是"渣男",它们在为期不短的繁殖季节中会和多只雌性北极熊交配,并且在交配过后毫不留恋地离开。不过这是北极熊的天性,似乎也不能称为"渣男"。

强风过后,海面又恢复了风平浪静。躲了好几天的动物们纷纷出来觅食,它们发现那阵强风吹散了大地和海面上的雾气。

冬天就要来了,天气越发寒冷。

乔七夕一觉醒来,迫不及待地走出家门呼吸新鲜空气,顺便狠狠地伸了一个懒腰。他正想回头招呼奥狄斯出来活动筋骨,就发现奥狄斯也跟了出来。

尽管它还有些睡眼惺忪,似乎只要小熊不起来,就能够再睡三百回合,但它还是寸步不离地跟着小熊一起去海里抓鱼。

乔七夕非常有自知之明,他一边觉得奥狄斯真可怜,明明可以不吃不喝地窝在窝里睡觉,却因为要养崽不能偷懒,一边又觉得吃饭它不香吗?能动一动为什么要一直躺着呢?要走出舒适圈啊,兄弟。

连北极熊都饿了,喜欢截和的小偷肯定也饿了。这一次乔七夕特别小心,一旦抓到鱼就眼观六路,耳听八方。

他终于实现了自己的梦想,在奥狄斯还没打起精神之前,给对方喂了一条自己捕猎到的鱼。

啊哈，喂养奥狄斯的感觉太妙了，开心。

奥狄斯刚从为期几天的深眠中醒来，的确还有些不在状态。嘴里被喂了一条鱼，它下意识地吃掉。

吃饭确实很香，更何况是小熊喂的鱼。

至此，慵懒的庞然大物完全清醒过来，漆黑的眼眸看着自己的小熊，蕴藏着说不出的感谢。

## 第三十一章

极地动物研究站这边，一堆专家教授对海边的石头房子产生了浓厚的兴趣。他们纷纷猜测这是因纽特人或是其他高智商动物留下的杰作，至于北极熊，众人觉得应该不太可能。

熊科动物给人的印象似乎向来是笨拙鲁莽的，空有一身蛮力和凶悍的脾气，谋略似乎和它们扯不上丁点儿关系。

不过人们也没有忘记，第二次世界大战中曾有过一只功勋卓著的棕熊。它的一生很精彩，留下了不少丰功伟绩和感人肺腑的事迹。其以动物的身份获得二等兵军衔的故事至今仍然广为流传。

为了弄清楚这是怎么一回事，研究站经过商议决定，在这两只北极熊身边投放陆地摄像头。

其实这个想法并非心血来潮，研究站早就想这样做了。一来，极夜到来的时候，无人机拍摄难度加大，已经不能获得更多质量好的照片。二来，航拍只能拍摄一个视角的照片，这早已无法满足人们对奥狄斯和亚历山大的探知欲。

之前之所以没有投放陆地摄像头，是因为奥狄斯和亚历山大总在移动，投放摄像头的效率根本跟不上两只北极熊迁徙的脚步。目前这两

只北极熊貌似在海边有了一座房子，哈哈，还有什么比这更令人高兴的呢？光是想想两只北极熊在这片荒芜的陆地上有了遮风挡雨的家园，嘴角就会不由自主地翘起来。还有，两只北极熊定居下来，陆地摄像头就可以开展工作了。

这是一个风平浪静的夜晚，星星还是那么明亮璀璨，就跟魅力小熊亚历山大的眼睛一样漂亮。

一台身上裹着石头马甲的行走摄像头来得悄无声息。这是一台最先进的野外摄像设备，功能十分强大，在夜晚也能拍摄出相对清晰明亮的照片，唯一的缺点就是太贵了。目前这种昂贵的设备普及率很低，只有习性温和的动物才配拥有。例如，体形较小的可爱水獭、狐狸和兔子。北极熊天性凶猛，在喜欢攻击摄像头的排行中名列前茅。

研究站舍得拿出这么昂贵的设备跟踪奥狄斯和亚历山大，也许是因为太喜欢这两只北极熊，又或者是相信稳重可靠的奥狄斯和善良可爱的亚历山大不会玩弄可怜的摄像头。祝福他们的信任不会被辜负。

落地的摄像头已经开始工作，也许可以给它取个名字叫小石头。

目前小石头拍摄到的每一帧画面都即时传送到了研究站的电脑上，正在被人们观看。

马上就要近距离观察奥狄斯和亚历山大的生活，一直以来只是俯瞰两只北极熊的研究员目不转睛。

画面中首先出现的是两只北极熊的房子。近距离拍摄人们瞧得更清楚，这座房子确实有加工的痕迹，一些缝隙都被堵得死死的，只留下出入口。此时两只北极熊并不在家中，可能是去海里积极抓鱼填饱肚子去了。

小石头绕到门前，只见里面有一抹鲜黄的亮色。这时，电脑前面的研究员一阵欢呼。

"快看，是亚历山大的小桶！正被好好地摆在家中。"

"真可爱，哈哈哈。"偷窥北极熊之家的研究员大笑。

"噢，戴在亚历山大头上的时候感觉这只桶很小，现在看来并不小。"有人发现了这一点。

"目测是一只二十升容量的浅口工业用桶。"一群专家教授纷纷对亚历山大的小桶兴致勃勃地评头论足。

恐怕小黄桶也很难相信，自己有朝一日会成为备受瞩目的对象。一切原因只在于，它是属于小北极熊亚历山大的桶。

小石头很快将房子的里里外外都拍了个遍，这时候它需要找一个好的蹲点儿位置，然后老实地待在那儿等待两只北极熊归来。

大约一个小时后，沙滩上传来了动静。

刚刚吃饱的亚历山大最先出现在画面中。这个角度拍摄对方还是第一次呢，可以清晰地看到对方正面的模样及慵懒的步伐，还有抬起爪子时一闪而过的脚掌，黑黑的梅花状肉垫相当可爱。

"真可爱，亚历山大真的很白，这粗壮结实的手臂太可爱了。"围在电脑前的人可以想象到小北极熊的手臂摸起来是什么感觉。还有形状可爱圆乎乎的脚掌，啊，那是被奥狄斯疼爱过的小脚掌。

"啊啊啊，看这圆脸、大眼睛，这胖乎乎的身形，亚历山大！"有人在办公室里激动地站起来挥舞双手，"它好可爱，它真的好可爱！"

亚历山大的正面出镜过于可爱，萌翻了一片人。这似乎是意料之中的事，毕竟连俯瞰都显得很可爱的小熊，正面照当然也不会差。

相比几个月前在救助站的照片，亚历山大长高了，也长大了，脸上初具成年北极熊的英气，但还是很可爱！

小石头追随着这只颜值超高的小北极熊拍摄了一段时间。身负任务的它不得不依依不舍地挪开目光，将镜头切换给后面上岸的大北极熊奥狄斯。

当奥狄斯的身形入镜时，人们一时间都不约而同地屏住了呼吸，脑海里立刻浮现出"老天哪"这样的惊讶。这真是一只巨大的北极熊，用庞然大物来形容奥狄斯再适合不过了。刚才人们已经觉得亚历山大的四肢足够粗壮，现在跟奥狄斯一比，简直是小巫见大巫。

如果说小北极熊是可爱漂亮的代名词，让人看了就不由自主地心生

喜爱和亲近，想要抱一抱亲一亲对方，那么奥狄斯则是完全不一样的类型。

这只巨大的北极熊有别于其他邋遢的同类，难得有一身洁白的毛发。人们看到它的第一眼就被它高壮结实的身体线条吸引，或许说扑面而来的力量感更加贴切。其次才是它英俊迷人的面容，即使在秋季它也并不显得消瘦。看得出来，它不仅把亚历山大照顾得很好，也把自己照顾得很好。

不仅如此，奥狄斯微眯的眼睛让它看起来不像一般的北极熊那样憨态可掬。眼睛是心灵的窗户，眼神从不会说谎。奥狄斯的眼神深邃而充满智慧，威武稳重的气质如想象中一般可靠。欣赏它的研究人员没有像刚才那样振臂欢呼，那是因为他们已经折服在奥狄斯难得一见的气度之下。

这真的只是一只北极熊吗？在座的很多人心中隐约泛起了疑问，倒也不是真的怀疑，更多只是表达惊叹而已，为自己认识的这只出色的北极熊感到惊叹。

"一直都说北极熊是极地王者、冰上霸主，说实话我之前并没有这样的感觉。"一位教授叹息道，"因为我亲眼看见它们在这片土地上狼狈地活着，苟延残喘，哪有半点儿王者的自在。"他顿了顿，忽然笑了起来，"看见奥狄斯，我改变了想法。"

"奥狄斯的确很有王者气场。"有人赞同地说道。

"是啊。"那位教授说，最后还加了一句，"不仅仅是奥狄斯，其实能够掌握自己命运的所有生命都是王者。"

乔七夕哪里知道，自己只不过是出去吃个饭的空当，房子的内部和他仅有的财产就被众人看光了。毕竟这里是北极，把房子建在这儿就没想过锁门。如果被乔七夕知道有人不仅窥探自己的家，还在自家附近安装了监控，他一定会感叹一句世风日下。

小北极熊上了岸，并没有第一时间进屋。首先他身上还是湿漉漉的，需要甩干净水分让北风吹一吹。其次屋里逼仄，除了睡觉时需要进

去待着，其余时间活泼好动的小北极熊还是喜欢在室外活动。这就是有房小熊的任性，想在室外待着就在室外待着，想在屋里待着就在屋里待着，不像这片的其他熊那么可怜。

亚历山大今日份嘚瑟打卡完成。

这片沙滩的沙子细腻干净，没有杂质。奥狄斯会躺在沙滩上翻滚，利用沙子吸干净毛发上多余的水分，以便毛发快速风干。雪地也有同样的吸水功效，这是北极熊的生活小妙招。

所以刚上岸的北极熊在冰面上打滚儿摩擦，并不是因为身上痒，只是相当于人类洗澡后使用浴巾擦拭身体罢了。

乔七夕一开始挺嫌弃这些沙子的，谁知道干不干净呢？他一点儿也不愿意跟着奥狄斯一起满地打滚儿，不过后来看见奥狄斯滚了并没有变成灰胖子，他就也接受了。

这时候小石头将摄像头鬼鬼祟祟地对准正在沙滩上扭动身体的两只北极熊，力图拍下对方的每一个动作。

摄像头下的小北极熊本来距离大北极熊仍然有大约一米远。这时四脚朝天的亚历山大忽然顿了顿，扭头看向大北极熊的方向，接着一个翻身骨碌了过去。这一撞，结实地撞在了奥狄斯的腰上。

电脑前面的众人内心：好调皮捣蛋的小北极熊，但是好可爱！

这里的每一双眼睛都看得出来小熊是故意的，但是小熊应该受到谴责吗？

人们面带微笑，目不转睛地盯着屏幕。不，人类不会谴责可爱的亚历山大。至于奥狄斯，那就更不用说了，它应该是这个世界上最不可能谴责小熊的存在。

画面中奥狄斯停下动作，直接伸出双臂抱住小熊，将小熊放到自己的腹上。一大一小两颗圆脑袋靠在一起互相蹭了蹭，奥狄斯似乎抬头舔了舔亚历山大。

经过短暂几秒钟的亲昵交流，奥狄斯抱着小熊继续左右翻滚身体，让沙子将整个背部的水分吸干。

此刻，它等同于一辆摇摇车，不需要投币，只需要小熊一个撒娇的眼神就能启动。

乔七夕几个月前就知道奥狄斯还可以这么玩了，所以每逢对方四脚朝天开始滚地，他就美滋滋地上来了。

左摇摇，右摇摇，巴适得很！而且不需要自己做保护措施，奥狄斯会牢牢地抱住他的身体。

它似乎还默认了这是哄小熊玩耍的小游戏，有时候明明毛发都干了也躺着不起来，就是为了让小熊玩个高兴。

欢乐的饭后时光可以缓解北极熊们一天的疲累，无论是对乔七夕还是奥狄斯而言都一样。

虽然他们的生活除了吃饭就是睡觉，但是谁规定这样就不可以感到累呢？欲望是无止境的，当然是越舒服越好。

乔七夕自然不至于自私到把奥狄斯当成免费的自动玩具，他不是那样的熊。事实上，每次享受完对方的服务，他也会有相应的回馈。

曾听说过有一项针对动物的服务叫作动物按摩，乍听让人感觉匪夷所思，这年头连动物都如此讲究的吗？但这的确是有科学依据的。

一部分宠物的主人为了让自己的爱宠身体更健康，不惜花钱享受这项服务。

乔七夕可太希望奥狄斯身体健康了，如果在人类社会，他说什么也要为奥狄斯办卡。不过他现在没有条件办卡，只能自己动手了。

每日份的摇摇车享受完毕，轮到乔七夕用自己的一双小熊掌为奥狄斯摁压劳累的背部肌肉。这不失为放松肌肉的一个有效办法，健身房的老师不就经常说，运动过后要对自己的肌肉进行按摩使其放松吗？

北极熊在水里抓鱼的运动量可不比健身房的朋友们少。

假如奥狄斯嫌弃他的小熊掌没劲儿，没关系，他还可以上脚踩。

当然做这些总是特别累，但只要想到奥狄斯可以健康一点儿，这就值了。

累得四肢抽筋的乔七夕趴在沙子上天马行空地想着，北极圈啥时

候搞个评奖，给自己评个三好小熊。对了，还得给奥狄斯也评一个三好……三好什么呢？

犯困的小北极熊还没有给奥狄斯想出一个响当当的称号，就抵不住侵袭他的困意，陷入睡梦了。

他在梦里梦见自己待的北极真的搞评奖了，而自己也顺利地得到了三好小熊的称号，而且还得了一面锦旗，就挂在房子里，怎一个帅字了得。

奥狄斯探头嗅了嗅小熊的鼻子，发现对方已经睡着了。它眨了眨眼，又看了看四周，似乎对这只随处睡觉的小熊无可奈何。幸而今天风平浪静，睡在外面也没有什么不可。

奥狄斯鼻子里喷出一团白雾，它也准备睡觉了。

只见它站起来重新挪了一个位置，躺下用自己的身体将小熊圈了起来，这样即使在外面小熊也能睡得舒舒服服的。

观看监控的人们也意识到亚历山大睡着了，奥狄斯正在保护熟睡的他，这一幕如此温情脉脉。

"亚历山大晚安，奥狄斯晚安。"人们轻声地说。

从梦境中醒来，乔七夕发现自己睡在沙滩上面，竟然没有进屋。他睡眼惺忪地爬起来打了一个哈欠，然后突然想起了什么似的，迈着四肢从奥狄斯的背上跳了过去。这一次竟然没有被绊倒，这说明他又进步了许多，不错不错。

小北极熊跑进屋里，盯着自己家的墙壁看了一圈，然后心中傻笑。那可真是个滑稽的梦啊，还小锦旗呢。

忽然，乔七夕听到了一道与众不同的声音。这种声音也许不会引起野生北极熊的注意，但是乔七夕很在意啊，这好像是遥控车在地上走的声音。

他立刻从房子里出来，绕着屋子周围走了一圈，似乎在寻找什么。

这一幕让电脑前的研究员很紧张，来了来了，北极熊大战摄像头的名场面就要来了。

他们犹豫地思考着，目前是按兵不动为妙，还是赶紧操控小石头离开小熊的视野范围比较好。

"停下吧，再次移动会引起它的注意。"

这时，乔七夕已经看见房子附近那块多出来的石头。周围都是一片空地，被他和奥狄斯特意清理出来的，这块石头就显得很突兀。

别的北极熊可能不会在意周围多出了一块石头，可是乔七夕不一样，周围忽然多出一块石头他能被吓死。

灵异事件！小北极熊立刻炸毛，在回去找奥狄斯和一探究竟之间犹豫了一下。他借助良好的视力瞧见了石头下面的轮子。

乔七夕心想：你不对劲。

慢吞吞地走近一看，乔七夕轻易地看出这是一块假石头，真实身份是一个摄像头。

小北极熊近在咫尺的脸蛋在镜头面前呆滞住了。

他真实的内心是：什么？有摄像头在拍我？啊啊啊！

这简直是一道晴天霹雳。

研究人员认为小家伙一定是没有见过摄像头，此刻正充满好奇和探究，真是个可爱的小家伙。

简直是胡说八道，乔七夕看过无数动物纪录片，当然知道有野外摄像头这种玩意儿。他只是没想到自己和奥狄斯身边也会有摄像头，毕竟他俩从来不在一个地方待太久。理性分析一下，他们可不是一对适合跟踪的对象。

如此说来，他们在这里落脚也没有多久，摄像头就来了，说明他们一直都被追踪，也许从离开动物救助站之后行踪就一直被记录着。

乔七夕呆呆的，怎么说呢，刚知道自己被摄像头拍摄的时候的确很抗拒。那些人为何要这样！侵犯两只北极熊的生活隐私！

然后再想想，人们这样做的目的是否也是为了更加了解动物，从而全方位地去帮助它们？

也许是的。乔七夕十分相信，这个世界上有这样一群可爱可敬的

人，始终战斗在保护动物和保护环境的最前线，他们是一群默默无名的战士。

啊，如果自己也可以帮上忙的话，何乐而不为呢？只是贡献一份数据而已，只要对方不嫌弃这份数据可能有点儿掺假，啊不，有点儿不对劲，也不对，是有点儿非主流！他也是愿意的。

非主流小北极熊唯一的要求就是希望研究站把他和奥狄斯拍得飒一点儿。

## 第三十二章

奥狄斯对小熊有着惊人的占有欲。当那热烘烘的体温离开自己片刻之后，即便它仍然没有睡得足够尽兴，也睁开眼睛爬起来，循着乔七夕的味道找了出去。

这时，乔七夕正在外面调戏摄像头。为了不让数据看起来太过于非主流，他觉得自己应该拿出真正的野生北极熊该有的好奇心，于是抬起前爪扒拉了几下假石头的脑袋，做出一副精力旺盛、但没什么耐心、玩弄几下就失去了兴趣的样子。

正好奥狄斯来了，乔七夕一时间还挺紧张的，毕竟北极熊喜欢摩擦摄像头这件事他也略有耳闻。幸而奥狄斯只是看了假石头一眼，并不觉得这块其貌不扬的石头有什么不同寻常的地方。它的注意力很快就放在乔七夕身上，过来用力蹭了蹭，似乎在责怪乔七夕独自离开。

乔七夕不知道该不该相信自己的直觉理解，总之先信了再说。

奥狄斯的责怪当然并不是真的责怪，或许用嗔怪来形容比较恰当。当乔七夕蹭回来后，它很快就被哄好了，并且在心里为小熊的离开找到了理由——肚子饿了。

奥狄斯非常干脆利落，它和小熊互相蹭过就转身去了海边，而摄像

头静静地将这一幕记录下来。

感谢两只北极熊高抬贵"掌",小石头躲过一劫,可以安心地继续工作。

望着伪装能力一般的假石头,小北极熊一边慢吞吞地行走,一边猜测这只摄像头是在为谁工作。

从有摄像头跟在身边的这天起,乔七夕就有意洗心革面做一只正常的小熊,至少要提供一份不掺假的数据。

太多有人类痕迹的举动就不做了,比如说,跷二郎腿,翻白眼,用小黄装东西,还有故意对着奥狄斯放屁,故意把脚丫子伸进奥狄斯的嘴里,还有拽奥狄斯的尾巴……

小北极熊数着数着,就有点儿好奇奥狄斯咋还没把自己扔了,是在挑日子吗?

这些戒起来一点儿也不难,无非就是回到跟奥狄斯刚刚搭伙过日子的时候,那时小熊还知道"客气"二字怎么写。

这天结束辛苦的捕猎,乔七夕和奥狄斯在家门口休息。奥狄斯看了看姿态端正坐在家门口看海的小熊,忽然停下舔爪子的动作,然后躺来了下去,对着夜空露出肚皮。

奥狄斯一边磨蹭背部,一边把眼神瞟向不知道在想什么的小熊。但是小熊总不看它,逼得它只能从喉咙里发出低低的声音。

余光瞥到一旁的小伙伴,乔七夕的心痒痒的。其实他早就收到奥狄斯召唤自己玩耍的信号了,可是这里有摄像头,要上电视的,他不希望电视上播放自己傻乎乎地玩奥狄斯的肚子。

奥狄斯歪了歪头,仿佛不理解乔七夕为什么不来,是今天不想玩这个游戏吗?

话说,一旦养成某个生活习惯,以北极熊的信息处理能力很难想通为什么一反常态,它们或许也不会去思考。不过奥狄斯可能是一只比较敏感的北极熊,它会产生疑惑,也会想要弄清楚乔七夕喜欢什么。

它走过来舔了舔小熊,或许可以探索一下其他游戏,比如撞屁股、拽尾巴，都可以。

现在很想撩乔七夕一起玩耍的奥狄斯轻轻地碰了碰乔七夕，然后步伐轻快地绕着对方转了两圈，一副"快来抓我"的样子。

看到奥狄斯这个样子，想要洗心革面的亚历山大不由得反省自己。要那偶像包袱干什么呢？没准儿电视没上成，倒是把奥狄斯憋出心理疾病。

想通了，乔七夕一下子就扑了上去，开心地追着奥狄斯的大熊屁股满沙滩跑。

站住！这位兄台，请把熊尾巴留下！

奥狄斯在沙滩上肆意奔跑，只要它愿意，小北极熊根本摸不到它一根毛。不过对这只小熊非常疼爱的它，时不时地会放水，让小熊抓到它的尾巴一次。

不得不说，这是很幼稚的游戏，拥有成年人灵魂的乔七夕是这样想的，恐怕拥有成年熊灵魂的奥狄斯也是这样想的，但是他们都愿意变成幼稚鬼哄着对方。

一转眼来到了三天后。

电脑后面的研究人员大致已经知道这两只北极熊的日常行动轨迹是什么样的了，内容当然不外乎是睡觉、捕猎，以及偶尔的玩耍。其中捕猎占据了大部分时间，睡觉是其次。这是因为北极熊的胃口犹如无底洞，即使一条海鱼重达十斤，也很难在短时间内填饱肚子，更何况十斤的海鱼在浅海并不多见。

"其实，成年雄性北极熊可以从六月份一直禁食到冬季。"在数据分析会议上，一位教授发言说，"当然奥狄斯没有这样做，因为它要喂养成长期的亚历山大，它和带崽的母熊一样，夏秋两季均没有终止过捕猎行为。"

大家点点头："奥狄斯还没有性成熟，我以为这种喂养幼崽的行为至少要在它有繁殖能力之后才会出现。"

"一般而言的确是这样的，支撑动物进行喂养行为的因素是母性相

关激素。但是你们知道的，激素水平也会随着时间和境遇的改变出现变化，并不会一直持续下去。"

追踪得越久，这群热爱这份工作的人就越觉得在北极熊的研究方面，他们仍然知识浅薄。想要了解更多关于北极熊的知识，看来少不了小石头的继续辛劳。

乔七夕在它面前放下了偶像包袱之后，该不端庄的时候依然不端庄。比如，待在屋里的时候，他的脚掌想跷多高就跷多高，想伸到哪里就伸到哪里，对方还能跟踪到家里拍摄不成，那得是影帝级别才有的待遇。乔七夕心想，我一只刚出道的小熊应该不至于。

他没想到的是，自己的日常生活私密照倒是没有上电视，只是在互联网上火得不像话，而且是全球范围内。

除了被热烈关注的两名主角，亚历山大的小黄桶也被曝光了一把，这实在是让人没想到。

有些聪明的商家抓住了这个机会，他们竟然赶制了一批亚历山大同款的小黄桶，在这个浪尖风口上小赚了一把。

要不是乔七夕现在有房有资产，在北极活得也挺滋润的，他能把这些商家告得只剩裤衩。佛系的小熊，现在已经没有了那种世俗的欲望。

整个十月份，奥狄斯和乔七夕都待在这片海湾上，过着十分简单但快乐的生活。要是鱼再蠢一点儿、肥一点儿，那就更好了。

当十一月初来临，两只北极熊似乎都嗅到了冰雪的气息。他们望着海平面的那一端，忽然心里期待无比。

奥狄斯对季节的变化十分敏感，空气湿度和气温的变化，以及风的轨迹，海浪的升降，一切因素都能成为它判断的依据。

小北极熊若有所感，也认真地跟着对方学习。根据周围的环境变化和奥狄斯的表现，他差不多知道自己的生活马上就会出现改变了。

实际上乔七夕猜得不错，不久之后，奥狄斯似乎已经有了新的决定。他们要继续往北走，找到适合下海的地方，然后就向极点的方向游去。至于出发时间，应该快了。

这天，海面上风浪很小，仿佛连潮水的声音也多了几分温柔。

乔七夕一觉醒来，就收到了奥狄斯温柔地发出的启程信号。而对方似乎有点儿担心他的情绪，今天格外隆重地舔舐他，可能是担心他不肯离开这座小屋，因此格外照顾他的情绪。

总是猝不及防地感受到让人惊叹的东西，乔七夕心想：一大早的，你把我感动得够呛呀！

他当然会有少许舍不得的心理，但真的只有一点点，感觉跟出远门旅行没什么差别，反正明天还会回来。

于是，乔七夕一收到信号就赶紧起来收拾东西。

当摄像头看到亚历山大叼着小黄桶过来时，一喜；当下一秒亚历山大用双掌捧起它，又一惊！

电脑后的研究员崩溃了。小北极熊终于还是要对摄像头下手了吗？

当然不是，乔七夕只是把假石头抱进桶里。他们要离开这片海湾了，暂时也不会下水，那就顺便带假石头一程。

这一点很快人们也知道了，小北极熊没有破坏摄像头，只是将其放进桶里，然后叼走了。

叼走了？不到一分钟，整个研究站的人们都知道亚历山大和奥狄斯搬家把摄像头也顺便搬走了，网上的人们也感到不可思议。

——亚历山大是不是把摄像头当成玩具了？就跟它的小黄桶一样。

——估计是当成它的私有财产了……

——这真是我们没想到的。

——摄像头没有死在北极熊的摩擦之下，只是被北极熊占为己有了。啊，这……

——你们说，这个摄像头还能工作吗？

——那得看亚历山大还会不会把它放出来。

——摄像头真惨。

——买好花生瓜子，等后续。

离开海湾，一路向北。

路途漫漫，中间当然会有停顿休息的时候。每当停下来休息时，乔七夕就会把摄像头放出来，让它自由活动。

这是因为乔七夕是一只善良的北极熊吗？不是，这只是其中的一个原因。

身边的摄像头背后肯定有人监控，要是他们睡觉的时候发生什么危险，肯定会有提示。这就跟在自家门口放一个监控摄像头一样，让人感觉安全感满满。

让假石头出去巡逻，自己和奥狄斯美滋滋地睡觉，不要太快乐。

摄像头还能继续工作，研究员太感谢了，这么昂贵的设备总算没有惨烈牺牲，至少小熊每次睡觉时都会记得把它放出来。

对此，大家都感到很新奇。

——开会的时候领导不用发牢骚了，感谢亚历山大的爱护。

——亚历山大这是把摄像头当宠物养了吗？好可爱。

——弱弱地说一句，突然想当那只摄像头，嘤嘤嘤。

——同样想当那只摄像头，陪它们一起赶路，想想就非常有趣。

迁徙的路上，能不能找到吃的全凭运气，即使是运气很好的乔七夕，也有两三天碰不到食物的情况。

这天直到停下来休息，他们也没有找到食物，娇生惯养的小北极熊饿得嗷嗷叫。

虽然他知道这一幕会被拍摄下来，但是谁管得了那么多呢，大家私底下就是这么平凡普通，心情不佳，嗷嗷叫两声怎么了？这不失为一个

平衡心态的办法。

  一开始，在电脑前面观看的人们其实并不知道小北极熊为什么开始嗷嗷叫，是生病了吗？直到看见奥狄斯耐心地哄小熊，才隐约解读到，亚历山大这不是生病的迹象，貌似是饿了，在发脾气。

  全北极圈饿了会发脾气的北极熊就这么一只吧，都是惯的。

  本来人们刚开始都看得津津有味的，觉得奥狄斯对亚历山大这么好真棒。后来越看却越觉得，奥狄斯你这样不行，应该给亚历山大一点儿压力，严厉一点儿。不过他们将自己带入了一下奥狄斯的角色，好像也很难做到严厉。

  断食的前三天是饥饿感最盛的时候，超过一周才会慢慢适应这种感觉。

  天气越来越冷，如果再过几天还是找不到新的捕猎地点的话，他们也许会饿着肚子下海。

  奥狄斯应该是不想这样，所以它极力带着小熊寻找食物。

  赶路的时间变多了，睡觉的时间就变少了。正好乔七夕也睡不着，他积极地跟上奥狄斯的脚步，做好一名在赶路上从来不做拖后腿的猪队友。

  走着走着，他们来到了一片断崖。海水拍在岩石上，发出哗啦啦的声音。断崖下面就是礁石群，其中有海带和壳类食物，可是下去的路挺滑的。奥狄斯没问题，乔七夕却有些腿抖。这有点儿高啊，要是一不小心踩空了，整只熊就会滚下海。然而北极熊们总是对自己的体重没有数，喜欢挑战这种高难度的场所。

  奥狄斯走在下面，然后回头等着乔七夕，期待对方走出征服悬崖峭壁的第一步。因为路的确不好走，奥狄斯承担起了叼小黄的责任。平时都是乔七夕叼着，他珍惜啊，小黄就这么一只，弄坏了就没了，摄像头也很贵。

  小北极熊颤颤巍巍地踏出了征服悬崖峭壁的第一步，相信自己可以的。

动物的平衡感有时候的确很奇妙，如喜欢在岩石上生活的岩羚，那么高的一块地方愣是能爬上去，而且还不恐高。

现在轮到乔七夕佩服自己了，这么崎岖的岩壁竟然真的下来了。踩上礁石的那一瞬间，他觉得属于自己的经验条瞬间拉高了一大截。

歇了歇脚，他们就开始在周围找吃的，慢慢地吃一点儿海带、贝壳什么的。

从没有被开采过的区域有一堆密密麻麻的食物，随手一捞就是肥美的海鲜。摆在人类的餐桌上得花不少钱，北极熊却随便吃。

乔七夕咂巴着嘴一扭头，就看见奥狄斯坐在岩石上，双掌抱着一捆巨大的海带，眯着眼歪头吃，真是够简单粗暴的。

精致小熊绝不跟糙汉奥狄斯同流合污，他抱了一堆扇贝、生蚝，堆在一块稍微平整的礁石上垒成小山，然后坐在旁边晃着脚丫慢慢开，吃完一堆接一堆。中间偶尔休息一下，被奥狄斯喂点儿海带。

摄像头待在小黄桶里，被搁在一块礁石洞里，今天没有被放出来放风。研究员们意识到这一点，开始猜测两只北极熊现在是什么情况，怎么小石头这么久还没有被放出来？

派出无人机了解情况才知道，两只北极熊好着呢，正在海边吃东西。

乔七夕吃着吃着，发现天空上飘飘洒洒地下起了小雪。

呀，竟然下雪了。

雪花掉落在奥狄斯的鼻子上瞬间融化，它抬头望了望天空，继续进食。

看着雪花自己却不感觉冷，这是一种奇妙的体验。小北极熊一边赏雪一边吃好吃的，心情不要太好。

调皮的小熊总是闲不下来，比如，将一个还没开的贝壳抛到奥狄斯身上，砸得对方一愣。

两米左右的距离看不清楚奥狄斯是什么表情，但应该是无奈。

奥狄斯捡起扇贝，欣然吃掉自家小熊的馈赠。不知道又吃了多久，

它招呼小熊该走了。

乔七夕挺意外的，从这里下海吗？不上岸了吗？

他的眼睛顿时唰地看向小黄桶，主要是里面的摄像头，不上岸的话，那就只能把摄像头留下来。虽然这个地方崎岖了一点儿，不过工作人员应该能下来把摄像头拿走吧？乔七夕心虚地想着，他也不是故意的，早知道不上岸他就不带下来了。

半个小时后，两只北极熊和一只小黄桶一起下了海。可怜的小石头被小熊安置在悬崖下面，独自待在礁石上，注视着两只北极熊离去的背影。

什么？这就很离谱了好吗？研究员们开始思考拒绝去户外回收摄像头的理由，跟领导说感冒了应该是个不错的选择。

吃饱的小熊下海之后感觉自己能一口气游五十公里不带喘气的，可能这就是长大的证明。

不过光线不够明亮的海面上有些可怕，受小雪的影响，画面虽然美丽，能见度却不高。

乔七夕一边佩服奥狄斯的方向感，一边潜心学习对方的一举一动。他必须用心记下这条航线，以及在海水里远行的各种细节状况，这些都是要掌握的。

得知两只北极熊已经开始长途跋涉，人们开始感到担心。这个季节，深海中的格陵兰睡鲨活动的频率有点儿高。记录数据中，每年都有北极熊丧生于格陵兰睡鲨的鱼腹中。

对这个太平洋深海中的大杀器，奥狄斯当然是清楚的，并且它曾经遇到过一条，那是一次与死神擦肩而过的经历。

也许正是因为好几次挣扎在生死边缘，奥狄斯养成了冷静高深的个性，让它看起来一点儿也不像还没有性成熟的样子。

## 第三十三章

辽阔无垠的海洋中潜藏着无处不在的危险,就算乔七夕没有领略过格陵兰睡鲨的威力,也知道这一趟有多么惊心动魄。

从北边游回来是夏季,远行条件比现在要好。而现在是夜晚,一切都会比白天更艰难。

乔七夕在水里打起十二分精神,紧跟着奥狄斯的身影。他最害怕的就是突然看到鲨鱼的鱼鳍,当然还有更害怕的,那就是看到一群鱼鳍。

不过他觉得,运气那么好的自己应该不会这么倒霉。刚这么想着,身边的水波就发生了一点儿变化,很像是大型海洋动物在附近制造出来的动静。

会是什么呢?就连奥狄斯也放缓动作在观望。这不禁让乔七夕感到一阵紧张,也绷紧身上的皮,一起眼观六路。

奥狄斯望了望,并没有在乎,它继续向前匀速前进,这证明制造出水波的家伙并没有什么威胁力。

事实的确如此,后来乔七夕也亲眼看到了,那是一对太平洋鼠海豚夫妇。

这种海豚喜欢生活在岸边二十米左右深的海域,也是濒危动物。近

年来因为海洋污染的不断加剧,它们的身影已经很少见到了。

乔七夕饱了一次眼福,感觉喜滋滋的。

大家在海洋中萍水相逢,更妙的是双方都不在彼此的食谱上。这样的邂逅可真是太美好了,可以多来点儿!鲨鱼就算了,别来。

接下来的路途中,乔七夕陆续遇到了几种海洋动物。似乎天黑之后,大家都喜欢出来撒野。或许是小熊的运气真的很好,又或许是奥狄斯领路的经验足够老到,一路上他们倒是没有遇到鲨鱼群。

当然,也不是没有遇到任何危险。小北极熊遇到最大的危险就是被一只鳞海龟盯上,那只鳞海龟追了他的脚丫子一路,时不时地还张嘴想咬他。

乔七夕寻思着,是自己的脚臭还是怎么的?这只大海龟怎么不去追奥狄斯的脚丫子!

被大海龟追这种事,乔七夕当然不好意思让奥狄斯帮自己解决,毕竟奥狄斯正在全神贯注地领路,哪能知道后方的水底下有只海龟正在暗地里搞事情。

最后实在被追得没辙,小北极熊迎头踹了几脚鳞海龟,将对方踹得远远的。这不能怪他太暴力,是这只海龟先不讲武德。

除此以外,一路上就没别的危险了。

不同于上次慢悠悠的走走停停,这一次上岸休息的时间明显变短了很多。奥狄斯似乎是根据小熊的接受能力制订的赶路计划,分寸拿捏得刚刚好,不会让小熊太过于疲累,刚好在还能接受的范围内。

十一月的中旬,海冰正以喜人的速度迅速凝结着。九百多万平方公里的海冰面积足以吸引大部分北极熊回归冰面。

乔七夕感受到了奥狄斯的迫切,似乎有什么正在催促着它一定要尽快回到冰面上,捕猎足够的食物,以弥补在过去两季中的损耗。

秋夏两季,奥狄斯的体重一直停滞不前。其实它和小北极熊一样,仍处于成长期,体重还有上升的余地,或许在十岁之前会达到顶峰。

成年北极熊一般会在冬季尽情地吃饱,储藏足够的脂肪为春季的到

来做准备。到了春季，它们会将重心放在异性身上，对食物的关注度则明显下降，直到它们找到心仪的对象，完成繁殖行为为止。

海冰凝结速度的加快让两只北极熊减少了需要跋涉的距离，这是个让亚历山大偷笑的好消息。

一周后，他们到了海冰的边缘。

放眼望去，一块块白色的海冰在即将凝结的海面上沉浮，场面不得不说是相当壮观。而这种让人类叹为观止的场面乔七夕已经司空见惯，就像回自己老家一样自然。

他和奥狄斯游在这些浮冰中间，前往已经凝结成块的冰层。

到了这里，奥狄斯忽然改变了自己带头的顺序，它游回小熊的身后，温柔地推着一路辛苦了的小熊前进，最后把对方推上了冰面。

哦耶！屁股碰到冰面的那一刻，乔七夕忍不住雀跃地欢呼。重返冰面成就达成，棒棒的！

湿答答的乔七夕坐起来，立刻将头上的小黄桶放下，呼吸一口冰面上的新鲜空气。

啊，他乔小熊又回来了。

紧接着奥狄斯也爬了上来，对方在冰面上甩干海水的动作帅气利索，和软趴趴的小熊形成鲜明对比。

如果说乔七夕已经累得无法站立，那么奥狄斯就是还可以再来五十公里。

懒得起来的小北极熊直接在冰面上打滚儿，让海冰吸干毛发上的海水。

有这个需求的奥狄斯也找了一块空地躺下，它速战速决地滚了两圈，就站起来准备再次赶路。

这里不安全，冰层太薄了，而且也没有食物。

它蹭了蹭因为疲惫而赖在地上不肯走路的小熊，耐心地鼓励对方站起来，因为他们要到更厚实的冰层上去。

在起了，在起了！乔七夕起身，和奥狄斯继续赶路。

话说雪一直下，也没有太阳，海豹还会上来等着北极熊抓吗？小北极熊心存疑问。

相信这个问题很快就会有答案。

脚掌踩在冰面上的感觉总是那么与众不同，得益于北极熊脚掌的特殊构造，他们在冰面上走得稳稳当当的，不会那么容易打滑。

小熊已经一周没有进食了，奥狄斯正在马不停蹄地寻找食物。

看到对方急切的背影和脚步，乔七夕当然不是没有察觉，他已经偷偷地感动了一把。话说，假如不是为了自己，奥狄斯应该可以慢吞吞地狩猎吧，游刃有余才是奥狄斯的风格。

是的，奥狄斯迫不及待地想抓一只海豹，让整个夏季都没有吃过海豹的小熊解解馋。

虽然很累，但乔七夕也一样，从上岸的那一刻开始，他就有心留意食物的气味。不过在他嗅到那只海豹的具体位置之前，奥狄斯早就嗅到了。

上岸的第一顿饭是一条环斑海豹，这种海豹数量很多，它们分布在北极圈各地，是北极熊最喜欢的食物。

鲜红的血液将雪地染红了一大片，刚毙命的海豹的身体散发着白气，这是体温还未散去的缘故。

奥狄斯尽快撕开坚韧的海豹皮，让小熊能够吃到温热的食物。

在冰天雪地里吃上一口热乎的，无疑是北极熊们最幸福的时光。

一条环斑海豹并不足以填饱两只饥肠辘辘的北极熊。自觉的小熊也不贪吃，让奥狄斯也能吃上一大半。

吃下小熊不愿意再吃的食物，奥狄斯故意碰了碰对方的鼻子，似乎在说："小混蛋，我已经看透了你的小把戏，但是拿你没办法。"

乔七夕最近已经习惯了自己翻译出来的奇奇怪怪的语句。算了算了，反正意思到了就行。

吃完一顿仅有五分饱的饭，乔七夕的体力也恢复了七八成，于是心中想要独自出去捕猎的念头越来越清晰。

他抬头碰了碰正在休息的奥狄斯的鼻子，试图用肢体语言表达自己想要出去的想法。然而奥狄斯好像没有理解，对方漂亮的眼睛眯了眯，低头用更加亲密的态度舔舐他。

讨厌，真是鸡同鸭讲。

乔七夕没办法，只好转身用屁股冲着对方，然后叼起小黄桶向前走去。

走了几分钟之后，乔七夕回头，发现奥狄斯果然跟了上来。

就不能自觉点儿，不当他进步路上的绊脚石吗？这样怎么能成为一代传奇北极熊？成为一代废熊还差不多。

不过乔七夕没有在意，他加快脚步继续走，决定这一次说什么也要独自捕猎。

因为小熊走得比较快，奥狄斯在后面懒洋洋地跟着，但始终没有要超越对方的意思。这态度瞧着多少有点儿像宝妈在小区楼下遛孩子的架势，只差手里没有牵一个防走丢手环。

啊啊啊！乔七夕有点儿激动，因为他嗅到了海豹的气味，就在这附近。

通过数月的成长，北极熊本身自带的导航仪和定位器他感觉自己控制得还行，这位置猜测得肯定八九不离十。

事实上也的确如此，走了没多久，乔七夕远远地就看到了海豹的踪影。

练习捕猎的机会来了。

乔七夕捕猎海豹的第一步，先把小黄桶安置好。别的北极熊都没有这一步，所以别的北极熊比他更先进入狩猎状态。

乔七夕刚放好桶子，一抬头，可恶！这只海豹是他先找到的！臭不要脸的奥狄斯，明明刚刚还落在后面挺远的，为什么一个健步就追上来了呀？

乔七夕跺脚，又气又急又不敢声张地追了上去，内心极其狂躁。

此时，他可爱呆萌的外表之下隐藏着熊熊烈火，一边跑一边在心里

呐喊:"奥狄斯!快放开那只海豹,让我来!"

进入狩猎状态的奥狄斯根本没有理他,就是这么臭不要脸。

好吧,乔七夕再生气,也不敢把海豹吓跑了,只能在附近停住脚步,咬牙怒视前方。

行,不就是一只海豹吗,这块北极大陆上,三条腿的蛤蟆不好找,环斑海豹还不到处都是,再去找另外一只就是了。

狩猎一条海豹的过程是有点儿缓慢的,最快也要十几分钟。奥狄斯将海豹叼上岸之后,抬头在周围扫了一圈,它没有找到小熊的身影,但它不急,因为小熊的气味就在附近。

有点儿无奈地甩了甩身子,奥狄斯叼起猎物,去追满地乱跑的小混蛋。

按理来说,短时间内猎到三只海豹是很低的概率,哪怕运气再好也有点儿不现实,否则北极熊们的生活也不至于这么惨淡。

至少方圆五公里以内应该不会再有别的海豹出现,而太远的地方就很没必要了。乔七夕只是想独自捕猎,不是想要跟奥狄斯散伙,走得太远就伤感情了,会让对方有心理负担的。

没有收获的小熊被奥狄斯追上之后,吃了一只不怎么热乎的海豹。

怪他咯?

奥狄斯看起来老实巴交的,倒也没有责怪的表现。

一连吃了两只海豹,今天的活动就到这里终止,又到了睡大觉的时候。

找到一个奥狄斯钟爱的位置,乔七夕把小黄桶倒扣在雪堆上,用力地拍下去。

这是血的教训,因为小黄的体质太轻了,不做点儿防护措施容易滚走。

全世界晚安,星星晚安,当然还有奥狄斯,晚安。

临睡觉之前,乔七夕决定明天再试试吧,明天一定不会再让奥狄斯这个搅屎棍搅和自己的捕猎大计。

墨菲定律，就是担心的情况总会出现。

睡醒之后再一次尝试独自捕猎的小熊，身后总是跟着一只庞然大物。没有碰到海豹之前，对方懒洋洋地跟在周围，一旦碰到海豹，对方就会比他抢先一步结果了那只海豹，根本不给小熊发挥的余地。

所以倒也不是乔七夕不上进，主要是奥狄斯拖后腿，严重阻碍了他上进的脚步！

唉，生活不易，小熊生气。

显而易见，接下来发生了明日复明日的情况，不过亚历山大从未放弃独立的念头。

研究站根据救助站提供的GPS定位，获知两只北极熊已经顺利登陆海冰。

今年十一月中旬的北极海冰总面积比往年少了一百多万平方公里。照这样下去，再过二十五年左右，北极的冰层将有可能全部消失。

不得不说，这真是个很可怕的预测。看来人们应对全球变暖的措施刻不容缓，否则这些依赖海冰生活的动物将无家可归。

随着海冰面积增加，其他北极熊也陆续回到了冰面上，积极地捕猎食物，补充体能和脂肪，为明年的春季做准备。

两只北极熊的队伍也开始陆续遇到其他北极熊。

经过一个清苦的夏季，他们遇到的北极熊都瘦得可怜。不过没关系，只要接下来的两个多月能够捕猎到海豹，它们又会变成圆润的胖子。

两个多月的时间，小北极熊虽然始终没有找到机会自己捕猎一只海豹，但他还是吃得饱饱的。他的身体骨骼在这段时间内疯狂成长，连晚上睡觉都有种腿在抽筋的感觉。

尴尬期的北极熊总是会瘦一点儿，面容也尖尖的，相对而言不是那么好看。

乔七夕是个例外，他始终是个圆脸胖子，没有因为身体发育而变瘦。

这段时间不仅仅是疯狂进食的小北极熊身体发生了变化，来到成熟期的奥狄斯也发生了身体上的变化。

奥狄斯满五岁了，近在眼前的春季正在召唤它，也许它会在这个春季当上爸爸，如果它能找到心仪的雌性北极熊的话。

疯狂进食的举动持续到二月中旬后，有了一个明显的收敛。

此时奥狄斯高大精壮，比夏季的它更为健硕。

乔七夕以为是这段时间大鱼大肉吃腻了，奥狄斯想要缓一段时间。兴高采烈的他准备在这段时间施展一下自己的身手，结果奥狄斯却领着他往内陆走。

这又是什么活动？为什么在冰上待得好好地要往陆地上走。

乔七夕看看食物丰富的海冰，又看看奥狄斯的背影，煎熬！他是跟上还是不跟啊？

想了想，乔七夕最终还是跟了上去。奥狄斯怎么说也是有经验的成年熊，跟上去准没错。

这时候的乔七夕还不知道，北极熊的繁殖流程是这样的。首先雄性北极熊会在整块大陆上晃悠、寻找，如果闻到心动的气味就会去追踪对方的行踪。

几只雄性北极熊抢夺一只雌性北极熊的场面常常在春季出现。这个如此热闹的季节，全年追踪它们的研究站自然也不会错过。

目前天还没亮，一切还只是春季的前奏。

无人机拍摄到备受瞩目的奥狄斯已经停止了进食，这是必然的。哪怕它身兼喂养小北极熊的任务，这一刻仍旧抵不过繁殖的需求，向内陆走去，下一步就是寻找一位心仪的异性。

一切都在研究员的意料之中，除了奥狄斯仍然领着亚历山大，并且不准备扔下的样子。

研究员心想，啊，这是要带着孩子去相亲吗？恕他们直言，这样的成功率可能很低很低。奥狄斯想要成功和雌性北极熊配对，必须暂时撇下亚历山大，否则没戏。

奥狄斯带崽的欲望和繁殖的欲望,哪一边最终会获得胜利?关注此事的人们拭目以待。

陆地上雪山的影子轮廓清晰可见,那里只有雪山不是吗?如无意外的话,这是一条去往雪山的路,奥狄斯究竟去干什么呢?

乔七夕的脑瓜里充满好奇,也不能怪他暂时忘记了春季这茬儿,因为他本身就没有这个需求。

## 第三十四章

感觉到奥狄斯的变化,乔七夕才想起来原来现在已经快到春天了。怪不得奥狄斯开始有一些反常的行为,不仅带他离开海冰往内陆走,还在大晚上不睡觉,似乎和平常吃饱就睡的慵懒模样有所出入。

如果他没猜错的话,奥狄斯这是到了繁殖躁动期,因此才会进内陆寻找繁殖对象。

这没问题,男大当婚女大当嫁,北极熊也是一样的。问题是奥狄斯上岸找伴侣,根本不应该带着他这只年轻的小熊,或者说是拖油瓶更为贴切。

动物繁衍的时候对周围的环境很敏感,绝不会允许周围有别的动物存在。

乔七夕才不相信自己和奥狄斯的关系那么好,已经好到可以允许自己围观它找对象,这不可能吧?

想来想去,只能归结于奥狄斯是新手,没有经验。第一次经历繁殖躁动期的酷哥熊,恐怕不知道北极熊界的婚恋市场很残酷。

据乔七夕偶然看到的科普视频上说,北极熊的性别比例也很悬殊,通常都是一只发情期的雌性身边围绕着好几只雄性。自然法则就是这样,能够在这个艰苦环境中存活下来的总是强壮一点儿的雄性,这些雄

性需要打跑所有的竞争者，才能获得交配权。

北极熊的决斗不会点到为止，它们通常会打得伤痕累累，甚至血肉模糊，可以说是非常残酷。

奥狄斯春天要加入竞争，势必要和抢夺交配权的竞争者们干架，受伤的可能性很大。

乔七夕尴尬的情绪一瞬间转为担心。不会吧，奥狄斯这么强壮，这么英俊，也会遇到胆敢撬它墙脚的对手？那得是什么级别的竞争者。

不过想想也不是没可能，毕竟事关繁殖，平时挺会衡量利弊的北极熊们没准儿在抢老婆这件事上就强硬了呢？

乔七夕很担心，这时他本来想要扔下奥狄斯回冰面上捕猎的心思，也因为担心奥狄斯在求偶的时候会受伤而消失殆尽。哪怕帮不上什么忙，也好过分开之后每天牵肠挂肚。

只不过乔七夕很怀疑，奥狄斯带着自己这只拖油瓶，能不能找到对象还是两说。

研究站里的每一位研究员都知道，一对野生北极熊繁衍，体形巨大的雄性北极熊有可能会对体形略娇小的雌性北极熊造成伤害。这不仅仅是双方体形悬殊的问题，还有交配时长的问题。

一般而言，凡是体形庞大、性格凶猛的动物，它们的交配时长都不会太长。北极熊却是例外，它们的交配时长平均可达到半小时。

曾经有研究员跟踪拍摄过一对正在繁衍的北极熊，它们在僻静的地方进行了一次长达六十多分钟的交配，可见时长因熊而异。

霸道的雄性北极熊会反复对雌性北极熊进行求欢，增加雌性北极熊受孕的概率。这期间不仅雌性北极熊有被压伤的危险，雄性北极熊也有受伤的可能性。

雄性北极熊的繁殖器与人类完全不同，它们有一节长达十多厘米的脆弱骨头。

随着环境的污染和变化，一些身体素质不那么强壮的北极熊繁衍时骨折的危险大大增加。

等它们确认雌性北极熊大概率已经受孕之后就会离开对方，去寻觅别的雌性北极熊。

它们一个繁殖季也许会邂逅异性三到五次，总之双方从不会产生留恋和爱护的情感。

至于奥狄斯为什么提前进入预热期，大概是因为奥狄斯的身体素质好。就像人类一样，同样是青春期的男孩子，发育情况参差不齐。

基因优势和后天条件决定命运，这就是雌性北极熊会选择强大的雄性作为孩子父亲的原因。

奥狄斯的基因应该是很优秀的，乔七夕的也一样，伙食好的成长条件让他看起来比同龄的小熊大了一圈。这不仅仅是肥肉，还有骨骼优秀的原因。

虽说人类看每只北极熊都差不多，其实北极熊和北极熊之间的强弱和外貌对比是非常明显的。

例如，乔七夕觉得奥狄斯十分英俊，全北极圈没有一只北极熊比得上它。同样，在奥狄斯眼里，自己捡来的小熊也是最可爱的。

乐观积极的乔七夕一觉睡醒感觉神清气爽，然后发现奥狄斯也醒了，正温和地看着自己，他哪能知道奥狄斯根本未曾合眼。

没有心存芥蒂的小熊用脑袋顶了顶对方的下巴，甚至想缩进奥狄斯的怀里睡个美滋滋的回笼觉。

他又未成年，他又不找媳妇，喊他起来赶路做什么？滑稽。

坏小熊缩进奥狄斯的怀里眯了半个小时，就受不了良心的谴责起床了，伸懒腰拉拉筋，然后打个大大的哈欠，甩甩脑袋。

雪还在下，风也挺大的。

给奥狄斯找媳妇，乔小熊义不容辞。

奥狄斯也抖了抖毛，雪花落在它的睫毛上，意外地有一种别样的温柔，日常对兄弟犯花痴的乔七夕也就看了十来遍。

一大一小两道身影继续向雪山前进。和他们一样正在路上的壮年北极熊还有很多，只是很少有北极熊像奥狄斯这么目标明确，从一开始就

直奔山顶，而不是先去晃晃散发魅力。

这是个很奇怪的举动，春季繁衍，没有对象怎么繁衍？

在这个研究员们忙碌不已的季节，注定要投入许多人力物力去跟踪记录动物最神秘又最重要的一面。

航拍和陆地行走摄像头已经无法满足需求，研究员们必须扛着机器亲自到现场追踪才能拍到更多有质量的画面。

今年最让人想要记录的对象无疑是带着小熊去相亲的奥狄斯。这只优秀英俊的北极熊，人们对它有太多想了解的东西，以及很多来自人类的夙愿。例如，希望喜欢幼崽的奥狄斯今年能当上爸爸，拥有属于自己的孩子。

不过人们又会不由自主地担心，假如奥狄斯有了自己的亲生幼崽，还会不会一如既往温柔地对待自己捡到的亚历山大，这是个很现实的问题。

关注了这两只有爱北极熊组合这么长时间，人们最不愿意看到的就是两个好伙伴分道扬镳。

关于派出哪个追踪小组去拍摄奥狄斯的春季之行，研究站里出现了激烈的争论，因为这明摆着是一个非常值得争取的机会。

大家争得脸红耳赤，心想：可惜不能问问亚历山大喜欢什么颜色的麻袋，否则交给亚历山大来选择该多好。等等，去拍摄奥狄斯好像跟亚历山大没有什么关系？

可能是习惯了两只北极熊总是在一起，而且奥狄斯绝不会对亚历山大的决定有什么异议。

最后，各小组以抽签的形式分出了胜负。一个幸运的小组获得了拍摄奥狄斯春季之行的机会，如无意外还能拍到可爱的电灯泡亚历山大。

人们对这次行动有着极高的期待。小石头在这次行动中也会被带上，要知道，拍摄野生动物的难度很大，需要用上各种设备。除了拍摄难度大以外，还可能会有各种危险。能够上岗的野生动物摄影师都拥有极强的身体素质和心理素质，专业能力就自然更不用说了，一帧帧令人

拍案叫绝的画面都是出自他们之手。

没有抽中奥狄斯的其他拍摄小组也没有松懈，他们积极做好准备，带着满满的热情前往小组负责的区域，跟踪拍摄自己负责的动物。

繁殖季来临，被记录的动物不只是北极熊，还有其他许多动物，如行踪成谜的北极狼、喜欢撒娇的北极狐等。

幸运小组降落在目标附近，很快就被同事追问："看到奥狄斯和亚历山大了没，它们目前仍然在一起吗？"

摄影小组队长回复："我们刚刚降落，根据定位来看，它们是在一起的。"

在其他组的那名同事："我们降落半天了，有定位真好，我们目前还没看到狼群的踪影。"

摄影小组队长："哈哈，祝你们好运。"

拍摄狼群更加辛苦，他猜他亲爱的同事们正在一个高地蹲点儿，等待着狼群经过。

相较于对人类的气息十分抵触且警惕的北极狼，身为冰上霸主的北极熊则显得满不在乎，这让人们感觉被轻蔑鄙视的同时还得感谢对方。

无所畏惧的北极熊除了繁衍时不想被打扰，其余时间都很随意。

摄影小组的跟拍很谨慎，他们没有因为北极熊的不在乎而贸然靠近。

在远镜头下，缓缓前进的奥狄斯和亚历山大出现了。其中亚历山大的小黄桶十分惹人注目，让镜头前的摄影师会心一笑："噢，亚历山大的小黄桶真是遮风挡雨。"

在雪地里行走的他们显得悠然舒适，与穿得厚厚的、戴着毛线帽子和手套的人们形成鲜明对比。有些摄影师为求手感，会不戴手套，这需要很大勇气。

拍完远镜头，他们即将去拍距离更近的镜头，重点是两只北极熊停下来休息的画面。

奥狄斯和亚历山大的相处总是与众不同，整个研究站的工作人员都知道，两只北极熊喜欢抱在一起睡觉，哪怕是在十分炎热的夏季。

八个小时后，整个小组在附近隐秘地潜伏下来。

摄影小组队长语音记录道："跟踪奥狄斯和亚历山大的第八个小时，它们选择了一个背风的位置，似乎打算睡觉。"

他想了想，又说道："亚历山大在睡觉前将小黄桶倒扣在雪地里，还拍了几下，不得不说它的桶子真结实。呃，接下来奥狄斯用自己巨大的身躯为亚历山大遮挡风雪，真贴心。"

当野生动物摄影师这么久，队长也不是没有拍摄过温情的画面，只不过眼前看到的这两只北极熊总是让他身心愉快。

小组的其他成员都在小声地说笑，内容围绕着正在睡觉的奥狄斯和亚历山大。

甚至有人在帐篷里开玩笑道："不如我们半夜组团去偷亚历山大的桶，你们觉得这个提议怎么样？"

组员Ben赶紧摇头说："不怎么样，我害怕被奥狄斯拍拍头。"

组员Ella则满脸兴奋："嘿，我们距离亚历山大不远，这真是神奇的体验，你们不觉得吗？"

这一点大家没有异议，表示赞同。

很快，他们被队长的无线电叫了出去，应该是发生了什么事，语气有点儿着急，于是几名队员立刻整装前往。

他们来到设备前时，就明白了队长如此急切的原因。这一刻，不仅人们固有的印象受到了冲击，同时受到冲击的估计还有亚历山大。

两分钟之前，乔七夕跟所有小可爱说完晚安，包括质量贼好的小黄桶，接着他就在奥狄斯的怀里找了个舒服的位置，闭上眼睛酝酿睡意。

奥狄斯也和小熊"说"完了晚安，它舔了舔爪子，却眯着漂亮的眼睛没有睡觉的打算。因为它不是很困，而且心烦意躁，这种不愉快的情绪和旺盛的精力让奥狄斯连附近偷窥的人类都懒得理。

一般而言，只要没有感觉到恶意，放松状态下的北极熊有时候甚至会探头探脑地靠近正在摄影中的人类。

当然，要赶跑它们只需要扔一个雪球。

## 第三十五章

在雪地里准备睡觉的小熊似乎嗅到了什么特殊的味道,而这种味道超级熟悉,是咖啡。

他惊讶不已,北极圈的雪地上怎么会有咖啡的味道?

立刻被吸引了注意力的小熊从奥狄斯的怀里七手八脚地爬起来,下巴搭在大熊背上,眨着圆溜溜的眼睛望着味道传来的方向。

好香啊,小熊的脑子里第一个想到的是,咖啡好喝,好久没喝到了。然后才想到至关重要的问题,这里有咖啡的味道,也就说明有人类,只是不知道是什么人,应该是科研队伍,或者是动物研究者什么的。

想到这里,乔七夕忽然愣了愣,因为他自己现在就是动物。

不会是拍摄纪录片的队伍吧?想了想之前遇到的假石头摄像机,还有被救助站掌握在手中的GPS定位,乔七夕就觉得自己和奥狄斯成为纪录片主角的可能性很高。

乔七夕当场石化,满脑子都是一个想法:这绝对不能是一个拍摄动物纪录片的队伍!如果是,那可就完了。

首先要确定那些人是不是拍摄纪录片的,这并不难,走近一点儿看

看就行了。

乔七夕也不是没有想过那可能是一群坏人,不过他的直觉告诉他,对方没有恶意。他们也不太像偷猎者,如果是偷猎者,对方早已有机会动手才对。再者说,奥狄斯吃过一次偷猎者的亏,它对危险的敏锐度应该会更高。总之,乔七夕很介意对方是不是在拍摄自己和奥狄斯,他决定去看看。

小熊从奥狄斯背上直接爬了过去,还没有完成清理工作的奥狄斯立刻跟了上去。发现小熊正在向人类的方向前进,它就叼着小熊的后颈皮不让走,同时嗓子里发出一声类似警告的低沉声音。

乔七夕翻译出了它的意思:别去,危险。

通过这一次,他有些吃惊地发现,原来奥狄斯是会撒谎的。

第一,如果真的有危险,刚才奥狄斯早就带他离开了。第二,如果真的有危险,事后也有很多机会离开,但是奥狄斯稳稳地待在自己找了很久才找到的睡觉胜地,仿佛那些人类不足以让它起来寻找下一个睡觉的地方。

"呜呜噫噫——"奥狄斯会撒谎,难道他就不会假哭吗?

奥狄斯看着在地上四脚朝天撒泼打滚儿的小熊,有些茫然和无奈。作为一只年轻的北极熊,它储备的知识里暂时还没有"戏精"这个概念。

那些人类确实没有恶意,奥狄斯告诫小熊危险,只是不希望小熊和人类接触。它受到过人类造成的伤害,也接受过人类的帮助,心里没有偏见,但也并不想与人类为伍。

小熊在雪地里撒娇,奥狄斯如何能抵抗。即使是平时遇到这种情况,它也会第一时间进行安抚,或者找食物喂食,更别说现在只是满足对方的好奇心了。

乔七夕感觉奥狄斯在轻轻地拱自己的肚皮,同时喉咙里也发出了表示"拿你没办法"的声音。他顿时就不哭了,不仅不哭了,还一骨碌麻溜儿地爬了起来。

胖墩墩的身影循着咖啡的香气，又好奇又警惕地迈着小碎步走了过去。

奥狄斯跨出一步就顶小熊三四步，但这时候也只能耐心地跟着，当个遛娃的贴身保镖。

这时，摄影小组上下已经因为刚才看到的画面失神良久。等他们回过神来，才发现两只北极熊竟然向设备这边走了过来。

"噢，不好，它们发现我们了。"整个小组上下开始捂着嘴巴反省，一定是刚才说话声音太大，引起了两只北极熊的注意。

"队长，走吗？"一个组员压低声音紧张地询问。

"很难抉择。"队长一直看着镜头，闻言摇了摇头。之所以这么说，是因为镜头里的亚历山大太可爱了。从对方趴在奥狄斯背上看向这边开始，他就霸占着镜头。

原本他们有机会离开的，至少可以退回到越野车上。可是亚历山大可爱的小碎步，以及鬼鬼祟祟的小表情，牢牢地吸引住了队长的目光。

他的心都快化了："亚历山大真可爱，它分明是对我们起了好奇心，但是又害怕遇到危险，所以才一步一步地走过来，像极了狩猎中的猫科动物。"

"狩猎中？"组员惊恐万分，"队长，那你留在这里吧，我们先回去了。"

"胆小鬼，我听说亚历山大对人类很友善。"队长说。

"亚历山大友善有什么用处，关键是奥狄斯，你可别忘了它正处于躁动期，应该挺不友善的。"组员无奈提醒道。

"可现在是在小熊面前。"队长刁钻的发言令人无从反驳，也许这就是能做到金牌小组队长该有的冒险精神。

队长也不是盲目自信，他仔细看了看奥狄斯的状态。这只大家伙正温柔地看着亚历山大，根本就没有空儿理会人类。

越走越近后，乔七夕仗着自己不错的视力看到了摄影设备。

难以置信，真的是拍摄动物纪录片的摄影团队？这是个不折不扣的

坏消息。除了感到尴尬和羞涩，乔七夕还感到挺抱歉的。对不起，最终还是给了你们一份不靠谱的数据。

啊，重点是能不能删掉？去记录一些正经的北极熊吧，求求了。乔七夕心想，他们两个从大到小没一个是正经的。

摄影小组那边发现小北极熊忽然站起来朝奥狄斯撒泼，并且不再往前走。

守护在小北极熊身边的庞然大物十分淡定地站在雪地里，忍受着小北极熊不断拍打在身上的熊掌，甚至扭头舔舐小熊的鼻子。

队长口吻兴奋地说道："快来看，亚历山大在打奥狄斯。"

刚才说要回去的组员们立刻兴致勃勃地围拢过来。

"奥狄斯看起来一点儿也不疼。"

"这算是家暴吗？"

"不，是撒娇。"

想到自己傻里傻气的片段有可能会在电视上播放，乔七夕一阵窒息，几乎仰倒在雪地上。他生气没忍住朝奥狄斯撒了一下气，毕竟奥狄斯是罪魁祸首。

想要尽快离开镜头的他转身往回走，很显然，这个地方待不下去了，他叼起快要被雪花埋没的小黄桶连夜离开。

奥狄斯不会嫌弃小熊任性，它寸步不离地跟随着气鼓鼓的小熊，无论对方想去哪里。

两只北极熊的身影渐渐地淡出了镜头。

离开人类的镜头之后，他们找了一个新的地方，安安稳稳地睡了一觉。

两只北极熊睡醒之后，继续向雪山前进。

寻找配偶的北极熊依靠气味寻找心仪的对象，这种气味不是常年不洗澡留下的臭味，而是每只北极熊特有的激素的味道。

同样也在寻觅异性的雌性北极熊光凭气味就能分辨出这只雄性北极熊强大与否，以及适不适合当自己的交配对象。

例如奥狄斯，刚刚成熟的它，身上的气味已经有了一些变化。如果说成熟之前的它不会受到雌性的注意，那么目前已经拥有繁殖能力的它则成了雌性们主动追逐的对象。

即将进入发情期的雌性北极熊在很远的地方就嗅到了奥狄斯的气味，它们喜欢这只气味闻起来很强大的北极熊，甚至抛弃矜持，主动寻觅而来。

当三只北极熊在雪地上狭路相逢，终于找到心仪对象的雌性北极熊却有点儿茫然，似乎不明白这里为什么会有一只亚成年的小熊。

乔七夕嗅了嗅，很快分辨出那是一只雌性北极熊。也是，看对方较小的体形就知道。这是好事啊，感觉对方还挺不错的。

小熊追上目不斜视的奥狄斯，用屁股撞了撞对方的身体："嗷嗷！"你老婆出现了，你怎么还埋头赶路呢？

奥狄斯什么反应都没有，看起来对那只雌性北极熊似乎并不感兴趣。雄性北极熊也有择偶标准，假如达不到标准，对方就不会靠近。

乔七夕看了看冷酷无情的奥狄斯，又看了看那只千里迢迢主动过来偶遇的雌性北极熊，寻思着，这应该是没看上。

好吧，他爱莫能助，只能说动物界不兴女追男隔层纱的说法。

那只雌性北极熊倒也没有纠缠，见奥狄斯似乎不喜欢自己，就转头离开了。

不久之后，一只体格看起来更加高挑的雌性北极熊和他们偶遇了。

乔七夕认真对比，觉得这只雌性北极熊的条件比刚才那只要好，不仅毛发洁白，眉目可爱，性格也更为大胆。看上了奥狄斯的对方，直接就走了过来。

啊，这……

乔小熊还挺紧张的，顿时就考虑自己要不要先躲起来。他向周围望了望，一片光秃秃，无奈只能把小黄桶戴好，只留下一道缝隙偷看北极熊是怎么相亲的。

只见那只可爱的雌性北极熊走到距离他们大概三米的位置，千娇百

媚地躺了下去，翻着肚皮看向奥狄斯。

乔七夕看得目瞪口呆。这姐们儿可真厉害！长见识了，长见识了。

小熊的目光唰的一下转到奥狄斯身上，他寻思着，这么好的对象都不要，还等着下一个更好的不成？那奥狄斯的眼光得有多高。

再说了，雄性北极熊又不是只能挑一个。要是奥狄斯愿意，这个，刚才那个，都可以约会一次。

乔七夕屏住呼吸，这一瞬间没有祈祷和希望怎么样，反正无论奥狄斯怎么选择，都不是他能左右的。

"吼——"奥狄斯朝后面停滞不前的小熊低低地叫了一声，催促他跟上自己的脚步。除此之外，并未多看一眼躺在雪地里示好的雌性北极熊。

整个摄影小组寂静无声，都挺惊讶的。一般而言，雄性北极熊没有这么挑剔，就算没看上，至少也会嗅一嗅气味再做决定。

小熊一路上东想西想，直到第三只主动来找奥狄斯求欢的雌性北极熊出现。他一时没注意，直直地撞到了奥狄斯身上。

什么？出现了第三只？应该说奥狄斯魅力无边吗？这么短的时间内就吸引了三只雌性北极熊为它远道而来。

隐藏在附近一座雪岭上的摄影小组也是这么想的，不愧是全球粉丝看好的奥狄斯，这只北极熊果然在繁殖季得到了众多雌性北极熊的青睐。

第三只示好的爱慕者期待着奥狄斯的反应。小熊也一样，他心情复杂地走到奥狄斯的身躯后面，让奥狄斯能够更好地欣赏那只雌性北极熊。

钢铁直男奥狄斯却以为小熊害怕，是那只雌性北极熊吓到了小熊，它马上就不高兴了。

雪夜里没有谁看见奥狄斯凶狠的眼神，不过所有人和动物都听到了奥狄斯的怒吼，对象是那只雌性北极熊。

所有人和动物都呆住了，最先反应过来的是那只示好的雌性北极

熊。因为再继续逗留会有危险,所以它立刻离开了。

而附近的摄影小组,哪怕他们不懂熊的表达方式,也听出了奥狄斯的怒火。

奥狄斯还真是个不解风情的冷酷男孩,竟然连续拒绝了三个对它示好的异性。

乔七夕也蒙了,怎么又赶跑了?如果说前面两个他还能安慰自己是概率问题,找对象嘛,当然要经过对比。可是奥狄斯连接触的机会都不给对方,这就很说不过去了!

想要捉弄一下奥狄斯的念头在乔七夕的脑瓜里冒了出来。

豁出去了,豁出去了,他要在镜头面前试一试,看奥狄斯是不是还那么冷漠。

乔小熊将头上的小桶拿下来,毕竟带着这个桶会影响他的发挥。他回想着第二只雌性北极熊的举动,当时连他看得都心动了。啊不,其实并没有,他还小。

小熊噌噌地跑到奥狄斯前面,然后桶一扔,往地上一躺,肚皮露出来,歪头看着奥狄斯。

奥狄斯当时就愣住了。

别说奥狄斯愣住了,整个摄影小组也愣住了。

我的天哪!我的天哪!场面一度难以收拾。

下一步,人们看到奥狄斯向小熊走去,面露无奈,庞大的身躯趴下去拥抱住小熊,就在雪地里滚了起来,乔七夕的脸蛋鼻子都被奥狄斯热情地舔舐着。

他们平时没少这样翻滚玩耍,可是目前,也许一堆摄像头和人类看着这里,这就让乔七夕感到不好意思了。

奥狄斯不能这样啊,至少让他在镜头面前保持端庄。这时候乔七夕还能安慰自己,奥狄斯只是在和他玩耍,平时也没少这样!

人类摄影师并不介意,他们很喜欢看到两只可爱的北极熊在雪地里自由肆意地玩耍,这是多么令人心情舒畅的一幕。

## 第三十六章

当其他北极熊还在地面上寻觅对象，奥狄斯已经领着小熊往山顶上爬去。

从上岸到现在，他们从未进食。所以一顿不吃饿得慌的亚历山大此刻饿着肚子就算了，还要爬雪山？他表示，自己承受了这个年龄不该承受的疲惫，本来自己要两年半之后才会来爬雪山的！

事已至此，乔七夕并不想去，甚至躺在地上装死。

每当这时候，奥狄斯就会停下来，耐心十足地守着耍赖的小熊，偶尔用鼻子碰一碰，或者低头拱一拱小熊的身体，温柔地无声催促。

它希望小熊起来继续走，但并不是强势的要求。如果小熊继续耍赖，它也没办法。

"嗷嗷！"饿啊！乔七夕委屈死了，一边饿着肚子，一边还要爬山，怎么能这样对待一只娇生惯养的小熊呢？

奥狄斯低声回应着，表情看起来有些无奈，然后望了望四周。

他们已经到半山腰了，周围一片荒芜。

春季来临，北极熊都会停止进食，繁殖的欲望会让它们暂时忘记饥饿，只有没有繁殖欲望的乔小熊时时刻刻想吃饭。

"嗷嗷。"害怕上山顶的小熊抱住奥狄斯粗壮的前臂,希望他们不要再上山了,回去,回冰面上好吗?

奥狄斯看着撒娇的小熊,眨了眨充满感情的眼眸,没有答应,也没有不答应,因为它本来就不会说话。

也许,奥狄斯此刻正在经历头脑风暴,本能让它选择前进,心疼却让它想顺从小熊的意愿。激烈的拉锯战隐藏在这只北极熊明亮的眼眸里,形成了两团明明灭灭的小火焰。

乔七夕被如此热烈地注视了大约有两分钟。后来,他听到奥狄斯妥协的声音在半山腰上响起,大概意思是说:走吧,我们回去抓海豹吃。

奥狄斯的举动也跟乔七夕翻译出的信息一致,对方慢慢地转身,硕大的脚掌踩在下山的路上。走几步路,它发现小熊没跟上,便回头招呼小熊,怎么了?不是要吃海豹吗?

乔七夕趴在雪地上呆愣着,撒娇成功了,可是他没有很高兴。而且忽然,他感到鼻子有点儿发酸,眼眶也渐渐发热。

奥狄斯对自己真好,呜呜呜。

春季躁动本来就是动物的本能反应,为什么要扼制,谁作为一个动物能自我遏制呢?这简直是强"熊"所难,不可理喻,乔七夕心想。

奥狄斯想上山是本能,答应他下山是情分。既然连一只北极熊都讲情分,那自己为何不能呢?

所以,不下山了!

乔小熊一下子站了起来,冲着奥狄斯中气十足地叫了两声:走,咱上山!

只见刚才躺在地上那只随时像要断气的小熊这时健步如飞,朝山上走去。

奥狄斯眯了眯眼眸,似乎不明白这个转变,不过它显然很乐意接受小熊的邀请。它没有多想,立即加快脚步跟了上去。

上山的路有些危险,奥狄斯希望小熊慢一点儿,最好是跟在自己身后,走自己走过的地方。

若干个月前，小北极熊连高一点儿的小坡都要奥狄斯亲自叼着上去。现在他长大了一圈，普通的崎岖山路已经难不倒他。即便真的陡峭，他也不敢回头往下面看。

可恶，为什么北极熊会有这样的传统啊？春季一定要在山上度过，那不是有对象的北极熊才配拥有的行为吗？

乔小熊一边爬一边碎碎念，偶尔抬头看一下山顶什么时候才到。很好，就快了，胜利的曙光就在眼前。

站在高山上，风呜呜地吹来。

在不惊动两只北极熊的前提下，摄影小组只能拍到很远的远景，这真是一件让人无可奈何的事。

头一次经历这些的奥狄斯仔细谨慎得令人发指，好几次乔七夕以为就是这儿了，但奥狄斯似乎依旧不满意，依旧带着他继续寻觅。直到在一面半封闭的岩石壁下，奥狄斯在这里转了好几圈，用爪子扒拉了一块地方，终于认定了这里。

乖乖待在旁边围观的小熊挺尴尬的，不知道该做什么的他只好双腿并拢，端庄地蹲着。

奥狄斯将乔七夕的小桶安置在安全的位置，这是对方心爱的玩具，弄坏了会伤心。

摄影小组的镜头里，看得最清楚的就是那只小黄桶。可是谁要看小黄桶呢？人们想要拍摄的是两只北极熊的身影，还有他们的山顶之行。

昼夜交替近在眼前，春季已经开始，平时不被北极熊青睐的陆地如今热闹非凡。

山下的雪地上"熊"来"熊"往，当然这是夸张的说法。总之，它们不是在相亲，就是在上山的路上。

像奥狄斯和亚历山大这样早已经占据好了某个山头的例子还是比较少见的。

背风的岩壁下，光线颇为昏暗，庞大的雄性北极熊用自己健硕的身躯围拢着一小团白色。

那是另一只北极熊，年纪还比较小，身材圆润可爱，毛发雪白蓬松，但也不算一只小熊。不管是论年龄还是个头，其实早已经不适合继续用小熊来称呼亚历山大。

年龄上亚历山大已经是只亚成年熊，到了可以离开妈妈独自生活的年纪，一如当年的奥狄斯，对方在这个年纪已经独当一面。

个头上两岁半的亚历山大发育得十分好，即使是三岁的雄性北极熊也未必有他这么大只。

这些摆在眼前的问题，抚养小熊的奥狄斯仿佛并不在意，似乎它从来没有想过按照母熊带崽的那一套来发展它和小熊之间的关系。

亚历山大两岁半也好，三岁半也罢，这只庞然大物好像从来没有当回事。也许奥狄斯是这么想的，哪怕小熊十岁，依然还是它的小熊，需要喂食，需要抱着睡觉，需要寸步不离地陪伴着。

不知过了多久，天际的一缕微光终于为这片黑暗了数月的大地带来了一抹明亮。

当然，天不会一下子就亮起来，还要再耐心等等。这一等就下起了雪，天色又黑了一些。

乔七夕打着哈欠醒来，听着外面风雪的声音，马上觉得这个位置选得真好啊，风雪真的一点儿都吹不进来呢。

有奥狄斯当暖窝工具的他也一点儿都不冷。他扭头瞅了瞅奥狄斯，原本闭目养神的奥狄斯立刻睁开眼睛看着他。就这样四目相对，一双眼眸睡意蒙眬，说不出的可爱；一双眼眸深邃专注，平静漆黑之下暗流涌动，似乎有什么东西藏得很深。

乔七夕眨了眨圆溜溜的眼睛，心中挺惊叹的。他蹭着奥狄斯的脸，心想：要不是认识奥狄斯，可能他不会知道，原来北极熊也有神秘的一面，憨厚笨拙简直跟奥狄斯扯不上关系。

被小熊蹭了下巴，奥狄斯的眼神立竿见影地炽热起来，它看起来很高兴。

奥狄斯表达高兴的方式有很多，平时比较喜欢用行动表达，偶尔也

会用短促的声音，比如今天。

乔七夕对比了一下奥狄斯现在的声音和驱赶入侵者的声音，不禁会心一笑。

因为春季的影响，奥狄斯根本没法安静入睡，它偶尔会感到很难受，这些天几乎没有合眼，即使是闭上眼睛休息，也完全不能陷入正常的睡眠。

在小熊睡觉的时候，它要么安静地抱着小熊，要么帮小熊清理毛发。这些天没有海水的浸润，毛发总是很容易脏。

不同于它已经是一只成年北极熊，会受到春季的影响，小熊显然年纪还小，没有这样的困扰。

长时间的不进食使得两只北极熊对水分产生了迫切的需求，等小熊醒了之后，他们到外面去吃新鲜的雪。

乔七夕很珍惜这来之不易的放风时间，非常幸运的是，他们在山顶上看到了日出。

没有风雪的极地天空终于明亮起来，暖暖的阳光照在身上，舒服极了，就连许久没有见到阳光的奥狄斯仿佛也喜欢这样的天气。

有了亮堂的阳光，乔七夕一不小心就看到奥狄斯的眼眸布满血丝。在阳光下，对方用脸庞靠着岩石，眯着眼睛的样子有些疲惫。难得的阳光下，这只北极熊轻轻地蹭着岩石，在给自己挠痒痒。

乔七夕不想打扰对方，他希望奥狄斯能睡一觉。

如他所愿，在这种舒服的环境下，奥狄斯缓缓地合上了眼睛。

进入春季以来的第一次真正的沉睡，奥狄斯睡了四五个小时。虽然时间不长，可是给它的身心带来了非常舒适的体验。

看见奥狄斯醒了之后也是慵懒的，乔七夕非常兴奋地叼来自己的小桶，嗷嗷地传递着一个信息：奥狄斯，下山吗？

奥狄斯和小熊对视了一眼，眨了两下眼睛，没有回答。

装死不回答是什么意思？

两岁半的亚历山大知道，就是不想下山的意思。

"呜呜噫噫——"亚历山大松嘴把小桶扔掉，扑过去假哭撒娇：饿了嘛，下山吃海豹嘛。奥狄斯不觉得我身上的肥肉变少了吗？这样搂着舒服吗？

被小熊扑了个满怀，奥狄斯肉眼可见的心情愉悦。它这次选择用行动来表达高兴，比如连拖带拽地将小熊带回窝里。

远处的摄像头清晰地拍下了奥狄斯撵小熊回窝的视频。这两只雄性北极熊，一路上可谓是拉拉扯扯。

"奥狄斯真霸道，小熊明明不想回窝里……"

## 第三十七章

风雪稍停的一个上午,澄净的蓝天完全亮了起来,这意味着从现在到九月都不会再有黑夜。

外面的风声渐消,小窝里的两只北极熊睡了一个美美的长觉。

得益于奥狄斯的心疼,乔小熊第一次来山顶度过春季,停留的时间并不长,因为他不经饿,总想吃东西。别的北极熊都经得住断食,但是他经不住。当然了,乔七夕觉得上来晃一圈就走,并不是自己的锅,毕竟奥狄斯也消瘦了一点儿,应该也挺想吃东西的。既然如此,何不早点儿下山吃大餐呢?

确实,短短的一个繁殖期,目测奥狄斯足足瘦了两百斤,这是个相当恐怖的数字。乔七夕不知道别的北极熊怎么样,但他觉得奥狄斯的应激反应太可怕了。如果再不回到冰面上去,它这个春天可能要瘦个五百斤。

其实他知道,奥狄斯体重猛减并不完全是饿肚子的原因,饿肚子才不会瘦得这么快。因为他也瘦了,不过只瘦了五至十斤。

奥狄斯体重骤减,明明就是因为没有伴侣的陪伴,自己自讨苦吃。

真正的罪魁祸首——给奥狄斯拖后腿的小熊,这会儿打着小鼾,睡颜倒是一脸无辜。

悠悠睡醒之后，被奥狄斯"告知"要下山的消息，乔七夕马上就一个鲤鱼打挺，起来去叼小黄。

藏在远处镜头后面的工作人员看到两只北极熊出来后竟然往山下走，一时觉得很奇怪，因此产生了各种猜想。是这座山头亚历山大不喜欢了？奥狄斯去为他找别的更可爱的山头？似乎没有一个人猜测奥狄斯和亚历山大要回海冰上抓海豹。

不过很快人们就知道了，原来两只北极熊的目的地是冰面，这真是出乎意料。他们惊讶之余想了想，就觉得很可爱。肯定是亚历山大饿了，缠着奥狄斯念叨"海豹海豹海豹"，无限循环。奥狄斯不胜其烦，只好心软答应。

虽然很可惜，不过他们还是很欣赏奥狄斯的风度。事实摆在眼前，小熊才两岁半，肯屁颠屁颠地陪着奥狄斯上山顶就不错了，已经很让人刮目相看。

绅士稳重的奥狄斯大概也是这么想的，因此挑了个阳光明媚的天气，领着想念海豹的亚历山大下了山。

摄影师在两只北极熊原路返回的路上拍摄了很多照片。

极昼的阳光下，亚历山大的毛发和雪一样白，眼睛大而浑圆。这是一张角度完美的正面照，可爱得令人心颤。

这只线条圆润的大汤圆和能装二十升的大黄桶一起入镜的时候，两者形成鲜明的色彩对比，再加上蓝色的天空作为背景，唯有赏心悦目四个字可以形容这幅画面。

对比一下一岁多的照片，可爱的亚历山大五官已经长开了。眉宇之间虽然还是很可爱，但看起来多了几分英气，不难看出以后也会是一只非常霸气的北极熊。

时间过得真快，人们都有些感慨，有些舍不得亚历山大太快长大呢。

这次拍摄的照片中，当然也有很多和奥狄斯的合影，好吧，或者说

几乎每一张都有奥狄斯，两只北极熊几乎形影不离。

但是这块春意盎然的陆地上并不是只有美好的一幕，带崽的雌性北极熊可能最不喜欢春季，这个季节的它们会受到雄性北极熊的追赶。雄性北极熊试图对小熊下毒手，因此熊妈妈们只能带着小熊东躲西藏。

不是每一只熊妈妈都能躲过，有时候战斗在所难免。

回程的路上，乔七夕忽然嗅到血腥味。本来之前他没太当回事，只要不是海豹的味道，都引不起他的兴趣。可是他忽然想到，会不会是有北极熊受伤了？

他看了一眼奥狄斯，这只感官比他敏锐的北极熊肯定早已察觉到了，只不过对方什么反应都没有，仍然带着他往海冰的方向走去。奥狄斯步伐坚定，似乎没有什么可以拦住它。

是，乔七夕承认吃饭很重要，可是路见不平拔刀相助也很重要。试想，如果当初倒下的奥狄斯没有被人类发现，那么奥狄斯已经不存在了。

无法安心离开的乔七夕扭头咬了奥狄斯的大腿一口："嗷。"然后转头向另一个方向走去。

奥狄斯拿他没办法，只能跟着他。它看对方的神态已经知道，小熊要去看热闹。

和乔七夕一样的北极熊还有几只，毕竟它们是一群好奇心极重的动物。

乔七夕和奥狄斯赶过去的时候，那只受伤的母熊身边已经围拢了两只北极熊，它们并没有伤害瑟瑟发抖的小熊。

十分幸运，乔七夕他们身后有摄影团队随行，这边北极熊受伤倒地的情况很快就被人们发现。

"有北极熊受伤了。"人们立刻向救助站申请直升机出动。

在救助站的直升机到来之前，围拢在附近的北极熊们都没有离开，看来想要保护母熊和小熊的北极熊并不只有亚历山大和奥狄斯。

这一幕让人感动，就像人类社会一样，虽然有坏人，但有更多好

人。北极熊的社会也是一样的，它们其中不乏温柔善良的熊。

救援队伍到来之后真有些不敢靠近。

"噢，下面围着一群北极熊。"工作人员露出一个无奈的笑脸。

"看到了。"数量确实挺吓人的。

但这个世界上从来都不缺猛人，规划一下之后，他们还是靠近了。

先检查母熊的伤口，接着将其带回救助站疗养。小熊还太小，也一并被抱了回去。

在此期间，人们一直对围观的北极熊们提心吊胆，希望这群好奇心重的家伙只是看热闹，不要对他们发起攻击才好。

目睹那一对熊母子被带走了，围观的北极熊也散了。

起到重要作用的亚历山大和奥狄斯重新赶路，就像做好事不留名的雷锋叔叔。

摄影小组拍完两只北极熊回程的一组照片，就算完成了这次的记录任务，他们接下来会去拍摄其他北极熊上山的过程。

一个小组的任务绝非只跟踪一对北极熊，当奥狄斯和亚历山大选择下山，他们也就只能将目标瞄上第二对。

"阿嚏！"小熊在路上打了个喷嚏，惊动了奥狄斯回头看着他。

个头已经很高的大宝宝皱了皱鼻子，表示自己没事，只是鼻子有点儿痒。

说来挺有趣，他们上岸的时候，很多北极熊还没上岸；他们往回走的时候，大多数北极熊又还在山上逗留。北极熊版春运的高峰，就这么被他们避了过去。

由于在路上肚子饿，思考能力难免下降。乔七夕自然没有太多心思去管奥狄斯，不知道现在的它还会不会难受。

直到回到海冰上吃到了第一顿饱饭，思考能力回笼，小熊才有空儿想，春季还没过去吧？

刚吃饱的小熊蹲在冰面上一边舔爪子，一边转着圆溜溜的眼睛瞄向奥狄斯。

奥狄斯还在吃，不过吃得并不怎么专心，因为它的注意力始终有一部分放在小熊身上。

也许是发现对方盯着自己，奥狄斯停了片刻，看到没什么事情之后选择继续吃。

体重减了两百斤的奥狄斯，回到冰面上之后开始疯狂狩猎。也许是为了尽快补充消耗的能量，不过更多的是在发泄蕴藏在体内过于旺盛的精力。

看多了奥狄斯抓海豹，小熊也有了心得。只能说他的条件真的是相当好，可以跟着奥狄斯慢慢学，而不是为了生存匆匆忙忙地养成不太全面的狩猎习惯。

最近极圈的天气都很好，一个晴朗的中午，乔七夕无聊地打着盹儿。旁边奥狄斯正在睡午觉，睡得还挺沉，大概是因为连续两天没有睡觉了。

乔七夕想了想，起身偷偷离开了，他要出去展示身手。

春季的海豹们更加放松，因为这时候的海冰上少了很多北极熊，没有危险的环境会让海豹放松警惕。

乔七夕游走在冰面上，发现这个事实对他来说是一件好事。

几个月前，狩猎对于乔七夕来说还是个难题，一直悬在他的头顶上，不能说乔七夕不焦虑。

随着时间的积累，有些东西自然而然就有了明显变化。比如，他走在冰面上的姿态、气场等。

尽管做不到像奥狄斯那样冷静敏捷，但经过几次调整，这只被过分溺爱的小北极熊还是狩猎成功了。

虽然首杀来得有些晚，但厚积薄发，很有质量。

乔七夕之前还带着奶气的眉宇，从他捕猎到第一只海豹开始，也染上了杀气。就是拖拽一只海豹回去对他来说有点儿累，毕竟他这一身肥肉，一看就知道是爆发型选手，而不是耐力型选手。好在奥狄斯醒来之后没有看见他，就叼着小黄桶赶了过来。

看见地上躺着的海豹，奥狄斯走到小熊面前，低头舔舐干净对方沾在脸蛋上的血迹。

乔七夕舔了舔自己的嘴巴，心想：弄这么干净干吗？一会儿吃饭还不是会弄得满脸都是。

面对小熊的劳动成果，奥狄斯没有拒绝。它欣然地咬开海豹皮，大口大口地吃起来。

又到了夏季前储存脂肪的关键时期，这两个月以内他们要吃很多海豹。

看着奥狄斯吃自己狩猎到的食物，乔七夕心里美滋滋的，喂养奥狄斯的伟大理想终于实现了一小步。

论坛上同步更新了最新状况：亚历山大上了一趟雪山回来之后终于学会狩猎了。

——这个标题，哈哈哈。
——说明在山上的那段时间，孩子饿惨了。
——我想的更多，难道不是亚历山大想要尽快独立吗？
——楼上莫非在暗示什么？
——独立是件好事，恭喜亚历山大。

独立确实是一件好事。随着年龄渐长，小熊的胃口不可能十年如一日，他会吃得越来越多，光靠奥狄斯一只熊捕猎是不够的。

半大小子吃穷老子，母熊在小熊长到一定的年龄之后将其赶走，也是因为食物紧缺。

小熊学会捕猎无疑减轻了奥狄斯的负担，虽然奥狄斯可能并不在乎，它还是像以前一样努力投喂小熊。

为了增加经验，亚历山大有时候会饱着肚子去狩猎海豹，然后对着狩猎上来的海豹打饱嗝。本宝宝还没饿呢，给奥狄斯吃！

但小熊也并非时时刻刻都在狩猎，懒惰和玩心重是熊的天性，睡觉

和玩耍也很爽。天气好的时候，小熊喜欢在海冰漂浮的海水里仰泳，这个姿势他刚刚学会。

他发现自己往水面上一躺就自动浮了起来，然后用小胖腿踹一脚冰层，整只熊就漂出去老远。遇到下一块冰再踹一脚，半自助游泳，快乐似神仙！

冰的玩法还有很多。有一些冰块会在水里形成一个巨大的冰球，这是他们走路的时候发现的，踩上去可真是锻炼平衡能力。

奥狄斯毫无压力，可以轻易从上面通过，然后抵达另一块冰层。

乔七夕踩上去之后，冰球一直打转。他也只能跟着冰球打转的速度向前走，就像在耍杂技一样。别说，还挺有趣。

赶路进度停滞不前，奥狄斯也不催促。它看着玩心重的小熊，在一旁耐心地等待。

惯性会让冰球转得越来越快。玩了一会儿后，冰球上的小熊开始有点儿手忙脚乱，跟不上速度了。

"呜呜噫噫。"小熊求助般看着奥狄斯。

奥狄斯也无能为力，只能在旁边干着急。

刚刚晒干了毛发，小熊不想再次落水。他冒险蹬腿一跃，大半个身子落在冰层上，有一条腿还是泡了海水。

乔七夕连忙爬上岸，甩了甩湿答答的后腿。还好还好，只是湿了一条腿，他还可以接受。

奥狄斯蹭了蹭小熊，转身领着对方继续行走。

天空中一种体形娇小的白色海鸟看见北极熊来了，纷纷落在附近的冰上。聪明的它们知道，要是这两只北极熊在这里狩猎，它们就可以吃顿饱的。很可惜这两只北极熊只是经过此地，他们现在并不饿。目前，他们已经行走了一天甚至更长时间，现在要找一个更适合的地点用来休息。

小熊长大了，已经不适合像小时候那样被奥狄斯完全包裹在怀里睡觉。

奥狄斯却好像不是那么适应，好几次它仍然试图将小熊完全搂在怀里。然而这只小熊数月来长得很快，现在太大一只了，抱在怀中不是露头就是露脚。而且双方都不舒服，一个会被顶住胸口，一个会被压得慌，因为空间太小啦。

乔七夕想说："咱们快点儿接受现实吧，奥狄斯。"

试了几次之后，奥狄斯似乎终于接受了现实，从以前的抱在怀里睡，变成了排成一排依偎着睡。

别说奥狄斯有点儿不适应，乔七夕也有点儿不适应。从前他可以肆无忌惮地趴在奥狄斯的肚皮上玩耍，一点儿也不用担心压坏奥狄斯。

可是现在不行，肚皮不能趴，背也不能直接踩过去，他闲着就在奥狄斯身上跑酷已经成为历史。

不过，奥狄斯的态度始终是一样的，丝毫没有因为小熊学会了自己狩猎、自己睡觉，就不疼他了。

## 第三十八章

这天吃完午饭，小熊贱兮兮地撩拨奥狄斯和他打架。

奥狄斯刚吃饱饭，爪子还在清理，并不知道"危险"已经悄悄向它靠近。

小熊冷不丁地一口咬向强壮的奥狄斯，见对方没有动静，又换个地方咬了一口。

五次一过，奥狄斯就站起来挪了一个位置，用屁股对着小熊继续清理毛发。

奥狄斯选手不想应战啊，乔七夕腹诽。

小熊选手没有放弃，调整了一下姿势，继续不依不饶地骚扰奥狄斯。

奥狄斯舔完最后一个坚硬锋利的黑色爪钩，嘴里溢出几声低低的警告声，听起来似乎带着点儿嫌弃的意味。这不是没有原因的，因为小熊爱玩又爱哭，相当玩不起。

不过这也不是全部的原因，真正的原因可能是奥狄斯害怕自己没控制好力道，伤到对方。

乔七夕见它不愿意跟自己决斗，想想就算了。

生活在一起久了，乔七夕就发现奥狄斯挺坏，也会有耍性子和故意欺负他的时候。比如，螳螂捕蝉黄雀在后，就是故意在他狩猎的时候横插一脚，让本来应该被他得手的猎物变成奥狄斯自己的战利品。

此种做法很气人好吗？每当这时候，乔七夕就会牙痒痒地想，算了算了，不生气，你抓到的又怎么样呢？还不是要乖乖地叼到我面前求我吃。

还有啊，一起睡觉的时候爪子谁上谁下，这是个很重要的问题。

奥狄斯明明知道他喜欢撒泼耍赖还小心眼，却总喜欢把爪子放在上面，每次他放上来又被奥狄斯压下去。很快，很狠，很准，充满了对着干的意味，连掩饰都不屑掩饰。

啊啊啊！每次都要小熊发出凶狠的咆哮，哭唧唧地表示自己生气了，很生气！奥狄斯才不会跟他对着干了。

还有呢，偶尔为了报复，小熊也会壮着熊胆截和一下奥狄斯的猎物。这件事要含着泪控诉才有味道，假如截和成功抓到了猎物，奥狄斯就会一块一块撕咬下来，追着往死里喂，让小熊自己全部吃掉。包括肥肉，这是最关键的。恐怖不恐怖？很恐怖。所以截和什么的，乔七夕就试过一次而已，不敢有第二次。好处就是，下次奥狄斯再截和，乔七夕也找到了报复对方的法子，不外乎就是以其"熊"之道还治其"熊"之身。

那一天，无人机就拍到，苍茫的北极大陆上，亚历山大叼着肉满地追赶奥狄斯，还不时发出阵阵凶狠的咆哮声。

他们也不知道发生了什么事，他们也不敢问，就怕深究下去，发现只是两只北极熊的日常玩耍。

事实证明他们猜对了，搁其他北极熊身上，怎么着也不可能出现谁叼着肉去硬喂一只强壮的雄性。

吐槽归吐槽，小熊还是很喜欢奥狄斯的。奥狄斯对他很好，也不是真的欺负他。乔七夕其实很喜欢偶尔露出孩子气的奥狄斯，这说明奥狄斯已经不再需要时时刻刻保持警惕和强大，也说明自己真的长大了，奥狄斯偶尔也会把他当成平等的同龄熊对待。

当然，这个偶尔是真的非常偶尔，出现的概率很小，乔七夕觉得自己还得继续努力。

打打闹闹、吃吃饭的北极生活仍然平平淡淡地继续着，看似所有都一成不变，连海豹的种类常年都是吃那一种，其实还是有些变化的。无论是小熊还是奥狄斯，抑或身边的环境，每一天都在悄悄地变化。

想到北极熊的寿命只有三十年，乔七夕就非常珍惜每一天。能多吃一口肉，他绝对不会少吃一口；能多抱抱奥狄斯，他就绝对不会吝啬。

两只北极熊的艰辛生活中也透着温馨，一天接着一天吃吃喝喝，除了下一顿饭之外什么都不用考虑，更没有感情纠葛和矛盾。这一点主要是因为不会说话，所以就不用吵架吧。

日子倒也过得挺快，乔七夕两岁半到四岁半的时间，晃晃悠悠，不紧不慢，一不留神就成了过去时。

他这两年过得还挺忙，主要是学习生存技能，掌握来回的航线，争当北极模范独立熊。虽然学了这些也不一定能独立，但是不学的话就一定不能独立。

学，当然是要认真学。万一哪一天和奥狄斯分开了，凭他的英俊和洁白，以及一身过硬的本事，想要自己生存也很容易。

奥狄斯好惨，永远也不会知道自己的小熊心里曾经有过这样的想法。

不是，乔七夕只是随便想想，他可一点儿都不想和奥狄斯分开。

乔七夕站在水边的岩石上，看了一眼倒映在水面上高大健壮的自己，似乎并不觉得一千多斤的自己自称可爱的小熊有什么不对。

四岁半的他体重已经增长到六百公斤左右，比当初在救助站的奥狄斯稍微小一号，不过放在同龄熊中体格中上，算是个佼佼者。

长大后的乔七夕仍然是胖乎乎的。万幸，动物界里谁胖了都可爱，就连找对象也喜欢找更胖的，那说明对方不缺吃喝，有足够的能力捕猎。

身在北极圈，乔七夕摆脱的焦虑又多了一种——肌肉焦虑。

这两年，奥狄斯的体重也在稳步增长。除了体重上的变化，性格上似乎没有什么变化。这是动物的常态，当它们度过了成长期，塑造完毕自己的社会化形象之后，就会一直延续到老年。即便有变化，也只是细微的变化。

两年来，奥狄斯只是气场更强大霸气了一点儿，整只熊看起来更加内敛了一点儿，仅此而已。其他方面都很平稳，包括对小熊的感情。奥狄斯这个冷静的家伙，三年如一日般对小熊疼爱有加。

一个客观的事实就是，乔七夕和奥狄斯联手，大概可以称为北极大陆的最强战力，这是其他雄性北极熊所不具备的优势。

值得一说的还有一件事，乔七夕长大之后，他钟爱的小黄桶因口径太小，很遗憾现在已经无法很合适地戴在头上。不过乔七夕并没有丢弃它，他仍然表现得很喜欢。

粉丝表示愿意出资，购买一个口径适合的桶送给亚历山大当礼物。研究站连忙表示没有必要，并且亚历山大也不一定会喜欢，此事才就此作罢。

是的，乔七夕当年从海里把小黄桶捞起来，使得海洋中少了一件海洋垃圾，自己也多了一件财产，两全其美。假如专门赠送，则大可不必。

迷糊中的小熊听见咔咔咔的动静，就醒来快速地跑到水边，等着欣赏一种壮观的自然景观——推冰。

水面上那层不太坚固的冰层受到了大浪潮的推送，海面上一个大浪的力度之大，直接将这层冰给推到坚固的冰层上，形成各种各样锋利诡异的形状，就像一座座水晶，迎着太阳折射出光芒。

其实乔七夕每年都看，仍然百看不腻。一有动静他就出来了，像一个等待放电影的孩子。

奥狄斯对这个显得没有什么兴趣。如果刚好醒着，它会跟着乔七夕一起过来，反正对它而言在哪里都一样。如果是在睡觉，那就起来换个地方继续睡。

只不过推冰的动静有点儿吵，奥狄斯只能趴在冰山上闭目养神，做不到真正入眠。

奥狄斯虽然知道小熊已经不会再遇到危险，但长久以来的习惯似乎

深刻地烙在它的脑海里。目前为止,它仍然坚持待在小熊方圆二十米以内,视线不离开对方,除非小熊偷偷出去狩猎。

比如现在,乔七夕美滋滋地看完壮观的海上大场面,准备去猎一只海豹。他看了看趴在冰山上打盹儿的巨大身影,没有惊动它,轻轻地走了。

然而走了没有多久,乔七夕偶尔回头瞟了一眼,就看到那只大家伙正睡眼惺忪地跟着自己,看起来根本是还没睡醒的样子。

乔七夕多少是有些无奈的,奥狄斯什么都好,除了有点儿黏熊。

走了一段路,奥狄斯就清醒了过来,双眸恢复锐利。它追上小熊的脚步之后,则瞬间变得柔和起来,轻快地蹭了蹭对方,然后把狩猎的责任揽到自己身上。

乔七夕就知道,今天自己又不用干活了,又是当花瓶和啦啦队的一天。

不是他说,总是这样很不好,虽然他知道奥狄斯养得起他,不至于负担太重,并且非常乐意投喂他。

坚定地认为自己心态仍然很年轻的乔小熊,用自己那已经非常可观的毛茸茸的屁股撞了撞奥狄斯毛茸茸的屁股。

嘿嘿,去狩猎咯。

奥狄斯历来冷静持重,平时不会因为小熊的调皮就有什么反应。它在太阳光下的瞳孔只是放大了一些,不过仍然没有什么举动。当然了,它瞟了一眼一旁的小熊。

乔七夕老实地待了片刻,走着走着,他又盯上了奥狄斯的尾巴。

北极熊的尾巴很短,只有十厘米左右,形状像极了兔子尾巴,看起来无比可爱。

最近乔七夕很老实,已经很久没有拽过奥狄斯的尾巴了。

这一次奥狄斯没有忍耐,它终究还是睁圆了眼睛,和乔七夕在冰面上追追打打起来。

"呜呜噫噫——"乔七夕再一次对北极群众展示了什么叫作爱玩又爱哭。

压在小熊身上的奥狄斯可能挺闹心,就这样放过对方,显然有点儿不甘心。

僵持了片刻,最终奥狄斯妥协,它轻轻地轮流咬了咬小熊的两只耳朵,放过了对方。

乔七夕十分不理解奥狄斯的癖好,喜欢咬耳朵就咬耳朵,为什么要轮流咬来咬去。

嬉闹玩笑告一段落,两只北极熊都感到肚子饿了,他们终于想起来要将之前的捕猎计划进行到底。

话说"冲突"发生之前,嗅觉敏锐的他们都已经嗅到了附近的海豹,就在不远处,等着他们去相会。

现在他们各自抻长脖子再嗅一嗅,空气中别说海豹的味道了,连海豹粪便的味道都没有,显然那一只闻起来肥美的海豹已经溜走了。

乔小熊踹了一脚奥狄斯:"嗷嗷!"都怪你。

奥狄斯望了望四周,终究还是没有搜寻到海豹的气味,看来那只海豹的确不见了。从嬉闹中平静下来的它,耷拉着眉头,看起来失望地舔了舔嘴。

乔七夕选择了一个方向继续走去,他的第六感告诉他,这边应该会有海豹的踪影。

奥狄斯信步跟上了小熊,看起来它今天非要截和小熊的猎物不可。

乔小熊的直觉很准,约莫走了三公里,他再次嗅到了海豹的气味,跟在他身边的奥狄斯自然也嗅到了。

乔七夕心里一动,奥狄斯不会是又想截和自己的猎物吧?那不行,爪子都快生锈的他,用自己胖胖的身体拦在奥狄斯身前,不许对方再前进,不许抢他的猎物。

被拦住的奥狄斯见状绕道走。

"呜呜噫噫——"小熊哭唧唧地拦在它面前,丝毫不讲道理。

奥狄斯无可奈何。

乔七夕把小黄桶放在它面前,让它负责看桶。

## 第三十九章

一只普普通通的塑料桶，封印住了八百多公斤的硕大北极熊。要不是乔七夕亲眼所见，他都不敢相信。不过奥狄斯确实妥协了，乔七夕接连三次回头，都看见奥狄斯乖乖地守在桶旁边。

乔七夕暗笑不已，同时心生温暖，因为他知道封印住奥狄斯的不是小黄桶，而是自己。

不管在哪一种动物眼里，狩猎一定是一件危险的事情，可能会受伤流血，也可能会一去不回。

乔七夕当着奥狄斯的面独自去狩猎，无疑是在给奥狄斯传递一个信息：我要一只熊独自去冲锋陷阵，而且可能一去不回，但你不可以跟着我，否则我会生气不理你。所以奥狄斯的心情不可能平静，只是对方强烈要求，它不得不答应而已。

身形巨大的北极熊看似平静地注视着小熊离开，它的心里可能正在经历豁出去惹对方生气还是纵容对方任性的拉锯战。

最终它仍然没有什么动作，应该是不想惹小熊生气的想法占了上风。

彻底离开了奥狄斯的视线范围，心里戚戚然的乔七夕若有所感，似

乎能察觉到奥狄斯的担忧。所以他决定速战速决，尽快带着猎物回去安抚那只有小情绪的大家伙。

乔七夕回去之前想过奥狄斯可能会不开心，普通的那种不开心。但他没想到，嗅到血腥味就立刻赶过来的奥狄斯，眼白看起来有些泛红，浑身上下也散发着浓浓的担忧气息。啊，情况似乎有点儿严重。

奥狄斯平时很内敛的，很少出现比较大的情绪变化。但某只小熊很有自知之明地想，每一次似乎都和自己有关。

"呜呜。"乔七夕丢下猎物，飞奔过去抱了抱奥狄斯，赶紧安慰对方一下。

蹭就不蹭了，刚刚猎杀了一只海豹的他嘴脸都是血迹。

然而奥狄斯并不介意，它侧过头细心地帮这只体格快赶上自己的小熊舔舐血迹。直到将小熊舔舐干净，它的情绪才平复下来。

动物的情绪都是来得快去得也快，看见小熊平安无事，奥狄斯就享用起了地上的那只环斑海豹，丝毫不客气。

乔七夕也吃，同时他在想，看来奥狄斯真的很反对自己去捕猎，甚至情绪波动很大，这样对身体非常不好。

好吧，那以后就少折磨奥狄斯的小心脏。

事实上，北极熊的心脏并不小。像奥狄斯这么巨大的身形，它的心脏体积应该也有人类的头颅那么大。

从这天之后，乔七夕就非常老实，不再背着奥狄斯出去捕猎了。

所以这段时间里，奥狄斯的心情都很阳光明媚。它不能看着小熊离开自己的视线独自去捕猎，但是可以接受小熊和自己一起捕猎。它出力，小熊围观。

乔小熊表示反对，什么啊，明明是三七开。

这样的分工配比很合适，不至于让奥狄斯太累，也不至于让乔七夕的利爪变废。

感觉磨合进度又增进了一点点呢，成为灵魂搭档指日可待。

今年夏季的南迁，乔七夕从奥狄斯手中靠撒娇拿到了主导权。整个

过程由他带路，看看在这条航线上来回了这么多遍的他有没有从废铁变成青铜。

游泳不同于捕猎，奥狄斯似乎并不担心，因为它时时刻刻都跟在小熊身边，如果有状况发生，可以及时纠正。

无人机也拍摄到了今年两只北极熊南迁的情况。噢，发现今年竟然是亚历山大带路，他们都很吃惊。

以"今夏由亚历山大带路南迁"为标题的帖子引起了一轮新的讨论。

——啪啪啪鼓掌，遥祝奥狄斯不要被带到鲨鱼出没的海域。

——真的吗？亚历山大有出息了，今年竟然能当领头熊？

——奥狄斯好宠爱，这种大事竟然放心交给亚历山大这个坑货。

——我还记得去年夏季那个亚历山大把奥狄斯带到狼窝里的恐怖故事。

——没事吧，一直在身边守着呢，有问题奥狄斯会纠正的。

——支持一个，亚历山大早该知道航线怎么游，我觉得奥狄斯做得对。

——奥狄斯粉丝快忏悔，亚历山大快五岁才尝试带路，我不觉得奥狄斯有什么好吹的。

海面上，背负着很多桩"罪"的奥狄斯紧紧地跟着小熊。当对方的判断偏离航线的时候，它所选择的方式不是纠正，而是停下来不再继续跟随。

坑货亚历山大知道自己带偏了方向，羞愧的同时迅速游回来，重新选择方向。

记不得路这件事还真不能怪乔七夕，尽管他来回了这么多趟，但他还是会怀疑自己记的对不对，会有犹豫和选择困难症。纯正的野生北极熊就不存在这种困扰，它们对自己的判断相当坚信不疑，并且很少出现错误。

回到奥狄斯身边，奥狄斯也没有因此取笑他，反而蹭了蹭情绪不高的小熊，鼓励他再次出发。

乔七夕回蹭了奥狄斯，其实讨熊厌的无人机才是他郁闷的原因。抬眼看了看上方，他可太想把这玩意儿送回老家，只不过做不到。

有两副面孔的小熊只能呜呜呜地祈求，请把我游错方向的记录删掉吧，求求你们了。

乔七夕的卑微祈求并没有换来工作人员的怜悯，他在这次南迁中的表现被反反复复地观看了无数次。最过分的是，乔七夕游错方向然后被奥狄斯纠正的镜头被人们冷血无情地剪辑下来。一共八次错误，被做成了一段长达五分钟的视频。

不久之后，这段视频成了有关亚历山大点击量最高的作品。

乔七夕想说你们不对劲。

疼爱小熊的奥狄斯还是那样淡定，仿佛小熊游错八次并不值得它放在心上。

爬到岸上后，乔七夕甚至觉得给自己舔毛的奥狄斯看自己的目光都带着表扬。呃，乔小熊的心情不要太复杂。

话说，奥狄斯这算不算是没有对比就没有伤害？但凡来个稍微优秀一点儿的娃，一定能让奥狄斯知道它家娃究竟有多差劲。

不过南迁都结束了，乔七夕也不会再去回忆这次糟糕的初体验，反正下次还有机会。

那么问题来了，下次奥狄斯还会让自己领路吗？乔小熊娇羞地想，虽然他游错了八次，但他想奥狄斯还是会的。

这是乔七夕来到北极第四次度夏，他显得轻车熟路，成长起来的他已经知道自己接下来要面对什么。

这三年多以来也不是没有好消息。据人类的统计数据，北极圈的气候没有持续恶化，三年多以来几乎平稳。每年的海冰面积没有再减少，当然也没有再增加，这对所有依赖海冰生存的动物来说都是好事。

没有持续恶化是不幸中的万幸，即便如此，北极熊目前的生存环境也够呛。

除了第一年比较幸运，上岸没多久就遇到了搁浅的大鲸鱼，小熊和奥狄斯其余两年都是愁苦的两年，食不果腹是常有的事，但不至于饿坏身体。

他们遇到过因为饥饿倒在路上的北极熊，看起来十分可怜，画面直击心灵。但他们无能为力，只能默默地从那只北极熊的身边路过。

生命危险他们俩没有遇到，奥狄斯这两年找到的固定度夏地点可以保证基本需求。

一直被乔七夕念念不忘的小木屋，他们去年和前年没有去过，原因很简单，那个木屋的主人学精了，往后都没有再把多余的食物留在屋里。

乔七夕为此还念叨了一段时间，人类好精明啊，吃不到美味的水果罐头太可惜了。作为一只很久没有尝过甜味的北极熊，乔七夕在梦里才能吃到糖果，馋哭了，他猜奥狄斯也跟自己一样想吃甜的东西。

这好办，蜜蜂都喜欢在熟悉的老地方筑巢。

一千多斤的乔七夕准备路过老地方的时候去掏蜜蜂窝，而这样的老地方他几年下来已经攒了四五个，今年夏季又到了收割的时候。

其实在自然界，会这样做的不仅仅是乔七夕，动物的记忆系统非常发达，会将事件感受和地点牢牢地记忆在一起。

例如，受过伤的地方不会再去第二次，有好吃的地方会一再探索，就是这么简单直接。

奥狄斯不是一只嘴馋的北极熊，如果是自己一只熊生活，它恐怕干不出钻树林子掏蜂窝这种事情，掏蜂窝和霸气的奥狄斯太不搭了。当然现在也没有让它干，小熊得到了战利品会叼回来和它分享。

两只北极熊美美地享受了一下甜甜的味道，接下来就是不可避免的互相舔舔的戏码。

就在那一丛矮灌木的旁边，被抢的蜜蜂们仍在周围盘旋。今时不同往日，乔七夕不再害怕被蜜蜂蜇。长大后，蜜蜂根本蜇不透他的皮肤。

黏黏的蜂蜜不可避免地沾到了嘴巴和胸前，还有爪子上。然而奥狄斯舔舐着舔舐着，就顺便到了乔七夕的下腹。

乔七夕一脚掌将北极熊脸蹬开。

奥狄斯向后躲了躲，因为现在的小熊已经不是以前的小熊，如果真的被对方的脚掌蹬到了，多多少少还是会有点儿疼的。

乔七夕也发现了这个细节，不由得唏嘘。记得自己三岁以前，别说只是蹬个脚，就算百米冲刺撞过去，奥狄斯也毫不在意。

哈哈，现在怕了吧？

偶尔还是很调皮的小熊站起来向奥狄斯压过去，只见他双臂搂着奥狄斯的脖子，张嘴嗷嗷地咆哮起来，以一种标准的北极熊决斗方式发起雄性之间的挑战。

奥狄斯眯着眼睛，舔了舔小熊的脸蛋子，看起来十分怜爱自己的对手。

乔七夕自己一只熊嚎没有意思，做了几下样子就累了，从奥狄斯身上下来歇着。

在树荫下待了一会儿后，两只北极熊慢吞吞地继续赶路。

不久之后，奥狄斯把小熊带回到石头房子，教会小熊最后一课——断食。

这是成年北极熊的常规操作，每年夏季有一段时间，它们会找一个地方藏起来，不吃不喝也不排泄。

前几年的夏季，连研究人员都知道奥狄斯一直没有停止过捕猎行为。那是因为亚历山大还小，需要定时定量摄入营养才能撑过夏季。现在亚历山大已经长大了，待遇当然没有小时候好了。

乔七夕还以为他们的下一站是去捕猎白鲸呢，呜呜噫噫。

乔七夕不想睡觉，他推了推奥狄斯，为什么要跳过捕猎白鲸的环节？他还想着通过自己捕猎白鲸的飒爽英姿，来弥补海上航行的滑铁卢表现。没有捕猎白鲸的环节，丢脸丢到研究站的他怎么找回场子。

一千多斤的大汤圆贴着奥狄斯撒娇，想去捕猎白鲸，想去想去想去。

奥狄斯被拱得东歪西倒，背部紧紧地贴着大石头。这时，外面塞在缝隙里的石头啪的一声，被他们的动作撞倒了一块。

乔七夕顿时僵住，他显然忘了，凭自己现在的吨位，和奥狄斯打打闹闹不叫打打闹闹，叫地动山摇。好吧，那他轻一点儿。

"呜呜噫噫。"小熊不害臊，继续拱奥狄斯的脖子和胸口。

奥狄斯试图抱住他，虽然根本抱不拢，但宠溺的神态很到位。

"吼——"奥狄斯吼一声，警告小熊安静睡觉。

"呜呜噫噫。"想吃白鲸，想找场子，夏眠还没到时候。乔七夕想尽办法表达，让对方知道自己不想早早被安排进石头房子里睡觉。出去玩呀，抓白鲸去呀。

奥狄斯太懒惰了，是一头连吃海带都喜欢挑一捆一捆那种路边货的懒熊。

奥狄斯用宽厚的熊掌摁住撒娇小熊的脑袋，往自己的胸口上放，和小时候哄小熊睡觉的举动一样。顺便舔舔耳朵，舔两下咬一口，心情愉悦。

这样的鸡同鸭讲持续了半个小时，也不是，其实是奥狄斯在装傻，平时领会小熊的意思很快，遇到不想答应的时候就会装傻。

这是乔七夕总结出来的，他接受了奥狄斯不会带自己去抓白鲸的事实。

那还睡在一起干吗？不热得慌吗？乔七夕很懂事地滚到另一边睡觉。

由于这间石头房子的面积有限，即便他贴着墙睡，也依然和奥狄斯挨得很近。

奥狄斯小心地靠过来，找了一个舒服的位置，心满意足地贴着乔七夕酝酿睡意。

自从捡了一只小熊要抚养，奥狄斯也有很多年没有进入长时间的深眠，这跟母亲生了娃之后就开始睡眠不足是一样的道理。现在娃终于长大了，奥狄斯想睡一个沉沉的觉。

如何掌握陷入深眠的技巧？乔七夕显然还不太熟练，他醒来的时候才过去了几个小时。

奥狄斯还在睡，而且睡得相当沉，好在并不打呼噜。

乔七夕一只熊无聊地抠了抠脚，又不能出去玩，又不能出去抓白鲸，于是只能继续酝酿睡意，深眠深眠深眠。

好佩服北极熊哦，想睡一个月就睡一个月。

唉，小熊睁开圆溜溜的眼睛，实在没忍住爬起来，偷偷出去抓了两条鱼，打了打牙祭才回来继续睡。

海边的石头房子里，两只北极熊都陷入了深眠，不再出来活动。于是他俩的定位就静止不动了，这引起了研究站的注意。

他们派出小石头来了解情况。小石头再次踏入两只北极熊的地盘，在周围鬼鬼祟祟地晃了一圈。这足够了解到确切的情况，原来奥狄斯和亚历山大正在睡觉。

"亚历山大第一次在夏季深眠"，这个标题很快就引起了人们的担忧。

——以前夏天都不深眠，今年夏天怎么了？是因为食物实在太贫乏吗？

——不是的，这是北极熊的常规操作。只要身上的脂肪耗得起，这没什么。

——笑哭，大概只是因为奥狄斯懒，不想在夏季也劳碌奔波给亚历山大找食物。

——毕竟是长大了，待遇不一样了。哈哈哈，可怜的亚历

山大。

其实乔七夕觉得，自己和奥狄斯睡觉也好，因为他们身上的脂肪耗得起。岸上有限的食物就让给其他北极熊吧，反正他也吃不到。

不知道那条盛产白鲸的支流入口现在是谁在占据。两年前偶遇的熊妹妹现在怎么样了呢？

多年的北极生活丰富了乔七夕的梦，如今他的梦里已经很少出现人类的身影，反而开始更多地出现奥狄斯的身影。

俗话说，天上一天，地上一年。北极熊一觉，人间一个月。在他们睡觉期间，时间静静地飞逝。

当然也不是说深眠过程中完全没有清醒的时候，奥狄斯就醒过来两次。看看小熊还在睡，周围也没有什么威胁存在，它就舔了舔小熊的脑袋，继续沉睡。这跟带娃的母亲是一样的，有娃没娃就是不同，即使睡得再熟也会留一根神经看孩子。

刚睡下时天气炎热，两只北极熊没有贴得很紧。到了后期，极夜来临，气温下降，两只北极熊就不由自主地抱在了一起。

奥狄斯从后面抱住乔七夕，即使长大了，乔七夕抱起来还是感觉软软的。哦，因为肉多。

幸福的乔七夕一觉醒来，发现天都黑了。星星挂在天空，眼睛一样一眨一眨地看着他。

乔七夕还睡眼蒙眬时，逐渐记起自己之前的雄心壮志，好像说要揽下回程带路的重任来着。

他探头瞅了瞅外面，哎呀，水上好多雾气，这也太恐怖了吧。算了算了，只要他放弃得够快，失败就跟不上他。可是，内心有个声音说："你可以的，小熊。"觉得自己又行了的小熊一脚蹬醒奥狄斯。

"嗷——"快下雪了，咱们回老家吗？

奥狄斯慵懒地看了看外面，又抱着脑袋继续睡。

乔七夕翻译出了它的意思："这不还没下吗？"

好好好，那你再睡一会儿。

趁着奥狄斯睡懒觉，乔七夕叼着桶就去了海里。

小黄桶这些年跟着两只北极熊走南闯北，状态还是很好，质量一级棒。

乔七夕把抓到的鱼放在桶里，攒够了满满一桶，高兴地叼回石头房子。这是奥狄斯结束深眠的一个礼物，希望对方喜欢。

奥狄斯闻到鱼腥味就睁开了眼睛，出来伸了个懒腰。

收到乔七夕的礼物——满满的一桶海鱼，它注视了良久，像是在问："送给我的吗？真的吗？"蒙了的小表情太可爱了。

嗯嗯，就是送给你的，快吃一条。

经过一个多月的沉睡，他们现在肚子都很饿。奥狄斯不可能不想吃东西，不过它没有先吃那桶送给自己的海鱼，而是压向乔七夕，在沙滩上高兴地打起了滚。仿佛睡醒的第一时间食物不是最重要的，和小熊亲切地问候一顿才是最重要的。

乔·七夕明明白白地感受到了奥狄斯的热情。

高兴完之后，也还轮不到吃鱼。

奥狄斯安静下来，仔细地舔舐刚刚从海里上来的小熊。

小熊的毛发湿答答的，需要清理。一个多月没有做卫生的脆弱部位也需要清理，比如眼睛等。

奥狄斯将小熊需要细心照顾的部位舔了一遍。

一切都做完之后，没有什么可做的了。奥狄斯似乎很愉悦地看着那桶鱼，终于吃相斯文地叼起了里面的一条鱼。

它吃，乔七夕看，心情美滋滋。

"嗷。"叫声温柔的小熊心想：看到了吗？奥狄斯，其实我也和你一样强大，所以，本小熊独自去捕猎的时候也请你放心。

## 第四十章

　　分享完桶里的食物，两只北极熊都感到不满足。这很正常，海鱼只是打打牙祭，作为睡了一个多月醒来的充饥小点心而言，滋味还是很不错的。

　　这时乔七夕才打量起奥狄斯，看看对方经过这一个多月的沉睡瘦了没。

　　答案是肯定的，即使沉睡时身体的消耗降到最低，但仍然瘦了一些。这种现象在别的北极熊身上会显得更为突出，作为体重基数大的两只，他们消耗得起。

　　不过奥狄斯可能是心疼小熊变瘦了，吃了小熊送的礼物后，它抓来了更多的海鱼。

　　接下来的数日，他们在这片海湾逗留休整。然后就像往年一样，沿着海岸向适合下海的悬崖慢悠悠地走去。

　　总是那样不慌不忙的北极熊很难让人看出它们跑起来速度飞一般的快。

　　由于到处都留下了足迹，路线已经变得相当熟悉稳固，陪在身边的奥狄斯也给了乔七夕一种安全感。

毫不客气地说,他很喜欢现在的生活,除了夏季找不到太多吃的,其余都还行。

如他自己所言,尽管来时游错了八次方向,他心里仍然渴望拿下回程的领路权。只能说奥狄斯真的纵容,没有异议地继续让他游在前面。

大晚上的不会再有无人机的窥视,这意味着不会被看笑话,也意味着失去了一个一雪前耻的机会,总的来说有利有弊。

下水之后,乔七夕感觉一切都好,水温、气候、四肢划水的感觉,一切都还不错。至于天黑怕有鬼,他已经是一只成年的大北极熊了,那个坎已经迈过去了,可以克服。

也许是因为没有心理压力,又或者是运气好,乔七夕的这次回程表现得很好,只错了两次。

这有什么好自豪的啊?得亏没有无人机跟踪,否则就不是雪耻,而是增加黑历史。

哗啦一声破水的声音,在寂静的夜晚格外清晰。

已经上岸的乔七夕和奥狄斯看过去,夜色下可以看到,那是一只强壮的北极熊,体格和奥狄斯差不了多少,毛发的洁白程度也不遑多让。再仔细看看,对方有着很强大的气场和端正的外貌。

见多了消瘦邋遢的北极熊的乔七夕感到一阵欣慰。太好了,终于在夏季过后见到了比较有肉的北极熊。这说明有一部分北极熊和他们一样,在夏季的日子里也过得下去。这也许要归功于对方精壮的体格,啧啧,很不错哟,一看就是个捕猎好手。

那只被小熊偷窥的端正北极熊上了岸,用力甩了甩身上的海水,然后似乎察觉到来自附近的视线,就扭头向小熊看了过来。

它看到的当然不是一只小熊,而是一只白净可爱的亚成年雄性北极熊,身上散发出淡淡的雄性气味,和旁边那只气味浓郁充满侵略性的成年北极熊形成鲜明对比。

端正的北极熊多看了乔七夕两眼,对奥狄斯则是匆匆一眼掠过。它不喜欢奥狄斯身上强烈的攻击性,视线重新回到乔七夕身上。

有少数雄性北极熊并不排斥同性，甚至在路上偶遇还会上前示好，表示愿意和对方成为同伴。例如奥狄斯和乔七夕，也是从陌生到熟悉。

附近这只雄性北极熊有很大可能就是不排斥同性的北极熊之一。发现那只北极熊盯着乔七夕看，奥狄斯的表现十分明显，直接走到小熊身前，利用自己庞大的身躯将小熊藏起来。

不过小熊好奇心重，难得遇到个这么端正的北极熊，他兴致勃勃地探出脑袋继续看对方。殊不知他的视线也是一种示好的表现，看起来下一步就要走过去嗅探彼此的气味。如果没有奥狄斯在中间作梗的话，估计那只北极熊已经向他走过来了。

现在有奥狄斯横在中间，那只北极熊只好停在原地，试图等待对面对自己同样好奇的亚成年小熊向自己走来。

乔七夕当然不知道对方在等自己，他只是纯属好奇地看看。

一时间，冰面上三只雄性北极熊之间的气氛有些奇怪。

原本只是警惕对方伤害乔七夕的奥狄斯，缓缓眯起的眼眸忽然变得锐利起来，浑身冲着对面那只不愿离开的雄性北极熊散发出一种强烈的敌意。

被藏在身后的乔七夕很快就感受到了奥狄斯的强烈不满，不过那种强烈的不满不是针对自己，而是针对那只偶遇的北极熊。

这是为什么呢？平时奥狄斯不会这样，要是平时和别的北极熊偶遇，它都会懒洋洋地选择视而不见，除非对方主动招惹。

此时此刻，对方没有咆哮也没有攻击，只是瞅瞅而已。怎么了，奥狄斯脾气见长了，现在连瞅瞅都不行？这么狂的吗？

乔七夕不热衷于打架，他好奇地继续观战，想着奥狄斯如果真有跟对方打起来的预兆，他就提前熄个火。大家都是濒危动物，有什么好打的呢？

好在对面的那只北极熊对乔七夕似乎也不是那么执着，而且刚上岸还饿着肚子就感受到了奥狄斯散发出的战意。不想迎战的它仅仅是犹豫了片刻，然后就离开了。

直到那只北极熊离开，乔七夕也不知道具体发生了什么事。

奥狄斯带着小熊向那只北极熊离开的反方向走去。直到走得挺远，再也闻不到那只熊的气息，乔七夕才感觉奥狄斯身上的肃杀之气渐渐消失。

气性好大，难道是因为遇到了旗鼓相当的对手吗？不对吧，乔七夕回忆了一下那只北极熊，其实也算不上旗鼓相当，双方的实力差距还是挺明显的。至少乔七夕就能一眼看出来，打起来肯定是奥狄斯赢。

奥狄斯的状态回归，它又跟平时一样，亲昵地蹭了蹭小熊，然后就专心地去寻找海豹。

不知道是不是巧合，当他们在一处海冰上吃海豹的时候，那只雄性北极熊再次出现。

乔七夕投以好奇的目光，同时有些担心，刚才只是互相瞅瞅，气氛都剑拔弩张得差点儿打起来，此时此刻更加敏感。

他向奥狄斯看去。果然，奥狄斯已经停止了进食，嘴巴上仍然带着血迹的它，浑身都绷紧起来，全部注意力都集中在入侵者身上。

假如这只入侵了安全范围的北极熊只是单纯地想抢夺食物，奥狄斯通常不会很在意，顶多咆哮几声，吓跑对方就行了。

但这只目的不一样，对方的目的让奥狄斯怒意横生，强烈的不满导致它一改懒得相争的脾性，想要撕碎对方。

第一次就算了，这只北极熊不应该再来。奥狄斯丢下食物和乔七夕，掉转方向，迈着粗壮的四肢缓缓地朝那只北极熊走去。

乔七夕不希望它打架，见状就担心了起来，也放下食物跟着走了上去。

原本想去打架的奥狄斯很快就发现小熊在身后跟着自己，一瞬间它的动作犹豫了一下，磅礴的气势也骤然中断了片刻，似乎在带娃和打架之间难以抉择。

乔七夕紧贴着浑身都是怒意的奥狄斯，不许它去打架。为了阻止奥狄斯打架，又不想在那只北极熊面前露出撒娇的一面，乔小熊含蓄地咬

了咬奥狄斯的身体。不轻不重的力道，起到恰到好处的提醒。

小熊软软的身体黏黏糊糊地靠着自己，还这样啃咬自己的颈侧，奥狄斯难免以为他害怕打架，于是很快就压下了一身难以平复的战斗欲望。

从小乔七夕就知道，奥狄斯会主动避免在自己面前和别的北极熊发生冲突。这次也一样，奥狄斯很快就放弃了找麻烦，不过看起来情绪波动很大的样子，这让乔七夕替那只北极熊捏了一把冷汗。

对方究竟做了什么天怒"熊"怨的事情，竟然把平时很佛系的奥狄斯惹成这样。

乔七夕也不是很傻，仔细想了想，差不多也推敲出了事情的真相。这不免让他愣住，还有这种事？

奥狄斯是怕自己被拐走吗？

乔七夕眨了眨眼睛，觉得十分有趣，没想到北极熊也会有这么多想法。他顿时蹭了蹭身边的奥狄斯，想告诉对方，不要害怕，你才是我最喜欢北极熊伙伴，就算那只北极熊再英俊好看，也比不上在我身边陪伴多年的你。

只是奥狄斯似乎没有被安抚到，不管怎么示好，对方仍然浑身低气压。

哎呀，真是的，又不能进行对话交流，乔七夕也不知道怎么哄。算了算了，刚上岸疲惫不堪，他准备先睡一觉，不管奥狄斯了。

这里并不是休息的好地方，奥狄斯走一段路，发现小熊已经躺了下去。它的目光看起来很无奈，似乎在喊小熊起来继续赶路。

不过累归累，本来以为自己可以秒睡的乔七夕独自躺了一下，反而觉得不是很习惯。每次夜里靠着奥狄斯都会有一种安全感，否则周围空荡荡的，连条被子都没有，很难睡得着吧。

努力尝试了一段时间过后，乔七夕还是觉得躺在奥狄斯的身边更舒适。等等，奥狄斯呢？

爬起来看了看，奥狄斯还在等自己起来。娇气的小熊连忙迈着疲惫

的步伐，呜呜噫噫地走到奥狄斯身边。

他要和奥狄斯一起入睡，毛茸茸的温热触感才是王道。

又走了一段路，终于找到了适合睡觉的地方，两只北极熊心满意足地窝在雪地里。

啊，热烘烘的身体贴着自己，乔七夕的喉咙里溢出一声满足的声音。

## 第四十一章

被研究站搁置观察了两年的这两只北极熊，令人难以置信的同时也令人备感暖心，他们竟然稳稳当当地走过了三个年头。

据传回来的资料来看，奥狄斯和亚历山大已经在做过春季的准备，并且很积极。

奥狄斯的狩猎强度在近一个月来达到了前所未有的巅峰，不仅它自己吃得多，也"要求"亚历山大有多少吃多少。

这个"要求"自然是像小时候一样，强行投喂。

细数奥狄斯强迫喂食的恶行，常常让人们担心亚历山大会不会因此产生心理阴影。只能说，这真是一份有点儿撑得慌的关爱。

最近这些天奥狄斯在冰面上拼了命地狩猎。如果海豹有思想的话，估计会给它封一个称号：海豹连环变态杀手。

猎到的海豹，一部分奥狄斯自己吃了，一部分给了乔七夕。

每天进食次数之频繁，每顿的分量之恐怖，让乔七夕边吃边心发慌，因为他知道奥狄斯为什么这么疯狂。

吃完奥狄斯递过来的肉，乔七夕以为今天的活动仍然是继续抓海豹。但不是的，奥狄斯叼起他的小黄桶，无视一路上遇到的食物气味，

直直地往内陆而去。

该来的总是要来，乔七夕没有异议地跟上对方的脚步，去寻找今年落脚的雪山。

不像每年度夏那样会有固定的逗留地点，奥狄斯似乎并不喜欢在同一个地方，它喜欢找新鲜感。

而这只是乔七夕的猜测，没有遗传记忆的乔七夕就像一只天生拥有缺陷的北极熊，很多本能他都不具备。没有遗传记忆，就不知道什么时候该干什么。不过也并不遗憾，因为奥狄斯也不知道自己的小熊在想什么。

乔七夕晃晃悠悠，大摇大摆，溜达在北极这块地方，就像走在自家的后花园里那样惬意。

研究员们觉得，全北极大概也找不出一只北极熊可以和亚历山大比豪横。他们已经迫不及待地想要看看，如果有雌性北极熊闻着味儿到亚历山大面前示好，会发生什么有趣的场面。

进入内陆走了没多久，作为两只正值壮年的钻石单身熊，奥狄斯和亚历山大要精悍健硕的身材有，要强大霸气的雄性味道也有，甚至很浓郁。他们不意外地吸引来了雌性北极熊的示好。

滑稽的情况是，到来的雌性北极熊一下子看到两只英俊强壮的异性，反而不知道该如何选择，有点儿挑花了眼。

犹豫的视线在两只不同类型的异性身上转来转去，搞得乔七夕也很紧张。他内心嚓了一声，这只北极熊小姐姐不会是看上自己了吧？

那样很奇怪，他宁愿对方看上奥狄斯。反正奥狄斯冷酷无情，这几年来拒绝异性的经验已到达炉火纯青的地步，从来不会有什么负罪感。

乔七夕就不一样了，他今年刚成年，头一次意识到自己也成了北极熊婚恋市场中的一员，而且挺自信地觉得，自己的综合条件还很不错。

不要选我，不要选我……看见对方动了，乔七夕连忙加快脚步，一边埋头走一边碎碎念着。他甚至小跑着冲到了奥狄斯的前头，让奥狄斯去背负这份负罪感吧。

奥狄斯早已知道有一只雌性北极熊靠近，不过那只雌性北极熊追着乔七夕跑，嘴里还发出腻味的叫声。

事情变得复杂起来。

乔七夕惊慌失措，不是吧，是奥狄斯不够帅，身材不够好，还是他逃得不够快？这只北极熊小姐姐是什么眼神，竟然看中他这种不靠谱的选手。

不不不，我不行。

确实，有雌性北极熊略过奥狄斯，直接朝亚历山大追赶，连研究员们都觉得很意外。

说到底，这些喜爱着亚历山大的人不约而同地有着和奥狄斯一样的心理，那就是无论亚历山大是不是五百公斤，在他们眼里都还是个宝宝。

相较于人们备感意外却喜闻乐见的心态，奥狄斯的心情显然没有那么好。它一个箭步横插在雌性北极熊和自己的小熊中间，身上散发着低低的气压，伴随着威慑力十足的阵阵警告的低吼声。仿佛对方不是在跟小熊示好，而是在发起攻击一样。总之，此刻的奥狄斯表现出了被激怒一般的凶悍，甚至连眼眸都泛起了血丝。

变故来得措手不及，前一秒钟还满是粉红泡泡的雪地，忽然就变成了战场。

这只雌性北极熊脖子一缩就向后退去，看起来一副被吓得不轻的样子。因为雄性在战斗中拥有绝对优势，确实可以轻易地要了它的命。

"吼——"奥狄斯的吼声在雪地上震荡开去。

估计这只雌性北极熊从未在春季遇到过如此没有绅士风度的异性，但它无可奈何，唯有放弃自己难得看上的异性，选择离去。

在身后的乔七夕看得回不过神，心里只有一个念头，奥狄斯好凶，凶起来连他都觉得害怕。

不管奥狄斯每天赶路的心情有多么暴躁和不愉快，到了临睡前它总能调整过来。因为无论怎么阴郁和不爽，只需要乔七夕安慰就能哄得它心情明媚起来。

这次奥狄斯选择的雪山有点儿远,爬上去险些要了娇生惯养的乔小熊半条命。要知道,有时候他一天的运动量仅限于睡觉翻身,以及起来吃个饭。怎么样,够酷吧?是不是有那么点儿一代传奇北极熊的样子了。

抵达奥狄斯满意的窝时,天还是很黑。

小黄桶找个地方放好,雪山上风太大了,乔七夕找了一块石头,搁在桶里保护小黄不被风吹走。

勤快的奥狄斯正在清理他们要住的窝,他们分工合作,嗯,乔七夕负责安置小黄桶,两分钟就搞定了,剩下的时间就找个地方歇着监工。

哎呀,爬雪山好累。

他在想一件事,明年能不能不爬雪山,就在海冰上过春季不行吗?春季的海豹很肥美,留在冰面上吃海豹,难道不比千辛万苦地上山幸福吗?

搞清楚,别的北极熊去内陆是为了找对象,奥狄斯又不想。所以说,他们本来可以待在冰面上的。乔七夕这么一想,觉得奥狄斯好傻。

不过当然也能理解,这是奥狄斯的遗传记忆,觉得到了春季就应该在山顶上度过。

奥狄斯布置好了"小"窝,场地足够两只吨位很可观的北极熊活动。它看起来有些期待地凝视着乔七夕,很久才会眨一下被风吹得干涩的眼睛。开心的情绪更是肉眼可见,毕竟漂亮漆黑的眼眸里有熠熠生辉的小火苗在闪动。这让人觉得很可爱,因为这跟奥狄斯平时沉静持重的样子有些出入。

在山顶上的小窝安顿下来,时间一天天过得很快。两只北极熊不吃不喝,偶尔出去吃一点儿新下的雪补充水分。

其余时间要么是大熊陪小熊玩耍,要么是睡觉。这种不用捕猎的堕落生活,不能说不快乐。

去年这个时候,乔七夕想的是赶紧下山吃海豹,他根本不能理解奥

狄斯想留在山顶上的心情。今年他终于理解了,他没有那种迫切地想下山吃海豹的欲望,只想和奥狄斯在这里宅着,醉生梦死,两耳不闻窗外事。不知不觉间,他们待的时间已经超过了以往的每一年。

乔七夕不由得想,奥狄斯真好,第一年竟然只待了十天左右,就纵容地带他下了山。

一个多月后,奥狄斯抱着瘦了许多的乔七夕,眼神忧虑地咬了一口对方的耳朵。它温柔的眼神好像在说:"想吃海豹吗?"

今年乔七夕一直没有向奥狄斯撒娇吵着要下山,反而是奥狄斯觉得待够了。并不是说它不想和乔七夕继续待在这里,而是心中根深蒂固的观念让它仍然觉得乔七夕该进食了。

乔七夕没想到有朝一日,自己也会有被奥狄斯催着下山的经历。好吧,下山就下山,好像谁想赖在这里不想下去似的。

乔七夕赶紧从安乐窝中起来,在厚厚的雪堆里找到被遗忘了很久的小黄桶。辛苦了,小黄。

然后,他跟着温柔又理智的奥狄斯下山去了。

这时,天早已大亮。因为他们在小窝里没日没夜,才忘记了这么重要的交替时刻。

有阳光的感觉非常好,重新过回正常的生活,乔七夕才发现自己可能真的虚了,下个山都觉得好艰难啊,虽然下山的确比上山要难。

听见乔七夕在后面哼哼唧唧地坐下休息不肯走了,奥狄斯就停下来等待。

清减了许多的小熊在平地上首次尝试到了身轻如燕的滋味。想想这样也挺好的,可以避免很多因为肥胖引起的疾病,但他知道奥狄斯不会同意的。

奥狄斯这么急着催他下山,原因大概就是发现他瘦了太多。

果然,回到冰面上的奥狄斯又成了海豹连环变态杀手,状态似乎一下子从春季躁动酷哥过渡到了养崽老父亲,每天的任务就是给崽喂饭,堪称是个无情的喂饭机器。

当然也没有那么夸张，毕竟乔七夕已经不是两三岁的小熊，他也是大熊了，奥狄斯还是会适当尊重他的。比如不想吃肥肉，乔七夕誓死捍卫自己这项权利。

回到冰面上一段时间后，春季的尾巴就过去了。两只北极熊都不再受到春季的影响，他们的生活重新回到了正常的轨迹。

通常一对雌雄北极熊在初春幽会之后很快就会传来好消息，诞生新的一代。不过作为一只思想特立独行的北极熊，乔七夕没有想过关于幼崽的事情，而奥狄斯……

他看了看认真搜寻食物气味的奥狄斯，心情略微复杂地想着，这只基因优秀的大家伙，不知道有没有想过留下自己的后代。

乔七夕突然冒出一个想法，要是五至六月份南迁之前，能捡到母熊遗弃的小熊就好了，他和奥狄斯肯定能把一只小熊养活。

不过这种小熊要去哪里找，国家会分配吗？答案当然是不可能了。

最重要的问题是，奥狄斯会接受抚养一只小北极熊吗？感觉不太可能，除非那只小熊和他当初一样可爱。

不管怎么说，接下来的路途中，乔七夕总是有意无意地留意小熊的身影。遇到是遇见了几只，但是人家都有妈妈。

乔七夕内心发出了想养的呐喊，不过在现实中，他只能远远地看一看。

这算是年纪到了吗，竟然产生了想养娃的欲望。

因为他一步三回头地关注北极熊幼崽，奥狄斯发出了催促的叫声。

全神贯注的乔七夕并未理会。

这样做的后果就是感到耳朵一痛，奥狄斯咬着他的耳朵，把他的头拽了回来。

乔七夕嘶哈了一声，不明白奥狄斯为什么咬自己，而且力道比平时更大。因此，他没有当回事地继续一步三回头。小熊真可爱，嘤嘤嘤，发出想养一只的声音。

这一回奥狄斯没有咬他的耳朵，直接叼着目不转睛的乔七夕，将对方拽到看不见的地方才松口。

啊啊啊！乔七夕的后颈皮传来一阵钝痛，终于明白了什么的他无辜地瞪了瞪眼，然后乖乖地跟上了奥狄斯的脚步。

## 第四十二章

　　五至六月份，这两只醉生梦死了一段时间的北极熊在冰面上努力地捕猎投喂对方。

　　由于时间太紧迫，即便是在南迁之前，他们也没有将春季掉下去的肉养回来，这是乔七夕感到遗憾的第一件事情。第二件事就是，没有捡到小熊。

　　这就很让他闷闷不乐了，来到北极定居这么多年，也没有摸到小熊的哪怕一根毛。午夜的乔七夕越想越觉得生气，就蹬了奥狄斯一脚掌。

　　虽然得不到小熊不是奥狄斯的错，但谁让奥狄斯就在他身边，还睡得这么香。

　　奥狄斯被蹬醒了，发现是乔七夕踹的自己。它慵懒地伸了伸脖子，顺便舔舐对方的脸蛋，好像在问："怎么了？"

　　对上奥狄斯温柔的双眼，乔七夕觉得自己好无理取闹：没什么没什么，你继续睡吧。

　　奥狄斯以为小熊无聊，需要自己陪着玩耍才开心。于是即便有点儿困，它还是强撑起沉重的眼皮陪伴了一会儿。

　　它睡醒来后还要继续赶路，寻找食物。前两个月没有把乔七夕喂

胖,这个夏季似乎不能继续偷懒。

太阳很猛烈,乔七夕把小黄桶放到树荫下,以免受到阳光的直射。一转眼,小黄桶已经跟了他许多个年头,身上的颜色都不再鲜亮了,也许再过不久就会出现老化和开裂的情况。这真是让熊伤感的一件事。

不仅仅是乔七夕在担忧小黄桶,关注这对北极熊伴侣的所有人都在给予小黄桶祝福,希望它身体健康。

"真好。"科研人员通过无人机,看见两只大白熊并排漫步在沙滩上,你撞我一下,我碰你一下,不由得露出了微笑。

是啊,他们之间的感情真好。北极圈每天都在发生不愉快的故事,多年以来,能够让人们抚平坏情绪的北极圈故事,无疑是奥狄斯和亚历山大的事迹。

长久关注以来,人们已经知道,亚历山大爱撒娇,有点儿调皮,不吃肥肉;奥狄斯冷静稳重,闷骚,经不起亚历山大的撩拨。他们是对方很好的伙伴。

来到了南边的海岸,乔七夕也没有放弃捡小熊。呜呜,他做梦都在想,快来一只落单的小熊吧。真的,如果有小熊,他们家的小熊绝对是全北极圈过得最舒服的小祖宗,就像他小时候一样。

或许是乔七夕的意念太强烈,不久之后,他和奥狄斯在路上遇到了一只亚成年熊,对方看起来刚刚离开了母亲,对独自生活仍然不是那么得心应手。

乔七夕退而求其次,没有小熊,亚成年熊也行。他想问问对方,介不介意离开了母亲之后多两个父亲,他俩捕猎很厉害,可以带它飞。

结果对方看见他俩就掉头走了,显然很害怕。

乔七夕不由得挫败感倍增,难道他和奥狄斯看起来不像好熊吗?

乔七夕可不这样认为,他每天在水边照"镜子"都觉得自己可爱爆了。如果有问题,那肯定也是奥狄斯的问题。

释放出强大气息吓走了亚成年熊的奥狄斯被蹬了一脚,它无动于衷地眨了眨眼睛,不痛也不痒。

因为有奥狄斯这根不配合的搅屎棍在，乔七夕领养小熊的计划一直搁置。

到了后来他也明白了，奥狄斯不喜欢小熊，当初捡他来养，说玄乎点儿算是命中注定，这种事情一辈子只会发生一次。

既然奥狄斯不想养小熊，乔七夕也接受对方的想法，渐渐地也就掐灭了这个本来就是为了亲近小熊而产生的念头。

不养也挺好的，还省下一份口粮呢。

要说小黄桶的质量是真的好，后来的三四年都没有因老化而开裂。只是有一次不小心被乔七夕摔在礁石上，摔破了一个口子，乔七夕因此心疼了很久。

但没办法，小黄桶迟早都要谢幕，不是今年也会是明年，反正总有一年。

奥狄斯面对破了的小黄桶有点儿茫然，乔七夕则是觉得好聚好散，把小黄桶扔回海里去，让对方走完桶生的最后一段自由生涯，直到被垃圾船打捞起来为止。

当小黄桶顺着海水漂走，乔七夕听到扑通一声，奥狄斯竟然跳进了海里，游泳去追小黄桶。

乔七夕顿时就惊了，赶紧也跳下海里一起游过去。

没有多久，奥狄斯就把小黄桶叼了回来，邀功似的带回岸边，脸庞湿答答地看着乔七夕。

本来想骂它傻瓜来着，但是看到这一幕，乔七夕哪还能骂得出口，他感动还来不及呢。奥狄斯这个傻瓜，不知道这样做会让熊很多愁善感的吗？

"嗷嗷。"乔七夕上前去贴着奥狄斯，想跟奥狄斯说，小黄桶已经坏了，他们不能再带着它了，让它自由吧。

奥狄斯当然不懂什么叫自由，什么叫离别，但是当它看见乔七夕郑重地抱着小黄桶去水边，将小黄桶推出去，或许这一刻奥狄斯是懂的。

它走到乔七夕身边，和乔七夕一起目送着颜色不再鲜艳的小黄桶顺流离开。

小黄再见呀。乔七夕站起来挥了挥熊掌,才不管有没有无人机在拍摄自己,总之他要做自己想做的事情。

送走漏水的小黄桶,乔七夕有没有后悔过呢?当然有。离别后在礁石边抓海胆的时候,乔七夕一拍大腿,嘻,虽然小黄漏水,但是还可以装海胆啊。

有一说一,海胆的味道真不错,就是刺多了一点儿,稍微处理得不小心,就会刺到熊掌。

说时迟那时快,一根刺戳破了乔七夕爪缝这个最脆弱的位置,他顿时疼得龇牙咧嘴,呜呜噫噫起来。

吃货受伤在所难免。

乔七夕先把手里的海胆吃完,再去找奥狄斯。他把受伤的爪子递到奥狄斯面前:"呜呜噫噫。"

奥狄斯对着小熊的爪子就开始舔舐起来,但是舔了半天也没有找到伤口在哪儿,只尝到了一股子海胆的味道。它舔了舔嘴巴,有些无奈地看着撒娇的乔七夕。

接下来,研究站就发现北极熊家庭的成员少了一名,一直深受亚历山大喜欢的小黄桶不在了,他们猜测可能是坏了。

虽然很遗憾,但是离别似乎在所难免。

没了小黄桶,奥狄斯和乔七夕的生活还是一样的。只不过少了那抹熟悉的黄色,始终让人觉得少了点儿什么。

这么一想的话,距离乔七夕小时候,一转眼竟然已经过去了许多年呢。

每年研究站里有新进的同事,旧同事都会感慨地跟新同事说起过去的奥狄斯和亚历山大,以免有人不知道小时候的亚历山大有多么可爱。所以小黄桶不在了没关系,大家的回忆里都有它。

很长一段时间,奥狄斯的记忆里也有小黄桶。偶尔起身离开的时候,看见乔七夕没有叼着桶,它就会四处寻找。这种多年养成的习惯,适应了大半年它才改过来。

奥狄斯做的似乎不只这些，再后来它会留意海边漂来的东西，陆陆续续给乔七夕捡过皮球、小黄鸭、塑料瓶等。

乔七夕挺想留下小皮球的，因为好玩儿。可是圆溜溜的不好拿，算了算了。他玩了一下午，玩腻之后就踢回海面上去了。

都不喜欢吗？奥狄斯看起来挺失望，心里可能认为小熊只喜欢和小黄桶一样的物品。

又过了很久，一年左右吧，奥狄斯终于在海边捡到了小黄桶的替代品——一个沙滩小桶，粉粉的颜色。

看着被奥狄斯带回来的新玩意儿，乔七夕有点儿无奈，不过他还是收下了，其实心里很高兴。

小点儿挺好的，可以装两个贝壳，当宠物。

确定不是食物？

终于，无人机拍到亚历山大又叼起了小桶，这次是真的小，还是个粉色的，简直萌萌的。

粉丝们替亚历山大高兴的同时，又觉得非常遗憾，是谁说亚历山大不接受新的小桶，这不是叼上了吗？早知道他们就赠送一个。

新桶新气象，亚历山大很是高兴了一段时间。不过粉色小桶是薄薄的塑料，身体肯定没有小黄桶那么结实，甚至有可能撑不到冬季冰封期。

反正不管亚乔七夕的小桶怎么换，他和奥狄斯始终在一起。

他们家的情况，多数是奥狄斯当捕猎主力军，一直到奥狄斯二十八岁那一年，乔七夕明显感觉到奥狄斯的状态开始衰退。虽然问题不大，比起别的北极熊的二十八岁，奥狄斯仍然很强壮。

不过乔七夕才不管，他从对方二十五岁的时候就开始抢夺一家之主的位置，抢了三年终于抢到了手，以后每顿吃啥都是他说了算。

环斑海豹想要控诉："吃来吃去还不是吃我？"

一般的北极熊活到二十八岁算是高龄，身体的各方面机能已经衰

退，随时面临死亡。

奥狄斯还好，除了把更多的狩猎机会让给乔七夕，其余一切正常，甚至春季的时候还是会带着乔七夕去爬雪山。

熊老了，但心还年轻浪漫。

乔七夕想说：“呸！爬个屁的雪山，明明就是一个小雪坡，上下来回不到两个小时。”

老了就要服老，奥狄斯是想爬雪山的，也许它觉得自己还行，但乔七夕阻止了它，只允许它爬小雪坡。

奥狄斯无奈，它可能觉得乔七夕喜欢小雪坡吧，那就去吧，其实它的身体真的还很好。

乔七夕这些年明里暗里的养护不得不说起到了很大作用，当然也因为奥狄斯本身条件好，感觉奥狄斯还能再活很多年，如果食物充足的话。

乔七夕也只是比奥狄斯小了三岁左右，刚刚当上一家之主的时候他很兴奋，过了半年就开始害怕彷徨。他害怕自己守不住奥狄斯，让奥狄斯的晚年过得很凄惨。所以他每天都格外努力，尽可能地捕猎更多食物，这才能让自己有安全感。

奥狄斯在乔七夕每次捕猎成功后仔细地舔舐对方的脸蛋嘴巴，清理对方沾满了血迹的毛发，二十多年如一日。

亚历山大变成了这个北极熊家庭的捕猎主力军，科研人员自然也注意到了这个现象。他们有理由推测，奥狄斯已经无法参与捕猎，只能靠亚历山大孤军奋战。

果然是你养我小，我养你老。

他们在屏幕前面看着亚历山大走在奥狄斯前头，回头安抚奥狄斯，让对方停下，然后自己去狩猎海豹，其实他自己也属于高龄北极熊了。

这些记录让人看得心酸不已。

一年一年过去，研究站的人员换了一批又一批，有的是辞职，有的是退休。但无一例外，他们都记得奥狄斯和亚历山大，并惦记着他们的

晚年生活该如何度过。

近几年，北极新建立了一家北极熊保护区，主要是收留残疾的北极熊，以及年老无法自理的北极熊。目前，保护区中已经有十多只北极熊。

通过联系，他们表示愿意接收奥狄斯和亚历山大。

据悉，这个保护区是北极熊基金会拨款成立的，每年投入大量的钱财来维系。

而奥狄斯和亚历山大为北极熊基金会做了不少贡献，很多人因为喜欢他们两个才注意到北极熊这个群体，从而关注整个北极的生态环境。

从十多年前开始，北极的环境已经逐渐好转，至少海洋垃圾、海洋污染以及偷猎者这些方面是绝对没有了。

乔七夕和奥狄斯漫步在海岸边，通过每一年的对比，也感觉得出来他们的家园环境正在逐渐变好。

啊，看来人类的环保事业做得不错。

如果还可以再活三十年，即便生活艰辛，他们仍然想留在这一块极地大陆上，看潮起潮落，看云卷云舒。

心中怀着这种想法的乔七夕在一个懒洋洋的夏季傍晚，和奥狄斯一起中了麻醉枪。

等他们再醒来的时候，就到了北极熊保护区，呃，或者说老年休养中心。

两只在野外被"掳来"的北极熊醒来之后面面相觑，完全不知道是什么情况。

偷猎者？粉丝套麻袋？都不是。乔七夕很快就看到了穿工作服的人类，他们胸前还挂着牌子。哦，原来是保护区机构，那他就放心了。

啥叫北极熊保护区？要给他们养老吗？

乔七夕心中狂喜，要知道他刚来到这里的时候，多么希望自己可以一直待在救助站混吃混喝。

辛苦在外漂泊了二十多年，终于迎来了幸福的被养的生活吗？

乔七夕兴奋地蹬了一脚奥狄斯，圆溜溜的眼睛仿佛在说："兄弟，咱们的晚年有着落了，信我。"

奥狄斯毕竟年龄大一些，它身上的麻醉效果还没有完全过去。等它恢复精神的时候，正好到了吃饭时间。

工作人员在每天喂饭的地点投放了大量的鱼类和肉类。一群老弱病残的灰胖子陆陆续续地从四面八方赶了过来，有十几二十只的样子。

奥狄斯的神经顿时绷紧起来，直到它嗅探了一下，发现全是老弱病残，毫无威胁力可言。

乔七夕也发现了这个事实，他揣着手，心情略微复杂地想，原来这是一个老弱病残休养中心啊。

他和奥狄斯虽然沾了老，可是他俩真的还很健壮，和这里的北极熊们格格不入。这个保护区机构咋想的？应该早两年就把他们弄进来嘛，定时定点定量有饭吃，不香吗？

乔七夕扭头蹭了蹭奥狄斯，走，吃饭去。

这两只在野外都仍然算是威风凛凛的北极熊气势磅礴地结伴而来，别的北极熊都自动让开了点儿。

乔七夕朝奥狄斯挤了挤眼，然后低头叼起一大块肉，慢条斯理地吃饭，其实心里早乐开花了。

从今天开始，老弱病残休养中心的大哥非他和奥狄斯莫属。当然，他们也不会欺负旁边这些老弱病残。老年的北极熊们已经不爱打架了，又不用抢食物，又不用抢配偶，有什么可打的？它们甚至会结伴生活，每只北极熊都有自己的好朋友，吃完饭会一起出去玩耍。

乔七夕当然是和奥狄斯一起走，他们迫不及待地要去探索一下这片保护区究竟有多大。

奥狄斯也迫不及待，目前它仍然不习惯周围有太多复杂的气味。

吃饱肚子后，他们就出发了。

现在是初夏，气温并不高，地上甚至有一些薄薄的雪。

他们走了很久，渐渐地已经闻不到其他北极熊的气味了，看来这片保护区足够辽阔。

是的，的确非常辽阔，目前栖息了二十只北极熊也绰绰有余。它们平时没事的时候就可以在外面溜达，到了饭点儿可以回去吃饭，也可以不回去。

奥狄斯找到了自己满意的地盘，那是一间人工建造的小木屋。当然里面并没有食物，不过用来睡觉还是不错的。

乔七夕躺在木板上感叹，不愧是老弱病残休养中心，各种休闲设施搞得真不错。

小木屋的附近还有一个大大的湖，天然形成，里面也有鱼。

只是对于老弱病残的它们来说，捕猎比较困难，吃喂的饭不香吗？

乔七夕决定从今天开始，自己再也不捕猎了，宣布退休。

不过，他看了一眼小木屋外面，远处有一片灌木丛，咂巴咂巴嘴，偶尔上山掏一下蜜蜂窝还是可以的。

总的来说，他对这个老弱病残休养中心很满意，奥狄斯估计也很满意。

这个夏天的南迁已经让奥狄斯开始感到有些吃力，它不确定再过一两年，自己还能不能游回去。如果游不回去，那么踏上旅途的就只有乔七夕自己，它终归会被留下，留在贫瘠的大陆上等待死亡。

这个问题乔七夕早就想过了，不会的，即使奥狄斯已经老得游不过那片海，他也不会留下奥狄斯自己踏上求生的旅途。

当初他因为奥狄斯才活了下来，如果不是和奥狄斯在一起，即便活着那又有什么意思？

现在很好，他们被收留了，不用再担心晚年会在野外遭遇厄运。

生活在这种悠闲的环境中，乔七夕掐指一算，他和奥狄斯还能再活很多年。

嗯，睡醒一觉，再去探索其他地方，不知道这里有没有小雪坡可以爬？嘿嘿，等到明年开春的时候和奥狄斯再去爬一爬，感觉也很美好。

在北极的保护区里，乔七夕和奥狄斯度过了一段相当悠闲惬意的养

老时光。

直到最后，奥狄斯也没有什么疾病之类的，只是在一个下着雪的夜里，依偎在乔七夕的身边安静地去世了。

奥狄斯生前最怕热了，熊老了之后却怕冷，特别是离开之前几个月，它对乔七夕黏得很。

在雪地里打滚儿什么的，那是年轻的时候才会做的事情。最后一个冬天，它就整天和乔七夕待在小木屋里贴贴蹭蹭，好不快乐。

当乔七夕一觉醒来，发现躺在自己身边的奥狄斯已经走了。他虽然不舍得，但是也没有什么遗憾了，毕竟互相陪伴了这么久，应该满足了才对。

然而自从奥狄斯走了之后，他也变得对生活力不从心，没有多久就撑不下去了。

离开的那天也是个雪夜，和奥狄斯相隔其实没有多久。

那天晚上乔七夕半夜醒来，因为梦到了奥狄斯，他忽然特别想念奥狄斯。之前奥狄斯去世都没有爆发的情绪，在这个雪夜随着呜呜噫噫的声音爆发。

乔七夕年纪大了，心脏受不了过于沉重的悲伤。

估计奥狄斯做梦也想不到，自己守护了一辈子的娇气小熊，最后在独自思念自己的哭泣中离世。也多亏它不知道，否则应该会心疼无比。

乔七夕想过自己死后会是什么样子，自己这一世是梦吗？还会有下一世吗？

应该不会了吧，毕竟拥有两次生命已经是上天的馈赠，应该不可能有第三次的，而且就算有第三次，如果新生命里没有奥狄斯，那又有什么意思？

然而乔七夕没有想过，有没有第三次生命完全不是他自己说了算，就如同他变成北极熊一样，那么猝不及防。

亚历山大身体的各项机能停止运转之后，乔七夕并不知道自己已经离世，因为他的意识还在。

就像做梦一样，乔七夕知道了一些事情。比如，他将会拥有第三次生命，再次醒来他会成为一只草原上的狮子，而奥狄斯也会诞生在这片草原上。假如双方足够有缘分的话，他们或许还有相遇的可能。

还有这种好事？乔七夕糊涂了，搞不清楚是自己是不是太想念奥狄斯，想得精神分裂了，以至于自己杜撰出安慰自己的幻觉。

因为如果是真的也太不可思议了。可是想想，自己之前都变成北极熊了，变成狮子好像也不奇怪。

在乔七夕知道的内容里，奥狄斯就是字面意思所表达的那样，离开北极后诞生在大草原上，成了一只狮子。也就是说对方不一定会记得什么，好可惜呀。

刚刚得到好消息的乔七夕得寸进尺地想着，心情却已经从悲伤转为期待，为了那个不知真假的预言，暂且就叫它预言吧。

万一是真的呢？

# 番外

## 乔七夕的新朋友

　　祖国建立在北极的唯一考察站叫作"黄河站",位于挪威的斯匹次卑尔根群岛的新奥尔松,成立于2004年的7月。

　　作为天资不算特别聪颖的普通研究生,乔七夕十分感谢自己的学校,一所全国学子都向往的学校,不是他显摆,真的是他运气好人品爆发,最终才以吊车尾的成绩考上的。而他的专业地质学,是一个公认十分辛苦,听起来高大上,实际上只能用"作孽"两个字来形容的专业。

　　正好有这样一个机会,乔七夕能跟着前辈一起前往"黄河站"展开工作。主要研究方向是北极地区冰川和冰盖物质平衡,简称GICS,这是1996年国际北极研究规划会议提出的五个研究领域之一,时至今日仍在继续研究中。

　　乔七夕来了"黄河站"才知道,这里人才济济,自己就是来做"苦力"的小喽啰,平时跟着前辈们跑上跑下,当个长工使用。

　　但是新人嘛,都是这样过的,有这个学习机会别人还求之不得呢。他安抚安抚自己的小心脏,算了算了,来都来了。

　　没错,一开始乔七夕就是这么个吃不了苦的小青年,总抱怨外面天寒地冻,要不换个文书岗位什么的做做吧!后来,真有这么个文书工作给他做,他反倒觉得在外头野惯了更自在。

　　"黄河站"大得很,地质小分队只是占据了站内的一个小角落,除此之外还有其他科考团队驻留。反正呢,但凡来到北极搞科研的,都会

在这里落脚。

这天乔七夕刚从外边回来，累就算了，还饿得要命，他打算去食堂弄点儿吃的，再加班整理今天得到的资料。

同组的同事老胡跟他说："有新人来了，北极野生动物研究组的，今天下午刚到，咱们要不要过去改善改善伙食？"

众所周知，刚到站里的大佬最富有，每个人的行李箱里都带着可香可香的家乡特产和零食。这时候过去套近乎，可不就是改善伙食吗？

"我不去。"乔七夕年轻面嫩，不喜欢以交新朋友的方式去蹭吃蹭喝，否则他下回带过来的零食岂不是要被瓜分一空！

这样一想就危机感重重，乔七夕说："老胡，你自己去吧，我去吃食堂。"

这会儿刚过完年，食堂里到处挂着富有祖国特色的红灯笼装饰。

乔七夕穿着一件宽松的乳白色薄毛衣，是的，站内温度常年保持在二十六摄氏度左右，大部分人都选择穿短袖。乔七夕这是刚从外面回来，感觉自己被冻傻了，所以套了件长袖。

打着哈欠来到一个高大身影后面排队取餐，乔七夕听见工作人员在仔细地为对方介绍今天的菜品。于是他心里一阵嘀咕，食堂阿姨的态度真好啊，他把自己笑得像朵花儿都没得到过这种待遇。

"谢谢。"一道好听的声音。

出于好奇，乔七夕在对方取完餐转身的时候抬头看去，正好对方也在俯视，所以身高真的差挺多的，他酸了。

四目相对的瞬间，乔七夕尴尬地笑笑，然后一愣。倒不是因为对方长得过于好看，而是因为穿着连帽衫的这位帅哥，从帽子边缘露出若隐若现的银灰色头发。

乔七夕顿时在心里叫了一声，厉害啊，哪个单位的帅哥这么狂。

要知道他们单位可是连长发都不能留，大家头发一长就被催着去理发。这不是重点，重点是这里的托尼老师跟二十年前街边铺子三块钱理发的水平一样。

这名胆敢漂染头发的帅哥叫作奥狄斯，是新来的驻地工作者，在野生动物组工作。

奥狄斯转过身来，中欧混血的他有着非常深邃的蓝眼睛和野性的眉骨线条，使得整张脸的轮廓显得俊美英气，衬上足够高的身高，不免会让人觉得很有压迫感。

在碰到一名长相白净俊秀的陌生同事之后，奥狄斯立刻收敛起生人勿近的气息，礼貌地露出微笑，所以乔七夕没来得及欣赏银发帅哥冷酷的一面。

双方错身而过，零交流。

后来这个惊鸿一瞥的帅哥在站内出了名，成了众人讨论的焦点。乔七夕才知道对方就是新来的那批人之一，看来很受欢迎啊。

就连不怎么关注这些信息的乔七夕也知道对方的姓名、身高、三围，啊哈，三围划掉，并没有。只是同事们打趣，这么帅的一个帅哥来北极这个地方做科研，实在是很少见。

是的，在极地搞科研很辛苦，闲暇时间极度需要聊聊这些八卦来放松放松精神。

如果适合的话，单身的女士、男士们谈个恋爱也不是不行。

比如，和乔七夕同一批来的室友老胡就在这边找到了爱人，这才导致乔七夕一个人形单影只地出去吃饭。

今天吃饱饭打开聊天群，乔七夕扫了一眼聊天内容。咦，怎么又在聊那位银发混血帅哥。

目前乔七夕不小心收集到的信息有：那位叫作奥狄斯的帅哥的头发是天生的发色，恕他直言，这比漂染的更厉害，好酷。以及，混血帅哥性子很高冷，除了跟自己组内的人员互动，从不跟别人接触。呃，总之就是朵高岭之花，可远观而不可加微信。

学到了，乔七夕心想，以后本帅哥的微信也不能随便给别人加。

正想着，老胡就在微信上告诉他：小乔，明天我请假不出去，你要是想出去就自己蹭个车吧。

乔七夕：好的，胡哥。

他和老胡是搭档，平时出去采样的话都会一起，因为老胡的开车技术好，而他拿到驾驶证之后一直没怎么开过。

一般老胡不出去乔七夕也不出去，不过最近工作多，还没完成，还得继续跑。

好在乔七夕长得面嫩，一脸学生气，不知道的还以为他是高中生，平时去蹭车那是百蹭百灵。

然而第二天他起晚了，吃完早餐穿戴好跑出来，已经没有车可以蹭了。

背着沉重的包，想着未完成的工作，一向不喜欢在大群露脸的乔七夕只好硬着头皮在群里发消息：各位小哥哥小姐姐，今天还有没有车出去，求载。

群里很快有了回应：这个时间，我还以为你是要回来。

扎心了，乔七夕汗颜，没这么严重吧？现在也才十点出头。这里是北极哎，半个小时之前天空还是一片灰蒙蒙，如今才露出明媚的阳光。

就在乔七夕快要绝望的时候，一个头像是北极熊幼崽的人艾特他：我出去，你要来吗？

乔七夕如同见了救星：嗯嗯嗯！好人你在哪儿，我马上来！

好人同志给了乔七夕一个位置，乔七夕跑过去一看，是架马上起飞的直升机，工作人员正在往飞机上装东西。

一道高挑笔直的身影面对直升机而站，从一身装备看起来似乎是机长。

乔七夕迟疑地走过去："你好？"

对方立刻回头，露出一副"可远观而不可加微信"的年轻面孔。他淡淡地打量了一下背着包的乔七夕："你要出去？"

字正腔圆，说的是中文。

"啊，是的。"乔七夕连忙展露一丝笑容，心想，不愧是站草，长得真帅，然后指了指直升机："我们搭直升机出去吗？"

"嗯，我开。"奥狄斯点头，"你晕机吗？"

"不晕。"乔七夕说。

又聊了几句，乔七夕才知道这架直升机要出去做日常巡逻。

专业人员准备好东西以后上了飞机，然后乔七夕发现，直升机上就自己和奥狄斯两个人，这也太奇怪了："你不带一个搭档吗？"

准备起飞，奥狄斯专注地做了一遍飞前检查，才回答乔七夕："搭档今天生病了。"

"哦，好巧。"乔七夕想说我也是。

他因此猛地想起，他们这边有规定一个人不能出去，奥狄斯该不会是找他凑数吧？

乔七夕越想越觉得是这样，否则全站公认这么高冷的人，怎么会主动提出载一个陌生人出去。

不过也不影响乔七夕的情绪，毕竟自己占了便宜。

直升机顺利起飞，先送乔七夕一程。奥狄斯问："你自己一个人可以吗？"

乔七夕说："不是一个人，那边还有同事，他们已经在那里待了几天。"

他回来只是跑腿。

"嗯。"奥狄斯没有再说话。

这一趟注定有插曲，当他们飞过一片岛屿上空时，他们发现下方有直升机停留，并且还有人挥着手，向他们发出求救的信号。

乔七夕往下看了看，是一群外国友人，地面上似乎躺着一只受了伤的北极熊，旁边还站着一只较小的，看起来像是母子。

"他们应该是救助站的工作人员，看来是出事了。"乔七夕在这里工作了大约一年半，类似的情况偶有碰见。

奥狄斯没说什么，直接找个地方停机，然后上前去交涉，问问怎么回事。

原来是救助站人员日常巡逻，发现了一对需要帮助的北极熊母子，

但是他们的直升机没办法将北极熊全都带回去。

受伤的母熊看起来挺严重，必须尽快治疗。到时候母熊即使脱离生命危险，也得在救助站疗养一段时间，而亚成年小熊失去母熊的庇护，难以在野外生存，所以需要一起带回去。

"没问题。"奥狄斯毫不犹豫地答应对方，并且帮着一起做准备工作，而且手法特别娴熟。

外国友人感到很惊喜，不由得追问："嘿，你从事什么领域的工作？"

"和你们差不多。"奥狄斯说。

乔七夕在奥狄斯下机查看的时候就跟着下来了，他长期从事野外工作，在这种事上也能帮上忙。

看起来已经差不多三岁的小北极熊对周围的人类很凶，它孤独且无助地护住母亲，不让任何人靠近。

这很难办，不过也不是完全束手无策。乔七夕指了指自己："我从小动物缘好，不如让我来试试安抚它。"

大家都看着这副长相稚嫩的亚洲面孔，甚至怀疑科考队雇用未成年人。他真的可以吗？

"你试试吧。"奥狄斯表现出支持自己的队友，虽然他们也不过是第二次见面。是的，奥狄斯还记得乔七夕的模样。

有了奥狄斯的支持，乔七夕勇敢地开始发挥自己的特长。其实也没什么，就是跟那只北极熊说说话，试图用温和的声音安抚对方。

也许是他的安抚真的有效果，小北极熊当真安静下来。这时救助站的人员给它打了麻醉针，让它睡一觉。

"它们会冷吗？"看见一大一小北极熊躺在雪地里，乔七夕不由得心疼。

"不会，它们比你暖和。"奥狄斯拍了拍乔七夕的肩膀。

乔七夕回过神来，觉得挺意外，这算是肯定吗？

总之不管怎么样，继续干活。

他们合力用结实的网将北极熊罩起来,这一步花费了许多力气,好在还算顺利,接着小熊也如法炮制。

两架直升机一前一后起飞,朝着救助站飞行。

显然站内已经知道他们马上会到,都已经准备得相当充分,他们抵达之后就能马上做手术。

奥狄斯和乔七夕这两位伸出援手的朋友被留下了电话,以便通知他们北极熊母子的情况。

"怪有爱的。"乔七夕重新坐上直升机,在座位上傻笑。他觉得今天做的事情特别有意义,虽然只是举手之劳。

在驾驶位秀飞行技巧的奥狄斯没说什么,不过嘴角的幅度表示,他此时的心情应该也和乔七夕一样好。

不久之后,奥狄斯把乔七夕送到了目的地。

"谢谢你。"临下机前,乔七夕鼓起勇气,笑着对这位沉默寡言的高冷帅哥说,"我知道你叫奥狄斯,我的名字叫乔七夕,很高兴今天乘坐你开的飞机,谢谢。"

毕竟有点儿尴尬,他说完就背着包跑了。

从那天后,乔七夕有一段时间没有再见过奥狄斯,毕竟"黄河站"那么大,而且双方工作领域也没有什么交叉点。

作为情商不算低的新时代年轻人,乔七夕也没有特地去加微信打扰对方。要知道,这年头连微信新好友都是年轻人心目中的压力源,会引起不适的。

可乔七夕没想到的是,两个月后,北极熊幼崽头像出现在他的微信新好友列表。

压力好大啊,要认识新朋友了吗?

手指放在上面隔空犹豫了很久,乔七夕终于按下了同意,于是他的微信列表就多了一位新朋友。

奥狄斯马上发来信息:你好,你的寝室在哪里?

乔七夕呆滞,心想:进度条拉得这么快的吗?不过仔细想想,没准

儿是有正事。只能说，他这个人真的不擅长自作多情。

发完地址没多久，乔七夕才想起来问：你要来吗？

奥狄斯：是的，差不多在门口了。

这条信息犹如晴天霹雳，乔七夕呆了半秒钟之后立刻从床上一跃而起，然后开始穿衣服，收拾房间。

结果他想多了，奥狄斯根本没有要进来的意思，对方只是递给他一个盒子："给你，救助站的小礼物。"

两份都送到了他手上，所以他拿过来了。

"还有礼物收啊？"乔七夕感到一阵暖心，就是这个小惊喜，将他的窘迫化为乌有。他当着奥狄斯的面把礼物拆出来，是一个毛茸茸的北极熊钥匙扣，非常可爱。

收到这个钥匙扣之后，乔七夕就用了起来。

然后用了没两天，他就在群里看到，有人在讨论他和奥狄斯的同款钥匙扣。

啊，这……

大家都说很可爱，还询问是在哪里买的。

乔七夕准备回答，不过一向神出鬼没的奥狄斯比他快了一步，对方说：不是大众款。

是的，不是大众款，是做好事不留名的纪念款！

乔七夕心中一动，给奥狄斯发了一个笑脸：朋友，我可以请你吃饭吗？

奥狄斯：可以。

显然这是一段友谊的开始，得到对方答复的那一瞬间，乔七夕想的是，好耶，以后可以经常蹭直升机了。

而他的愿望也的确实现了，这又是另一段故事的开始。

## 图书在版编目（CIP）数据

你打算萌死我吗：极地王者/莫如归著. — 北京：北京联合出版公司，2021.9

ISBN 978-7-5596-5447-2

Ⅰ.①你⋯ Ⅱ.①莫⋯ Ⅲ.①长篇小说—中国—当代 Ⅳ.① I247.5

中国版本图书馆 CIP 数据核字（2021）第 141869 号

**你打算萌死我吗：极地王者**

| 作　　者：莫如归 | 出 品 人：赵红仕 |
|---|---|
| 产品经理：言　野 | 责任编辑：夏应鹏 |

北京联合出版公司出版
（北京市西城区德外大街83号楼9层　100088）
北京联合天畅文化传播公司发行
天津中印联印务有限公司印刷　新华书店经销
字数 274 千字　710 mm × 1000 mm　1/16　印张 20.5
2021 年 9 月第 1 版　2021 年 9 月第 1 次印刷
ISBN 978-7-5596-5447-2
定价：49.80 元

版权所有，侵权必究
未经许可，不得以任何方式复制或抄袭本书部分或全部内容
如发现图书质量问题，可联系调换。
质量投诉电话：010-88843286/64258472-800